Lorenz Filius

Der Prosaische Sonderling

Ein schöngeistiger Sammelband
nebulöser Umstände

Die Prosaabstraktionen, Miniaturen und Kurzgeschichten der ehemals
veröffentlichten Werke *Herzblühen*, *Zeitgerafft*, *Geisterbilder des Gemüts* und
Nebelbankideen in einem Band.

Impressum

Filius, Lorenz: Der Prosaische Sonderling
Copyright: © 2019 Lorenz Filius
Herstellung und Verlag: BOD – Books on Demand, Norderstedt
ISBN: 978-3-7494-4791-6

Bibliographische Information der Deutschen Nationalbibliothek
Die Deutsche Nationalbibliothek verzeichnet diese Publikation in der
Deutschen Nationalbibliographie; detaillierte bibliographische Daten sind
im Internet über http://dnb.d-nb.de abrufbar.

… Wenn sich das Verfassen von Texten aus umfänglichen Ideen mit der Zeit zum Schreiben aus der Hüfte einer schlanken Inspiration entwickelt, fragt sich mancher Autor, welcher Geist ihn in die scheinbare Enge seiner beiläufigen Einfälle reitet. Liegt es an einer sich allmählich einschleichenden Einfalt der Gedanken, welche zu mehr nicht genügt? Das mag vorkommen, jedoch verrät sich eine dahin gehende Ausdauer als ernst zu nehmende Versuchung - zumindest beim Schreiber selbst - wenn sie nicht in intellektuell versandender Verbohrtheit einer kurzlebigen Neulust verödet. Es passt vielleicht nicht viel Geschichte in eine derartig eng gefasste auktoriale Kanalisierung zwischen gedanklichen Nischen angesichts der weiten literarischen Ströme darüber hinweg. Letztere verstehen es zumeist, mittels ausschweifender Spannungsbögen alle Banalität mit sich zu reißen und mächtige Mäander an Eindrücken zu hinterlassen. Und das ist gut so, für das Große wie das Kleine. Sie sind sich nicht im Weg, die Ansprüche daraus; sie folgen alle je auf ihre eigene Weise nur der Schwerkraft geistigen Verlangens in die Sehnsucht aller Kunst: Dem Leben Phantasien für die Zukunft zu entlocken. So, wie große Ideen nicht selten weitaus mehr herzugeben vermögen, als ihnen nur von einem Kopf literarisch abverlangt werden kann, so sind es oft schlichte Gedanken zu einem Umstand oder einer Geschichte, die zu einer umso tiefgründigeren Suche des Autors nach den kleinen Wahrheiten führen – einer Suche auf den Spuren mehr von Empfindungen als von Kalkülen. Und je geringer die Protagonisten, je banaler die Ansichten erscheinen, umso freier bleibt der Geist um Schicksale und Umstände herum - sie sein zulassen, nicht zu formen, sondern ihnen lediglich ein Recht auf vielfältige Eindrücke einzuräumen …

Herzblühen

Die Chance der Verbundenheit
der Unschuld mit der Fehlbarkeit
entzieht der Wunde jeden Schmerz
und legt sich als ein Pfand aufs Herz.

Lorenz Filius

Lorenz Filius

Herzblühen

Kleine Prosastückchen

3. erweiterte Ausgabe

Impressum
Filius, Lorenz: Herzblühen
© Lorenz Filius, Erstveröffentlichung 2010
bei Books on Demand GmbH, Norderstedt

Inhalt

GESCHICHTEN

Inhalt

REFLEXIONEN

Geschichten

Herzblühen

Woche für Woche

Es ist Sonntag. Albert blinzelt unter der Bettdecke hervor und muss kurz überlegen, welcher Tag wirklich ist. Das passiert ihm in letzter Zeit öfter, seitdem er nun auch samstags arbeitet. Dann weiß er sonntags immer nie, ob schon Montag ist oder doch vielleicht erst Samstag. Aber den Sonntag nimmt ihm keiner. Wer auch? Albert richtet sich langsam in seinem Bett auf und spürt seinen Rücken. Ja, es muss in der Tat Sonntag sein, denkt er, denn die Kreuzschmerzen hat er unter der Woche nie. Geht ja auch gar nicht. Wer früh raus muss, hat eher die Stechuhr im Nacken als ein Stechen im Rücken.

Heute kann Albert es eher geruhsam angehen, weil das Leben doch so schön ist und zusätzlich auch die Sonne scheint. Das tat sie an den vergangenen Sonntagen eher nicht. Albert stutzt: Wann hat sie überhaupt richtig geschienen in den letzten Wochen? Er kann sich nicht erinnern, denn das Neonlicht der Werkshalle, in welcher er seinen Stapler fährt, macht ihm einen Strich durch sein Erinnerungsvermögen. Na ja, denkt Albert, ist jedenfalls ein gutes Zeichen für den Tag. Er schaut zur Uhr. Erst 9 Uhr und viel Zeit fürs Frühstück. Los muss Albert an diesem Tag auch, aber erst gegen Nachmittag.

Er steht auf und beginnt seine Morgentoilette - wie jeden Morgen natürlich, nur gemächlicher und dafür

9

gründlicher. Muss ja auch. Denn heute ist kein gewöhnlicher Sonntag. Albert schaut in den Spiegel und mustert sich inklusive seiner Pölsterchen und Fältchen, um sie noch akzeptabel zu finden. Lediglich die langsam lichter werdende Stelle auf dem Kopf macht ihm etwas Sorgen, und mit einem Kamm versucht er, die umliegenden Haare gleichmäßig darüber zu verteilen. Na, geht doch für einen Fünfziger. Daran soll es nicht liegen, und außerdem soll Kahlköpfigkeit ja ein Zeichen für Männlichkeit sein. Albert ist ein ganzer Mann.

Sorgfältig bereitet er ein ausgiebiges Frühstück vor, er zelebriert es sozusagen - mit gedecktem Tisch, schönem Porzellan und ausschließlich Markenlebensmitteln. Alles vom Feinsten und reichlich. Geldprobleme hat er nämlich keine, jedenfalls nicht, solange er Doppelschichten macht und samstags arbeitet. Er hat ja Zeit genug dafür. Wie sagt sich Albert immer: Kein gesichertes Auskommen, aber es ist da. Der Kaffee duftet, die Brötchen sind frisch, und die kleine Kerze, die er sich regelmäßig auf dem Tisch entzündet, ist jedes Mal neu und rot. Rot wie die Liebe, denkt Albert und gerät in verlegenes Schwärmen.

Bis zum frühen Nachmittag ist es noch etwas Zeit, die genutzt werden muss, denn wenn Albert am Abend zurückkehrt, möchte er in ein ordentliches Heim kommen und sich nicht blamieren müssen. „Das kann man ja niemandem anbieten", murmelt er vor sich hin, als er diverse kleinere Unordnungen behebt. Schnell

10

noch saugen und durchlüften, dann gibt es keinen Grund zur Beschwerde, denkt er sich. Zum Schluss deckt er noch den Tisch für das Abendessen. Mit Tischdecke natürlich. Die vom Vormittag hat sogar das Frühstück fleckenlos überstanden und muss nicht ausgetauscht werden. Prima. Noch das zweite Gedeck darauf, und fertig.

Der Sitz im Bus ist schön weich, fast so wie der auf dem Stapler, was ja gar nicht so gut sein soll, wie der Arzt einmal sagte. Aber irgendwie fährt ja das Glück heute mit, und alleine der Gedanke an das, was kommt, lässt den Schmerz im Rücken weit in den Hintergrund treten. Und dann dieser klare, sonnenreiche Himmel … das kann ja nur gut gehen. Albert spürt während der Fahrt zum Flughafen eine wohlige, kurze Herzenswärme und würde am liebsten die ganze Welt umarmen. Ein kleines Glück eben.

Am Terminal angekommen, spaziert er direkt in den kleinen Blumenladen in der Nähe der Ankunftshalle für Passagiere. Die ältere Dame hinter der Kasse tritt ihm freundlich lächelnd entgegen, als ob er ein ganz besonderer Gast sei.

„Eine Rose soll es sein, der Herr? … Eine rote sicherlich."

Ohne seine Antwort abzuwarten, zupft die Frau ein besonders schönes Röschen aus dem Strauss auf dem Tresen und überreicht sie ihm.

„Ja natürlich, eine rote, vielen Dank", lächelt Albert der zuvorkommenden Verkäuferin zu und bezahlt seine Blume.

Er nimmt auf einer Bank hinter den anderen stehenden Menschen vor der Schiebetür des Passagierausganges Platz. Er mag keine Aufläufe dieser Art und sich erst recht nicht dazwischen mengen. Dort, wo er sitzt, wird er zwar nicht sofort bemerkt, aber dann ist die Überraschung größer, denkt Albert und begutachtet seine Rose, an welcher er immer mal wieder verliebt schnuppert. Er wartet.

Es passiert etwas. Die große Schiebetür öffnet sich, und zwischen den Beinen der anderen hindurch erkennt Albert die ersten Passagiere der eben gelandeten Flieger. Begrüßungen, Umarmungen, ja sogar ein paar Tränen kann er in der Menge ausmachen, die mit jedem herauskommenden Ankömmling lichter zu werden scheint. Albert schaut hinter ihnen her, wie sie scheinbar doch alle mehr oder weniger glücklich das Flughafengebäude verlassen. Er blickt wieder nach vorne. Nur noch vereinzelt entlässt die Schiebetür jetzt letzte versprengte Nachzügler. Fast alle Wartenden aufgebraucht, denkt er; die da jetzt noch stehen, sind schon für die nächsten Flüge da.

Albert nimmt einen tiefen Atemzug aus der Blüte seiner Rose und zieht seufzend seine Augenbrauen hoch. Sein erwartungsvoller Gleichmut weicht einem eher ernüchterten Gesichtsausdruck. Der 50-jährige erhebt sich langsam und schlendert zum Informationsschalter. Die junge Stewardess dahinter schaut ihn genau so freundlich an wie die Dame im Blumengeschäft, jedoch mit einem Hauch Mitleid im Blick.

„Für Sie … mal wieder", meint Albert mit einem weiteren Seufzer und reicht ihr die Rose. „Na ja, … am Sonnenschein hat es jedenfalls dieses Mal nicht gelegen. Einen schönen Feierabend Ihnen noch."

Draußen wartet der Bus, der die Reisenden zurück in die Stadt bringen soll. Es ist diesig geworden, und die Sonne hält sich hinter den Schleiern eher bedeckt. Albert spürt ein leichtes Stechen im Rücken, als er die Ankunftshalle verlässt und in den Himmel schaut. „Also doch die Sonne", sagt er leise vor sich hin und steigt ein.

Julias Auftritt

„Los, raus jetzt", flüsterte die Bühnenkoordinatorin Julia zu, die mit roten, lampenfiebrigen Wangen am Garderobenausgang zur Bühne verharrte, um auf ihr Zeichen zu warten. Es war Premiere. Julia hatte ihre erste kleine Rolle ergattert, einen fünfminütigen Epilog vor großem Publikum, und sie wollte sich auf keinen Fall eine Blöße geben. Eben noch sämtliche Textpassagen im Kopf, fühlte sie mit dem ersten Schritt auf die Bretter, die die Welt bedeuten, dass alles mit einem Mal in Vergessenheit geraten zu sein schien. Fort; der ganze Text war wie aus dem Gedächtnis radiert, bis auf die Rudimente des ersten Satzes. In diesem Moment war Julia zu aufgeregt, um sich darüber zu erschrecken. Aber je mehr sie sich der Bühnenposition näherte, wo sie ihren Monolog halten sollte, wurde ihr Kopf heißer und das Entsetzen über ihren unerwarteten Blackout bewusster. Sie wünschte sich, dass sich die Galgenfrist, die noch etwa zehn Schritte andauern würde, durch irgendeinen natürlichen Umstand verlängere.

Es war gespenstisch still im Theater. Jedes Auftreten ihres Fußballens auf den knarrenden Holzdielen hämmerte in Julias Ohren wie ein Donnerhall und durchfuhr ihren ganzen Körper. ‚Nicht so steif, gib dich lockerer', blitzte es zwischen dem verzweifelten Suchen nach dem Text und dem Sturm der Versagensangst in ihrem Gehirn auf. Nur noch wenige Meter waren es bis zu jener Stelle, die das Scheinwerferlicht markierte,

14

drohend, als ob es sagen wollte: „Hier her! Genau hier her! Lege deine Rechenschaft ab."

Dann war Julia auf ihrer Position. Sie schaute geradeaus. ‚Letzte Hoffnung: Der Vorhang klemmt', schoss es ihr noch einmal durch den Kopf; immer noch mit dem ersten Satz des Monologs versuchend, die restlichen aus ihrem gedanklichen Versteck zu locken. Es wurde schwarz vor Julias Augen, denn der rote, schwere Vorhang tat ihr den Gefallen nicht, zu streiken. Er öffnete sich mit einem tiefgründigen Rauschen, und das Dunkel dahinter schlug der jungen Schauspielerin fordernd entgegen wie nie zuvor.

Der erste Satz, dem die anderen immer noch nicht folgen wollten, war zugleich die letzte Grenze zur Peinlichkeit im Rampenlicht. Aber Julia sprach ihn würdig, in Erwartung allen Unheils, das sich anschließend über sie ergießen könnte. Doch als gesagt war, was sie wusste, blieb es aus, das Stocken, die unheimliche Stille, die sie so gefürchtet hatte. Was dann geschah, entzog sich gänzlich ihrem sprachlichen Bewusstsein. So empfand sie das jedenfalls, als sie nicht mehr aufhören wollte oder konnte, zu reden. Julia spürte nicht einmal die Worte in ihrem Mund, geschweige denn, dass sie verstand, was dort scheinbar fließend, ohne Unterbrechung ihren Stimmbändern entfuhr. Sie glaubte, weder steuern, noch anhalten zu können, was sie in den folgenden Minuten von sich gab. Wie eine kleine Ewigkeit kam ihr dieses vor, und als ihr

Redefluss plötzlich, augenscheinlich ohne es zu wollen, versiegte, fühlte sie, dass es so sein musste. Jedoch erinnern konnte sie sich an kein einziges Wort. Angespannt und entlastet zugleich starrte Julia ins Angesicht der immer noch vor ihr liegenden Schwärze. ‚Überstanden, zumindest überstanden', so ihr erster klarer Gedanke nach dem kurzen Auftritt. Stille. Keine Reaktion.

‚Was habe ich bloß erzählt?' Die sich ziemlich einsam fühlende Akteurin versuchte krampfhaft, ihre letzten Äußerungen wieder zu finden. Noch immer Stille.

„Danke, wunderbar!", erschallte es plötzlich aus einem Lautsprecher. Die Bühne hellte sich auf. Gleichzeitig erstrahlte die Deckenbeleuchtung des Zuschauerraumes und gab den Blick auf die leere Bestuhlung frei. „Einwandfrei!", ertönte es noch einmal, „dann treffen wir uns morgen zur Uraufführung in alter Frische."

16

Bonbons

Larissa streunte zwischen den bunten Regalen der Süßwarenabteilung umher, während ihre Mutter in einem Parallelgang die wöchentlichen Sonderangebote aus dem Discounterprospekt nach Schnäppchen durchforstete.

„Rissa?", vernahm das Kind in sporadischen Abständen die Stimme seiner Mutter.

„Jahaa, ich bin hier!", antwortete die Kleine jedes Mal automatisch und hörte förmlich die geistige Abwesenheit derer, die sie rief. ‚Das dauert heute aber wieder lange', überlegte das Mädchen, während es immer wieder einmal hier einen Doppelpack Lutschstangen, dort ein Tütchen Karamellbonbons in den kleinen Händen umherdrehte und daran roch. „Hmmm", summte Larissa leise vor sich hin, „das sind die, die Carola immer mit in die Schule bringt."

Das schmächtige Kind begutachtete den wohl duftenden Schatz von allen Seiten. Plötzlich hellte sich sein Blick mit freudiger Überraschung auf: ‚Ui, sogar mit gelbem Preis.' Die gelben Preisschilder kannte die Achtjährige nur zu gut. Fast alles, was in Mamas Einkaufswagen landete, war mit ihnen beklebt - fast. Die kleinen Sticker waren ein Garant dafür, dass Larissas Mutter die Ware zumindest kritisch unter die Lupe nehmen würde. Das Mädchen schaute weiter in dem Regal umher, wo es soeben seinen scheinbaren Glücksgriff getätigt hatte, die vorübergehende

Errungenschaft fest in der Faust haltend. Nur noch eine weitere Tüte mit dem gelben Aufkleber war dort vorhanden, aber diese war aufgerissen und der Inhalt zwischen den anderen Süßigkeiten verteilt. Und so gewann das, was Larissa mit ihren Fingern umklammerte, zusätzlich an Wert.

„Rissa!", erklang es wieder aus dem Nachbargang.

„Ja-haa", kam die Antwort diesmal ein wenig zögerlich zurück, was Larissas Mutter sofort zu bemerken schien, denn sie schob schnell hinterher:

„Lass bitte alles liegen."

„Ja", erwiderte Larissa leise vor sich hin. Enttäuscht und doch mit Hoffnung im Blick zauderte sie, die Tüte mit den lustigen Disneyaufdrucken wieder in das Regal zu legen. ‚Ob ich vielleicht doch …?', fragte sich das Mädchen in Gedanken, … ‚es hat doch einen gelben Preis.' Entschlossen und mit Eifer in den Wangen lief sie durch den langen Gang und prallte an dessen Ende fast in den Einkaufswagen ihrer Mutter, die gerade um die Ecke bog.

„So, ich habe alles. Lass uns zur Kasse gehen."

„Em … Mama … darf ich?" Larissa hielt die Tüte mit den Bonbons hoch, so dass das gelbe Preisschild ihrer Mutter direkt in die Augen springen musste.

„Ach Rissa, Kind, das geht heute nicht. Und außerdem hattest du letzte Woche schon Bonbons. Hast du die schon alle auf?"

Larissa nickte mit fragendem Augenaufschlag.

18

„Aber es ist ein Sonderangebot; schau hier." Sie zeigte auf das Preisschild, hoffte aber nicht mehr wirklich auf einen Sinneswandel ihrer Mama. Der Blick, den diese ihrer Tochter zuwarf, war ein eindeutiges Zeichen, dass das Mädchen schon verloren hatte. Ihre Mutter schenkte offensichtlich dem Objekt, welches ihr vor die Nase gehalten wurde, genauso wenig Beachtung wie dem Argument des Kindes, welches langsam den Arm mit der Tüte wieder sinken ließ. Verschämt sah die Kleine in den Einkaufswagen. Lauter gelbe Preisschilder prangten ihr von dort entgegen, auf immer den gleichen Produkten - Woche für Woche. ‚Warum dieses hier denn nicht?', dachte Larissa.

„Komm, Süße, leg es zurück, ja? Du weißt, ich mag solche Diskussionen nicht. Es ist alles genau berechnet, was ich einkaufe. Akzeptier das bitte endlich."

„Aber …", setzte Larissa noch einmal an.

„Rissa … Aus!", wurde ihre Mutter nun bestimmter und bekam diese Züge um den Mund, die das Kind nur allzu gut kannte und die die Grenze zum Nichtübertretbaren deutlich markierten.

Schmollend wanderte Larissa mit ihrer Niederlage in der Hand zurück und legte die Tüte, ohne sie noch einmal zu betrachten, ins Regal. Auf dem Rückweg zur Kasse kreuzte sie den Weg ihrer Mutter, die gerade aus einem Seitengang trat.

„Ah, da bist du ja. Nun zieh nicht so ein Gesicht. Komm, beeil dich; Kasse 1 hat im Moment keine Schlange."

Larissa half ihrer Mutter artig, den übersichtlichen Inhalt des Einkaufswagens auf dem Laufband der Kassiererin zu verteilen. Mehl, Nudeln, Reis, Erbsendosen, halbfette Milch im Tetrapack und Margarine - alles ein und dieselbe weiß-blaue Marke.

„Und das noch …" Larissa legte die fünf- Kilogramm Packung Hundeleckerli Deluxe, ohne die übliche gelbe Auspreisung, zum Schluss auf das Band, während ihre Mutter mit konzentriertem und doch unruhigem Blick das Display der Kasse fixierte.

Die Kassiererin schaute dem Mädchen aufmunternd ins Gesicht, als sie Ware für Ware in ihre Kasse einbongte: „Na, Kleine, geht's dir heute nicht so gut?" Dann wandte sie sich ihrer Mutter zu: „Das macht dann 25,95 Euro bitte."

Versagen

Fritz war vertieft in sein Schulbuch so wie der Garten in dieses kalte Herbstwetter vor dem Fenster. Der Junge traute sich nicht mehr, hervorzuschauen, nachdem ihm sein Vater die Leviten gelesen hatte - wieder einmal lesen musste. ‚Jeden Nachmittag der gleiche Kampf‘, dachte Robert, ‚was soll nur aus dem Jungen werden; schon im dritten Schuljahr und noch dermaßen lernrenitent.‘ Die Sorge hinter Roberts Stirn ritt auf einem eher aggressiven Blick in Richtung seines Sohnes. Dessen immer seltener werdendes Aufschauen über den Buchrand hinweg versuchte verzweifelt, den heranrollenden optischen Salven des Vaters auszuweichen.

„Schau ins Buch und nicht zu mir!“, schmetterte Robert noch einmal hinterher.

Der blonde Schopf zuckte zusammen und verschwand für Sekunden gänzlich hinter dem aufgeschlagenen Buch, dass es fast den Anschein hatte, als würde es seinen Inhalt vor einem leeren Stuhl ausbreiten. Alleine die kleinen, verkrampften Finger, die feucht am Buchdeckelrand klammerten, verrieten die starre Not vor den Seiten.

„Ich warte immer noch!“, erschallte es ungeduldig aus Roberts Richtung. „Es kann doch nicht so schwer sein, diesen einfachen Text vorzulesen, meine Güte! Diese zehn Zeilen wirst du doch wohl in deinem Spatzenhirn hinbekommen. Ich kann sie ja allmählich schon auswendig, so oft, wie ich sie dir vorgekaut habe. Also los jetzt: Der Herbst hat …!"

„Der .. Herbst .. hat …", ließ Fritz vorsichtig wie ein verhaltenes Echo verlauten, um diesem ein weiteres Schweigen folgen zu lassen.

„… die Bäumeeeee …", versuchte Robert erneut den Lesefluss seines Sohnes anzuleiern.

„… die Bäu…me …"

„Ja? …, weiter …!"

„ … ent … entlau … entlaub …"

„ … entlaubt …!", erzürnte sich Robert, „mein Gott, das kann man sich ja nicht mit anhören." Er stellte sich hinter Fritz' Stuhl und rückte ihn mit ruppigen Bewegungen hart an die Tischkante heran. Seinen Zeigefinger stieß er in den Text: „Der … Herbst … hat … die Bäu … me … ent … laubt!. Weiter! Es … ist …!"

„Es ist … kalt …" Fritz verstummte angewidert beim Anblick des Fingers, der drohend, bohrend und immer wieder klopfend an der Zeile entlang rieb.

„ … Weiter! …"

Das Klopfen begann, Fritz im Kopf weh zu tun, viel mehr noch als die Kopfnüsse, die er sich von nun an bei jeder Unterbrechung einhandelte. Noch bevor ihm das Wasser in die Augen steigen konnte, entließ ihn sein Vater mit den Worten: „Ach was … Klapp zu! Es hat keinen Zweck. Mit dir ist es nichts." Wütend entfernte er sich, um seine Aufmerksamkeit der Fernbedienung des DVD-Players zu schenken. „Geh spielen!"

Fritz erhob sich, nahm sein großes Schullesebuch unter den Arm und verschwand leise die Treppe hinauf in sein Kinderzimmer. Er legte sich auf das Bett und schaute traurig seinen einäugigen Teddy am Fußende an.

„Soll ich dir etwas vorlesen?", fragte der Junge ihn unter kritischem Blick auf sein Lesebuch. Dann schlug er es mit einem Seufzer auf. An der Stelle, wo zuvor noch der mächtige Zeigefinger seines Vaters herumradiert hatte, begann er zu lesen. Und nur der kleine Bär, an dessen rechtes Auge lediglich ein zurückgebliebener Nähfaden erinnerte, schien seinem Besitzer damit freundlich zuzuzwinkern, als dieser begann: „Der Herbst hat die Bäume entlaubt. Es ist kalt. Tiere und Menschen kuscheln sich ein …"

Fritz hielt inne und nahm seinen langjährigen Plüschfreund in den Arm, so, dass er zusammen mit ihm in das Buch schauen konnte. ‚Manchmal wäre ich gerne ein Tier, so wie du', dachte Fritz und las ohne Unterbrechung weiter.

Verschmäht

„Oh, was mag da wohl drin sein?", griente Clara ihrem Mann zu.

Paul nestelte nervös an seiner Krawatte herum. Clara wog das zwei Finger dicke Päckchen in ihren Händen und schüttelte es vorsichtig an ihrem Ohr hin und her. Das viel sagende, erwartungsvolle Lächeln unter ihren hochgezogenen Augenbrauen gab Paul spätestens zu diesem Zeitpunkt zu verstehen, dass er etwas falsch gemacht hatte. Er lächelte andeutend zurück - gar nicht mehr in Erwartung einer wesentlichen Steigerung des Hochgefühls seiner Frau.

„Mach doch mal auf", überspielte Paul schnell seine Unsicherheit und drehte das Ende seines Schlipses zwischen Daumen und Zeigefinger mehr und mehr zu einer kleinen Rolle zusammen.

Clara hasste das, aber im Augenblick war sie durch das Objekt ihrer Begierde abgelenkt.

„Nein, nein. Nicht so hastig, mein Lieber. Ich möchte den Augenblick genießen. Du weißt doch, wie sehr ich Überraschungen liebe."

„Ja, weiß ich, aber vielleicht …"

„Mm … Mm", summte Clara verneinend mit dem Kopf wackelnd, „lass mich raten."

Sie zankte sich regelrecht mit dem Wunsch, endlich das Paket aufzureißen, um den Inhalt an ihre Brust drücken zu können. Eine geballte Ladung Vorfreude stierte aus ihren Augen und traf Paul mitten im Gesicht.

„Ach nun komm. Mach schon", munterte er seine Frau auf, seinem durch diesen Einschlag bedingten Schmerz nun doch den Gnadenstoß zu versetzen.

Aber stattdessen quälte Clara ihn weiter. Sie betastete vorsichtig, ja fast schon zärtlich streichelnd die Oberfläche des goldenen Geschenkpapiers. Auf diese Weise berührte sie ansonsten nur Paul, wenn auch in letzter Zeit nicht mehr so oft. Claras Finger wanderten langsam zu den Rändern des Päckchens, und ein gleichsam prüfender Reflex ließ sie einen leichten Druck darauf ausüben - quasi wie auf einen Schalter. Und es geschah, das Licht der Freude erlosch mit einem Mal aus ihrem Gesicht und ließ sich auch nicht mehr durch verzweifelte Versuche weiteren, hektischen Abtastens einschalten.

„Ehm …", setzte Paul noch einmal an, aber er brauchte Clara nicht mehr aufzufordern, seinem Drängen nachzukommen.

Hastig und ohne Rücksicht auf Verluste riss sie das Goldpapier auf, und die kleine, mit einem Herz versehene Glückwunschkarte in der Mitte durch. Beides fiel zu Boden. Claras Blicke stolperten zuckend über die Oberfläche des Inhaltes, auf der Suche nach etwas, das mit dem Verstreichen jeder folgenden Sekunde in immer weitere Ferne rückte.

„Es ist die gebundene Ausgabe", versuchte Paul, das Unglück aufzuwerten, wohl wissend um die Vergeblichkeit seiner Bemühung. „Mit … mit Widmung", schob er zögernd und kleinlaut hinterher.

Dann versank er, wie schon sein Gegenüber zuvor, in Stille.

Paul hatte nicht dazu gelernt. Das bekam er an diesem Abend auch zu spüren, oder vielmehr nicht zu spüren. In seinem Nachttisch lagen sie alle, die selbstverfassten Versuche vergangener Jahre, sich mitzuteilen. Clara schlief fest, und unter Pauls Bettdecke wanderte eine Taschenlampe Zeile für Zeile, Seite für Seite durch jenes Buch, welches den Tag verdorben hatte: Clara und Paul, eine Liebesgeschichte im mittlerweile fünften Teil. Die Müdigkeit und das Nachlassen der Batterien verbannten dann auch dieses Werk zu den anderen seiner Art im Nachttisch - jedes versehen mit einem Lesezeichen, dessen zerrissenes Herz hoffnungsvoll am Buchrücken herausschaute.

Freds Ausflug

Halb sieben. Es wird Zeit, und Fred erhebt sich aus seinem Sessel. Endlich. Die Warterei über den Tag hat ihn ganz schön nervös gemacht. Er schaltet die Talkshow ab, deren Episode ihn irgendwie an eine Folge von letzter Woche erinnert - oder war es in der Woche davor? Egal. Fred muss los. Der Bus wartet nicht. Schnell noch ein wenig aufgeräumt; die leere Lasagneschale in den Müll und Löffel und Kaffeetasse in die Spüle zu den andern Löffeln und Tassen. ‚Kurz noch abwaschen? Schaffe ich jetzt nicht mehr', denkt Fred, ‚hat Zeit bis morgen.' Ein Blick zur Uhr. ‚Das wird heute aber knapp. Noch soviel zu tun', überlegt der 45-jährige Frührentner. ‚Dann mal los, sonst verpasse ich den Bus heute in der Tat.'

Gedankenblitze schießen Fred durch den Kopf, als er merkt, dass es ernst wird und er in wenigen Minuten die Wohnung verlassen muss. ‚Kaum zu schaffen', plagt es ihn noch einmal, und er fühlt den Schweiß seiner Hände auf der Stirn, die er sich angespannt und nach Konzentration suchend reibt. Und als er sich fragt, ob er vorher noch die Toilette aufsuchen sollte, beginnt es wie von selbst, in ihm zu rumoren. ‚Terrassentür checken', lässt er seinen Gedanken springen. „Ja, ist zu; ist … zuhu", sagt Fred laut zu sich selbst, als er mehrfach die Arretierung des Verschlusshebels rappelnd betätigt. „Ist zu. Zu."

27

Der Herd ist Freds nächster Gedanke. ‚Habe ich nicht benutzt. Nur den Backofen mit der Lasagne.' Der Blick auf die Armaturen des Herdes treibt ihm erneut die Hitze ins Gesicht, als er gleichzeitig den drohenden Minutenzeiger seiner Funkuhr in der Küche taxiert. Die geht genau und lässt keinen Spielraum für weitere Sperenzchen. Das Grummeln im Bauch meldet sich wieder. ‚Warum müssen die Einteilungen auf den Drehschaltern auch so abgewetzt sein? Man kann ja kaum erkennen, was an und aus ist', ärgert sich Fred. Sein Blick fixiert die Schalterstellungen, als wolle er sie damit festhalten. ‚Bloß nicht berühren - ja, müsste aus sein. Ist aus. Aus.' Mit beiden Händen fasst er auf die Herdplatten. Einmal hat er sich dabei schon verbrannt. ‚Ja, muss wirklich aus sein.' Ihm fällt wieder die Tür zur Terrasse ein und die Kerzen. ‚Ach nein, die Kerzen sind sicher, mache ich nur am Wochenende an, und heute ist Dienstag.' Noch einmal die Tür prüfen. ‚Zu. Ist zu. Jetzt muss ich aber wirklich.'

Ein Blick abermals in die Küche zum Herd. ‚Das Bügeleisen!', fällt es Fred dabei siedendheiß ein, was ihm die Konzentration auf die Herdschalter aus der Ferne erschwert. ‚Alles aus, die Lämpchen brennen ja nicht. Aus, aus, aus, aus, aus', nickt er jedem einzelnen Regler zu; und da schaut der Stecker des Bügeleisens gerade noch rechtzeitig auf dem Boden zwischen Mülleimer und Küchenschrank hervor. ‚Super. Wo immer es ist, es muss aus sein.'

‚Und Schluss jetzt!', wird Fred nun energischer zu sich selbst, als er wieder an die Verandatür und doch noch einmal an die Kerzen denkt. ‚Nur noch drei Minuten. Das schaffe ich gerade noch so um die Ecke zur Haltestelle. Und die Toilette? Nein, jetzt nicht mehr. Los jetzt. Kann ich so gehen? Ja, warm genug. Zeitverbrauch zum Anziehen entfällt, Gott sei Dank.' Beherzt zieht Fred die Wohnungstür hinter sich zu. Ein paar mal noch dreht sich das Türschloss hin und her, dann herrscht Stille - für 20 Minuten.

Die Wohnungstür öffnet sich, Fred tritt herein, macht Licht und begibt sich ins Wohnzimmer. Mit einem aufatmenden Seufzer stellt er seine Plastiktüte auf den Couchtisch und schaltet den Fernseher ein. ‚Geschafft!', freut sich Fred und schaut zufrieden in die Tragetasche. Eine Pizza und eine Lasagne. ‚Dann brauche ich morgen nicht los', fließt es beruhigend über seine Gesichtszüge, als er die Tiefkühlkost im Eisschrank verstaut und die beiden Sixpacks in den Abstellraum verfrachtet. Mit zwei Flaschen zurück im Wohnzimmer, lässt sich der Heimgekehrte in seinen Sessel fallen. Er blickt zur Terrassentür. ‚Draußen roch es eben noch so mild nach guter Luft', befällt ihn kurz der Hauch einer Wehmut. Dann aber steht er auf und öffnet die Tür mit einem erleichterten Dreh an ihrem ausgeleierten Griff - ohne ihm einen weiteren Gedanken schenken zu müssen -. Fred tritt hinaus, und mit einem Schauer der Zufriedenheit beginnt er seine Auszeit, die ihm in diesem Moment wie eine kleine Ewigkeit vorkommt.

Zuhause

Sabine hat es satt. Zu oft hatte sie sich zwischen die Stühle gesetzt. Nein, dieses Jahr wird es anders werden, überlegt sie und reißt ihren Koffer im letzten Moment von der Stufe des Einstiegs am hintersten Wagon. Jetzt hatte sie sich so abgehetzt, um den Zug nach München zu erreichen - damit sie ihre erwartungsvollen Familienmitglieder wie jedes Jahr pünktlich zum Fest im Münchener Vorortidyll in Empfang nehmen könnten -, um nun doch einen Rückzieher zu machen - endlich einmal. Sabine hat die klischeehaften Worte ihrer Mutter im Ohr, die sie ausschließlich zur Begrüßung bei diesem Anlass und dazu noch vor allen Familienangehörigen standardmäßig verlauten lässt: Da ist ja unsere eigenwillige Weltenbummlerin, und schlecht siehst du aus, Kind, wirklich schlecht.

Welch ein niederschmetterndes Kompliment; die anderen sehen viel übler aus, unzufriedener und angespannter, dachte sich Sabine daraufhin jedes Mal. Es war doch immer das Gleiche; alle begrüßten die Jüngste des Clans stürmisch und mit warmen Worten, fragten sie über ihr Leben im Ausland aus, um dann wieder zur dörflichen Tagesordnung überzugehen. Denn das, was sie berichtete, von sich und ihrer Welt, schien für ihre Geschwister und deren Anhang so interessant zu sein, wie eine Auslandsreportage im Fernsehen. Dementsprechend waren auch die Reaktionen: ‚Ist ja interessant‘ war dabei noch die positivste Floskel, die allenfalls von ihrem Vater kam, der Sabines Auslandstätigkeit nicht ganz so distanziert betrachtete wie der Rest der Familie. Jedoch konnte auch er nicht verbergen, dass sein Weltenkreis ein ganz anderer war, wenn er zwischen die Geschichten seiner Tochter aus heiterem Himmel solche Bemerkungen einbrachte wie: „Ach wusstest du schon, die alt' Frau Müller vom Remi-Markt ist tot und der Eisen-Mayer hat dicht gemacht." Beides wusste Sabine - seit Jahren.

Die Übrigen schauten meist Kopf nickend mit eingebautem ‚Mhm … Mhm … ach ja' durch ihre exotische Verwandte hindurch, als ob sie überlegten, das laufende Programm abzuschalten, wenn sie es denn gekonnt hätten. Einzig ihr Schwager ging noch intensiver auf sie ein, doch nur, um selbst zu zeigen, welcher Wichtigkeit er gerne entsprungen wäre. Auf alles, was Sabine sagte, hatte er eine Antwort und für Probleme gleich die Lösungen parat. Vom grünen Tisch, versteht sich, denn Sabines Schwager, ein mittlerweile arbeitsloser kleiner Bankangestellter, hatte einen Hass auf alles, was mit seinem Ex-Metier zusammenhing; und so war es nicht verwunderlich, dass er nebst anderen der Branche auch Sabines Arbeitgeber als Verbrecher titulierte. Die junge Managerin nahm es ihm nicht übel, zog es aber dennoch vor, sich nach der ersten Begrüßungseuphorie zurückzuhalten, was ihr eigenes Leben anbetraf. Dabei ärgerte sie sich jedes Mal, wieder so viel von sich erzählt zu haben. Sie wollte bestimmt nicht im Mittelpunkt des Familienfestes stehen, jedenfalls nicht mehr und nicht weniger als die anderen, die dies aber schon alleine aufgrund ihrer regionalen Majorität taten.

Die Weihnachtsfestlichkeiten verliefen denn auch wie immer. Zutaten: Sieben Erwachsene, vier Kinder zwischen drei und acht Jahren, reichlich Speis und Trank nebst Bescherungsmaterial. In Sabines Elternhaus, in welchem genügend Platz vorhanden war, wäre es ein Leichtes gewesen, sich ausreichend zu verlaufen, je nach Stimmungs- und Interessenlage. Jedoch zogen es alle vor, sich in der guten Stube festzusetzen; vor der Bescherung, nach der Bescherung und am ersten Weihnachtstag auch. Das war die kritischste Zeit, denn danach verließ die eine Hälfte der Familiendarsteller wieder das weihnachtliche Theater, und der Rest hielt sich mehr oder weniger bedeckt; je nach Themendominanz der Vortage. Und diese war bestimmt durch eine Mischung aus persönlichen Befindlichkeiten, längst verjährten Familienreibereien - untergerührt in Diskussionen über das aktuelle Tagesgeschehen - sowie der dazugehörigen Portion Kinderquengelei. Um eines ging es aber nie; nämlich um den wirklichen Grund, warum die Familie sich mal wieder so schmerzlich zusammengerauft hatte: um ein festliches, gemütliches und familiäres Miteinander

Das tat Sabine immer sehr leid, da sie sich bei jedem ihrer weihnachtlichen Besuche zuhause im Stillen erhoffte, das Verbindende zu erfahren, das ihr übers

Jahr so sehr abging. Stattdessen sah sie sich regelmäßig in der Funktion der Schlichterin, die im Ringkampf bei Tisch versuchte, so manche aufkommende Wallung der Aggression niedrig zu halten. Am liebsten hätte sie sich zwischen den kulinarischen Runden einfach irgendwo in eine stille Ecke des Hauses verkrümelt, nur um einfach mal zu entspannen, was ja eigentlich auch der Zweck ihres gesamten Besuches gewesen sein sollte. Aber sie blieb im großen Wohnzimmer bei den anderen, wo sich schmollende Grüppchen gebildet hatten, um nicht als diejenige dazustehen, die die Familie mied. Alleine die Tatsache, dass sie in ihrer Einzelposition auch wie eine Außenseiterin wirkte, führte am Ende allen Debattierens zur ultimativen Problemlösung: Es waren letztendlich dann doch die unqualifizierten Ratschläge der verlorenen Schwester, die für das Übel jeder einzelnen Verbohrung verantwortlich waren.

Der Zug rollt los, und Sabine schaut hinter ihm her, nicht ohne den Anflug eines schlechten Gewissens. Sie macht kehrt und begibt sich in Gedanken versunken langsam zum Ausgang des Bahnhofs, ihren Koffer hinter sich herziehend. Das Rattern seiner kleinen Rollen klingt auf einmal ganz anders in ihren Ohren, heimisch und nicht mehr so zerrend. Ein Lächeln erweicht ihre eben noch so stressig zusammen-gepressten Lippen. ‚Zu Hause', denkt Sabine, ‚zu Hause ist da, wo ich mich wohl fühle.'

Eingeschlossen

Das kleine silbrige Schloss klemmte verloren inmitten des lang gezogenen und sich hoch erstreckenden, doppelten Drahtzaunes, der den bewachten Sportplatz der Jugendvollzugsanstalt von der Landstraße trennte. Es hatte vielleicht die Ausmaße zweier Fünf-Mark Stücke - mehr nicht. Unauffällig war es, so unauffällig, dass nicht einmal die Wärter während ihres mehrmaligen täglichen Kontrollganges über den Platz es für nötig zu halten schienen, das unscheinbare Ding zu entfernen. Vielleicht übersahen sie es einfach nur - im Heer der Schlösser, die sie tagtäglich zu Gesicht bekamen. Und ein Schloss zu viel ist in einer Strafanstalt im schlimmsten Falle immer noch besser als eins zu wenig. Recht würdelos hing es nun da, Tag und Nacht bei Wind und Wetter.

Wahrscheinlich hängt das Teil schon eine geraume Zeit dort, dachte sich Jonas, der - gerade mit der Ausbildung zum Vollzugsbeamten begonnen -, seinen Dienst in der JVA erst vor einigen Tagen angetreten hatte. Die Spuren der Witterung am Metallbügel waren bereits deutlich zu erkennen, und der Fraß des Rostes am Rand der Bügellöcher ließ erahnen, wie es im Inneren des Vorhängeschlosses wohl aussehen könnte. Mit einem Schlüssel bekommt man das bestimmt nicht mehr auf, überlegte Jonas kurz, bevor er sich wieder seinem älteren Kollegen anschloss, der ihn zum ersten Mal in seinen Rundgang einwies.

Jonas machte seine Platzbegehung nun täglich, immer nachdem das Fußballspiel der Gefangenen beendet war. Und dies tat er gewissenhaft. Er hatte ein gutes Auge und sah so ziemlich jede Einzelheit, die jemandem in den Blick fallen konnte, im Gegensatz zu den meisten seiner vorgesetzten Begleiter. Für sie war alles das normal und Routine, was Jonas jedes Mal aufs Neue auffiel. Er fand das aber richtig so und konnte so manches ,ja, ja' seiner Kollegen nicht nachvollziehen. Denn nur, wenn er auch alle Kleinigkeiten immer wieder neu beachten würde, dachte der junge Anwärter, könne er auch verdächtige Veränderungen an diesen bemerken. So fiel ihm denn auch bei jeder seiner Kontrollen schon fast automatisch das besagte Vorhängeschloss in die Augen, wenngleich mit einer reflexartigen Anerkennung dessen Status Quo …

Es goss in Strömen an diesem Sonntag. Jonas hatte ausnahmsweise keine rechte Lust, am Nachmittag seinen üblichen Gang zu tätigen; nicht etwa, weil der entsprechende Kollege ihm dieses Mal nicht in den Kram passte oder weil es schüttete wie aus Eimern, nein, ihm hatte etwas anderes die Lust am gesamten Dienst verschlagen: Die Trennung von seiner langjährigen Freundin einen Tag zuvor war es, die ihn in diese Laune versetze. Jonas fühlte sich zum ersten Mal so richtig einsam an seinem Arbeitsplatz. Nichts desto trotz folgte er der Aufforderung seines Vorgesetzten wie immer, das zu tun, was nun eben einmal Vorschrift war.

Kaum anders als sonst, bemühte sich Jonas, darauf zu achten, worauf er zu achten hatte. Nur schien alles langsamer zu gehen als üblich; zu groß war die Ablenkung durch das persönliche Ereignis vom Vortag. Immer wieder aus diesen Gedanken auftauchend bemühte er sich nun umso bewusster, konzentriert zu bleiben - stoßweise. Und einer dieser Anstöße ließ seinen Blick genau auf dem unscheinbaren Schloss im Sicherheitszaun haften und etwas erspähen, was er sonst wahrscheinlich übersehen hätte - besonders angesichts seiner momentanen Gedankenversunkenheit. Jonas stutzte: Das war vorher noch nicht da. Er trat auf die Stelle im Zaun zu und betrachtete sich das Schloss genauer.

„Nun komm, was hockst du denn da?", kam es hinterrücks von Jonas' Vorgesetztem, „lass uns fertig machen und dann rein gehen, mir wird langsam kalt!"

„Moment!", erwiderte Jonas und schaute sich das aufgemalte Muster auf der flachen Vorderseite des Schlösschens an. Ein Herz, dachte er; ein einfaches Herz, mit rotem, offensichtlich wetterfestem Stift gemalt, ähnlich denen, welche in der Malerwerkstatt von den Gefangenen benutzt wurden. Jemand musste einen solchen Schreiberling mit nach draußen geschmuggelt haben, oder aber eine Person hatte von der anderen Seite aus dort ihre malerische Spur hinterlassen. Jonas erhob sich und versuchte mit einem angedeuteten, irritierten Kopfwackeln, das leichte Schmunzeln in seinem Gesicht zu überspielen. Unterwegs zu seinem Kollegen, der schon ein ganzes Stück weiter gelaufen war, überlegte er, die soeben gemachte Entdeckung zu melden. Als er auf gleicher Höhe mit dem Beamten war und gerade zu seiner Erklärung „Bei dem Schloss da drüben ..." ansetzen wollte, bremste sein durchnässter und erkälteter Vorgesetzter ihn aus und meinte nur: „Ja, ja, ist ja gut ... heute mal nicht ok?", und er hustete sich seinen körperlichen Gram lauthals vom Leib.

Die Schicht war zu Ende. Jonas wusste nicht, ob er darüber froh sein sollte. Immerhin lenkte ihn der Dienst von seinem Herzleid etwas ab. Zum ersten Mal würde am Feierabend niemand auf ihn zu Hause warten. Sein Heimweg führte ihn immer ein Stück an der Landstraße entlang, auch vorbei an dem Zaun des Anstalts-Sportplatzes; so auch dieses Mal. Als er sich jedoch dem Streckenabschnitt auf Höhe des Sicherheitszaunes näherte, glaubte er, die Umrisse einer weiblichen Gestalt in der Dämmerung erkannt zu haben, die mit einem Satz weg vom Zaun über einen kleinen Graben zu einem Fahrrad sprang, sich darauf setzte und eilig verschwand.

„Das ist doch ... he! Halt! Warten Sie doch mal!", rief Jonas hinter dem längst verschwundenen Rad her. Dann begab er sich im Laufschritt zu der Position, die die Person kurz zuvor so fluchtartig verlassen hatte.

Jonas schaute sich um, dann zum Zaun, und richtig: Es war genau die Stelle mit dem Schloss. Er beugte sich hinab und staunte nicht schlecht. Neben das Schloss hatte sich ein weiteres, kleineres Vorhängeschlösschen gesellt, welches beim Kontrollgang am Nachmittag noch nicht dort gewesen war, da war sich Jonas sicher. Aber es war nicht am Draht des Zaunes befestigt, sondern schlang seinen Verschlussbogen durch den seines größeren Pendants. Es war nicht verriegelt; der Bügel noch nicht eingerastet. Die Frau fühlte sich augenscheinlich ertappt und hatte es in ihrer Überstürzung nicht mehr geschafft, ihn zu schließen. Jonas nahm das Schloss an sich und betrachtete es genauer. Auch auf diesem war ein kleines Herz mit einem spitzen Gegenstand eingeritzt worden und darin die Initialen zweier Namen mit Pluszeichen verbunden. Jonas ging kurz in sich, schaute in Richtung des davon geeilten Fahrrades und danach zu den trüben Zellenfenstern im Gebäude auf der anderen Seite der Absperrung. Dann nickte er lächelnd vor sich hin, als wenn er sich selbst etwas bestätigen wollte. Er steckte das Schloss zurück an das andere, rastete den Bügel ein und beschloss, am nächsten Tag keine Meldung zu machen.

Rebeccas Geheimnis

Gedankenversunken schloss Rebecca die Tür der Praxis hinter sich und schaute in den frischen Morgen. Es war ein Sommertag wie aus dem Bilderbuch, und dieser begann mit einem ganz besonderen I-Tüpfelchen. Rebecca hatte jetzt ein kleines Geheimnis, welches sie fortan begleiten würde.

Sie stieg in ihr Cabriolet, ein Geschenk ihres Mannes Patrick, und sie machte sich auf den Heimweg. Patrick war nicht im Lande; er war selten dort, aber er liebe Rebecca über alles, wie er immer am Telefon beteuerte. Das Telefon war ebenfalls ein Geschenk von ihm; stylisch, praktisch und unwahrscheinlich teuer. Zwar läutete es in der letzten Zeit nicht mehr so häufig wie früher, aber dafür rief Rebecca umso öfter an. Meist waren es zwei Anrufe, die aufeinander folgten. Der erste galt stets Patrick, war innerhalb weniger Minuten erledigt und hinterließ in ihrem Gesicht einen Ausdruck, welcher sich im Laufe der Jahre von Enttäuschung zu einer gewohnten Neutralität entwickelt hatte. Das zweite Gespräch dauerte länger, oftmals länger, als ihr lieb war. Das, was der erste Anruf nicht zu leisten vermochte, konnte der zweite bei ihrer Freundin nur während der ersten Minuten erbringen, bevor Rebecca dann nicht selten stundenlang etwas gab, was sie sich selbst wünschte.

Auf der langen, geraden Landstraße nach Hause spukte die Neuigkeit durch ihren Kopf. Sie hatte Zeit genug dazu, denn die langweilige Strecke, die fast ausschließlich durch baumlose Feldlandschaften führte, gestand ihr diese zu. Rebecca griff nach dem Telefon, was sie bei ihren Fahrten stets auf dem Beifahrersitz liegen hatte, um keinen der wenigen Anrufe zu verpassen. Sie überlegte, ob sie Patrick jetzt schon informieren sollte, oder lieber gleich ihre Freundin. Sie zauderte noch, immer mit wechselndem Blick auf die Fahrbahn und zum Telefon, über dessen Tasten ihr Daumen unentschlossen kreiste. Dann wischte sie schnell das Display, auf welchem sich ein Make-up Fleck befand, am Beifahrersitz blank. Sie begutachtete es im Glanz des Sonnenlichts; wie jemand, der sich selbst im Spiegel betrachtet, bevor er einem anderen, vielleicht wichtigen Menschen unter die Augen kommt.

Gefasst begann Rebecca, Patricks Nummer einzutippen. Nach vier Ziffern hielt sie kurz inne, brach den Vorgang ab und verstaute das Telefon im Handschuhfach. Soll er doch selbst darauf kommen, dachte sie. Er wird es schon sehen über die Monate, wie sie sich verändern würde - unausweichlich verändern würde. Sie hoffte insgeheim auf die Ablösung der kurzen Momente am Telefon durch längere persönliche Augenblicke. Rebecca lachte kurz in sich hinein, als ob sie sich selbst ertappt hätte. Ihr Blick wurde wieder ernster, und sie schaute konzentriert nach vorne …

… Der Tag war glasklar, und der einzige Baum, der die endlose Strecke schmückte, war weithin sichtbar. Die Straßenmeisterei besserte eine durchbrochene Leitplanke an jener Biegung aus, wo sich die alte Eiche befand. Borken- und vereinzelt Lacksplitter lagen um ihren Fuß zwischen dem Wurzelwerk verstreut. Dazwischen schimmerte ein glänzender, dunkler Fetzen Papier, der wie der Überrest eines falsch belichteten Fotos aussah, auf welchem ein diffuser Fleck vor graumeliertem Hintergrund abgebildet war; wie ein weißer Stern an einem grauen Himmel.

Victoria

Ich stand am Eingang und zögerte. Sollte ich wirklich den Schmerz herausfordern? Seit unserem Auseinandergehen, damals vor vier Jahren, beschloss ich, konsequent zu bleiben und nicht zu suchen, was ich bereits gefunden hatte. Aber es gab Menschen, die das nicht akzeptieren wollten. Nach einer Ablenkung und Ruhe drückten sie Falten der Erinnerung in das Tuch des Vergessens, welches ich mühsam geglättet über das Inventar meines Lebens gelegt hatte; gleichsam wie die Tücher, die zurückgelassene Möbelstücke in verlassenen Häusern gespenstisch verschleiern.

Ich atmete durch und fand nicht den Mut, einzutreten. Aber was konnte mir schon passieren? Ich würde mit Sicherheit keine Vorwürfe zu hören bekommen. Oder doch? Ein leichter Schwindel überfiel mich und eine körperliche Unsicherheit dazu, die mir weis machen wollte: Du kannst da jetzt unmöglich hinein gehen, du wirst es nicht durchhalten. Es war das gleiche Gefühl, welches ich damals verspürt hatte, als ich das hätte tun sollen, wozu ich nun genötigt wurde. Ich hasste beides, das Gefühl und den Zwang, der dieses zu verursachen schien. Warum nur hatte ich mich dazu überreden lassen? Es war doch alles in Ordnung, so, wie es war; freilich nicht so, wie es davor gewesen war, aber es war erträglich. Doch dann kamen sie daher und rissen mich aus dieser Ordnung, die sie selbst noch nicht ganz für sich gefunden zu haben schienen.

Entferntes Donnergrollen, welches sich rasch näherte und ein aufkommender Wind schienen mir ein Alibi geben zu wollen. Es würde in wenigen Minuten ein starker Regenguss über mir niedergehen und mich mit Sicherheit völlig durchnässen. Vertagen, Umkehren, ging es mir einen Augenblick lang durch den Kopf; zumindest noch einmal darüber nachdenken und eine eigene Entscheidung treffen. Dann würde es mir auch leichter fallen, diesen Schritt zu gehen. Ein erster Regentropfen stach mir kalt auf die Stirn und bekräftigte meinen Entschluss in dem Moment, als jemand mir freundlich das Tor aufhielt und ihn ins Gegenteil verkehrte, ohne, dass ich hätte etwas daran ändern können.

Ich trat ein und beschleunigte meinen Gang den Weg entlang unter dem Fluch darüber, erneut genötigt worden zu sein; genötigt, schnell zu gehen, hinter mich zu bringen, was ich zu erledigen hätte und noch schneller wieder umzukehren, um nicht zu nass zu werden. - Nur, um nicht nass zu werden? - Je weiter ich mich meinem Ziel näherte, umso lächerlicher kam mir dieser Gedanke vor. Ja, es trieb mich etwas voran, aber es war nicht der Regen, der sich inzwischen wolkenbruchartig über mich und diesen totenstillen Ort ergoss.

Noch zwei Biegungen, eine links und dann die nächste rechts laut der Beschreibung derer, denen ich die Schuld an meiner augenblicklichen Lage gab. Sie waren es, die mir das Vergessenlernen madig gemacht hatten. Der Gedanke an die beiden hatte mich gerade überfallen, da wurde er augenblicklich ausgelöscht; ausradiert durch die Buchstaben, die einen Namen auf dem schlichten Grabstein direkt vor mir formten. ‚Victoria'. Ich stoppte abrupt. Ich spürte weder den Regen, noch den Ärger über mich und die, die diesen Gram begünstigten; und ich fühlte nicht mehr den kalten Wind, der mir eben noch ins Gesicht blies.

Victoria - mein Kopf war einen Moment lang völlig leer. Allmählich begann er sich dann mit dem zu füllen, was gewesen war bis zu jenem Zeitpunkt, als es nicht mehr existierte. Nun aber trat an die Stelle, wo seither nur das trennende Vergessen mühsam seinen Platz gefunden hatte, ein seltsames Empfinden. Es war eine Mixtur aus Erleichterung und Gewissheit zugleich. Aber diese Erleichterung war nicht der Offensichtlichkeit entsprungen, welche mir nun ins Bewusstsein trat, sondern vielmehr aus der Tatsache, dass die Tränen, die nach Jahren ihren Siegeszug antreten konnten, kaum schmerzten. Vielleicht hätten sie es damals mehr getan als in der kleinen Ewigkeit, die in diesen Minuten lag. Sie bezeugten, dass es gut war, dort hingekommen zu sein, um endlich das zu tun, was uns über den Tod hinaus vereint: zu trauern.

Ihr erster Flug

Es war der erste Flug in ihrem Leben. Sonja hielt das Ticket in ihren verschwitzten Händen und wedelte nervös damit herum. Es klebte regelrecht an ihren Fingern, als sie es der freundlich lächelnden Stewardess überreichte; gleichsam einem Wink mit dem Zaunpfahl, lieber doch umzukehren und nicht das Flugzeug zu betreten. Sonja suchte immer nach solchen Zeichen, die ihr eine vermeintlich richtige Handlungsweise ein-suggerierten, wenn sie Angst hatte. Sie konnte ihren Gedanken nicht zu Ende führen.

"Sitz 12a, gleich neben dem Notausgang", bemerkte die Stewardess mit einem ununterbrochenen Lächeln, welches sich nach Sonjas Passieren, ohne sich zu verändern, dem folgenden Fluggast widmete.

,12a - um die 13' zu leugnen, dachte Sonja kurz.

Sie lief den langen Gang des Zubringerfingers entlang. Beim Eingang in den Jet erwartete sie gleich zweimal das gleiche, uniformierte, freundliche Gesicht wie schon zuvor bei der Ticketkontrolle. Je weiter sie sich in der Reihe der Reisenden zwischen den Sitzen durch die Flugkabine schob, desto nervöser wurde sie. Ihr Blick wanderte konzentriert von Nummer zu Nummer über den Sitzplatzreihen, abwechselnd mal rechts, mal links. Das lenkte sie etwas ab. Für einen Moment schien dieser Augenblick das Wichtigste der ganzen Reise zu sein.

Da war er, 12a, ein einzelner Sitzplatz direkt vor dem Notausgang. Etwas erleichtert über ihren Fund und doch zerfahren, packte Sonja ihre Reisetasche ins Gepäckfach über dem Sitz. Die gewonnene Erleichterung verflog schnell wieder mit dem unangenehmen Gefühl der Enge, verursacht durch die sich an ihr dicht vorbei schlängelnden Fluggäste.

Sie setzte sich und begutachtete akribisch, misstrauisch die einzelnen Komponenten ihres Sitzplatzes. Sicherheitsgurt, Schwimmweste und eine Notfalltüte für den Fall, dass der Magen rebelliert. ‚Na, das kann ja heiter werden', dachte Sonja, fehlte nur noch die Bibel - ‚nun reiß dich endlich zusammen'. Sie legte sich gewissenhaft den Gurt um die Hüfte, atmete tief durch und schloss die Augen. Allmählich begann sie, sich aus ihrer Innerlichkeit zu lösen und vernahm mehr und mehr ihr näheres Umfeld. Ein gleich bleibendes, hochfrequentes Pfeifen, eingebettet in ein sonores, ebenso monotones Rauschen gab ihr ein Gefühl von Geborgenheit; vielleicht gerade durch die Eintönigkeit, die eine gewisse Stabilität suggerierte. Sonja schaute aus dem Fenster über die Tragfläche hinweg und sah nicht viel, außer einem Stück Wald und der Tatsache, dass sie sich wohl noch nicht bewegten.

Es wurde ruhiger in der Kabine. Vor dem Cockpit stand eine der Flugbegleiterinnen, zeigte mit ihren Händen nach links, nach rechts, nach oben und nach unten und präsentierte die Schwimmweste wie ein

Nummerngirl im Boxring die nächste Runde. Zum Abschluss der Vorstellung ließ sie sich mit einem ernstzunehmenden Lächeln von der Hand über ihrem Kopf eine Maske vor das Gesicht fallen. Niemand schien ihre Bemühungen wirklich wahrzunehmen. Sonja griente kurz in sich hinein. Dann verspürte sie wieder die feuchte Kälte auf ihren Handflächen, die sich zwar beim Reiben auf den Oberschenkeln erwärmte, aber dennoch nicht verschwand.

Plötzlich war ihr so, als ob sich etwas gerührt hätte. Sie sah wieder aus dem Fenster und richtig, das Flugzeug bewegte sich langsam drehend rückwärts. Nach einer kurzen Pause, nachdem das Rauschen und Pfeifen zwar eindringlicher, aber nicht beunruhigend wurde, setzte der Jet scheinbar unendlich lange gemächlich seinen Weg nach vorne fort. Es folgte eine Wende links, eine rechts, danach plötzlich Stillstand. Sonja spürte, wie ihr Herz immer schneller schlug und sich ihr Atem beschleunigte. Das Reiben der Handflächen auf ihren Hosenbeinen ging in ein verkralltes Massieren dieser über. Die Maschine setzte erneut langsam ihre Fahrt fort, um nach einer weiteren Biegung noch einmal Halt zu machen.

Sonja wusste instinktiv, dass die nächste Bewegung die Wesentliche sein würde. Sie schloss die Augen wieder für einen kurzen Moment. Ein bis dahin unbekanntes Geräusch, ein zirpendes Surren, veranlasste sie, aufzuhorchen. Auf den Tragflächen verschoben sich seltsame Klappen und gaben den Blick auf diverse Innereien des Flugzeugs frei. Beinahe gleichzeitig erhob sich aus dem gemütlichen Rauschen, welches sie die ganze Zeit immer vertrauter werdend begleitet hatte, ein schnell lauter werdendes Brausen. Noch bevor Sonja realisieren konnte, dass die alles entscheidende Bewegung bereits begonnen hatte, spürte sie den starken Druck der wenig später einsetzenden Beschleunigung in ihrem Rücken. Ihr Blick aus dem Fenster und ihre verkrampfte Körperhaltung verharrten in einer Momentaufnahme der Erwartung. Sie rasten dahin, und der Boden unter ihnen vibrierte immer stärker. Bald wäre der Augenblick gekommen, wo sie ihn unter sich verlieren würden. Der Moment des Wartens begann, sich auszudehnen.

Aber es geschah nichts. Stattdessen wurde das Brausen immer lauter, die Fahrt immer schneller und das Vibrieren immer dröhnender. Eine Verzweiflung lag darin. ‚Es geht nicht‘, ging es Sonja durch den Kopf, ‚es funktioniert nicht, wir heben einfach nicht ab‘. Die Landschaft schoss wie ein grünes, verschwommenes Band am Fenster vorbei und lies kein Urteil mehr darüber zu, ob die Beschleunigung noch weiter fortschritt. Sonja nahm das Innere der Kabine nicht mehr wahr. Sogar die Empfindung ihrer selbst verschwand, und sie fand sich ganz in ihrem eigenen Gesichtsfeld wieder, welches durch die ovale Begrenzung des Seitenfensters beschränkt und nach außen hin fokussiert wurde. ‚Das geht nicht gut‘, dachte

48

Sonja, ‚die Bahn ist nicht unendlich lang und muss jeden Moment zu Ende sein. Und dann?‘ Immer stärker ergoss sich ein unheimlicher Erwartungsschauer in ihrem Gesicht. Aus dem Warten wurde ein Raten, und hinter ihren zusammengekniffenen Augen hämmerten ihre Gedanken nur noch unaufhörlich: ‚Jetzt ... Jetzt ... Jetzt!‘

Sonja bemerkte einen Ruck und schlug die Augen auf. Jemand stieß ihr aus Versehen mit einer Tasche an die Schulter.

„Entschuldigen Sie, Miss, das war keine Absicht, möchten Sie vor mir aussteigen?“

Feline am Strand

Feline hockte im Schlick und malte mit ihrem Finger Gesichter hinein. ‚Wie meine Zaubertafel', dachte sie, und erfreute sich daran, wenn das seichte, heran schwemmende Wasser ihre Zeichnung wieder verschwinden ließ - mit sich hinaus nahm. Sie blickte über die Weite der Nordsee, an deren Horizont sich die Sonne allmählich anschickte, das Meer auf die Nacht vorzubereiten. Und dort hinten verschwinden sie dann für immer im Dunkeln, dachte sie weiter.

„Feline! Feline! Kommst du bitte, wir müssen nach Hause!"

Feline vernahm die Stimme ihrer Mutter Johanna.

„Ja, Mama, gleich!"

‚Eins schicke ich noch fort', überlegte das neunjährige Mädchen schnell, und es furchte hastig, aber doch gekonnt die grobe Kontur eines weiteren Antlitzes, welches man als das eines Mannes hätte interpretieren können, in den Boden.

„Jetzt komm endlich! Mein Gott noch mal! Dass man dir alles immer mehrfach sagen muss! Der Bus wartet nicht auf uns!"

Die Stimme wurde mit jedem Satz lauter, was Feline signalisierte, dass sich ihre Mutter von hinten eilig nähern musste. Noch bevor die Kleine beobachten konnte, wie ihr letztes Kunstwerk erneut davongetragen wurde, packte sie schon ein energischer Griff am Oberarm und zerrte sie in die Höhe.

„Auaa!", riss Feline sich von der Hand ihrer Mutter los.

„Jetzt komm, der nächste Bus geht erst in anderthalb Stunden. Ich habe keine Lust, wegen deiner Verträumtheit wieder Ärger zu bekommen."

Lustlos trottete das Kind entlang der langen Deichstraße hinter Johanna her. Diese eilte ihr immer mit einem langsam größer werdenden Abstand voraus, um ihn dann regelmäßig mit einem anherrschenden 'Komm jetzt! - Mach hin!' wieder zu verkürzen.

„Können wir morgen noch einmal hierher kommen?", fragte Feline, als sie hinter ihrer Mutter in der Tür des Busses stand.

„Was?", kam es abwesend von dieser zurück, während sie mit ihren Fingern hektisch nach passendem Kleingeld für die Bustickets in ihrem Portemonnaie stocherte.

„Hier ist es immer so schön ruhig.", fuhr das Mädchen fort.

Johanna ging nicht weiter auf die Frage ein, stattdessen schob sie ihre Tochter schnell in die einzige noch freie Sitzbank. Feline setzte sich auf den Fensterplatz.

„Wir hätten eigentlich schon den vorigen Bus nehmen müssen", murmelte Johanna in sich hinein und stierte nachdenklich, sich auf die Lippe beißend geradeaus. Immer wieder schaute sie auf die Uhr, und bei jeder längeren Verzögerung durch eine Ampel oder einen kleinen Stau im Stadtverkehr entfuhr ihr ein ungeduldiger Seufzer.

„Können wir?", knüpfte Feline noch einmal vorsichtig an ihre Frage an.

„Was denn?"

„Na, hierher kommen."

„Nein ... ja ... vielleicht ... ich weiß noch nicht ...", entgegnete Johanna sichtlich unkonzentriert, „wird ja auch irgendwann mal langweilig." Sie sah weiter ununterbrochen nach vorne, als wenn sie sich krampfhaft etwas überlegen würde. „Mal schauen, vielleicht, wenn du heute Abend spurst."

Feline presste ihre Lippen mit einem leisen Raunen zusammen, sah aus dem verschmutzten Fenster und begann ein Gesicht in den Staub zu malen - ein kantiges Gesicht. Dann ahmte sie mit ihrem Mund das Rauschen des Meeres nach und verwischte ihre Zeichnung langsam mit der Handfläche von oben nach unten …

Johanna schloss vorsichtig die Haustür des kleinen, heruntergekommenen Holzhauses auf.

„So, komm, hopp, hopp ... nach oben", zischte sie leise aber energisch ihrer Tochter zu, „und komm erst runter, wenn ich mit dem Besenstiel klopfe ... dann aber bitte sofort ... du weißt ja ..."

Feline drückte sich an ihrer Mutter vorbei und huschte flink die Treppe hinauf. Beinahe wäre sie über eine Bierflasche gestolpert, die jemand achtlos auf einer der Stiegen hatte stehen lassen. Oben verschwand sie in ihrem Zimmer, dem einzigen im Obergeschoss. Dort tat sie das, was sie am liebsten tat; sie widmete sich ihrer Zaubertafel.

Derweil legte Johanna die Sachen im Flur ab und versuchte dabei, Geräusche um jeden Preis zu vermeiden. Mit zusammengekniffenem Mund und auf Zehenspitzen schlich sie fast lautlos zur Küche am offenen Wohnzimmer vorbei. Über die Rücklehne des vergammelten Sofas hinweg erspähte sie ein halbes Dutzend leerer Flaschen sowie einen ausgiebig genutzten Aschenbecher auf dem Couchtisch davor. Ansonsten regte sich nichts auf dem Sofa. Johanna atmete durch, auch wenn sie ahnte, dass das Knacken des klemmenden Schlosses der Küchentür sie bald verraten würde. So langsam wie möglich drückte sie die Klinke hinunter. Sie hatte mit der Zeit etwas Übung darin bekommen, und manchmal gelang ihr sogar das lautlose Öffnen der stark demolierten Tür. Jedoch tat sie ihr den Gefallen dieses Mal nicht. Mit einem lauten Klack gab der Mechanismus schließlich nach. Johanna erschrak, und das Herz schlug ihr bis zum Hals, so stark, dass eine bereits abklingende Prellung über dem Schlüsselbein wieder begann, leicht zu spannen. Johanna hielt inne und hatte Glück. Es blieb still. Sie atmete auf, als sie die Tür hinter sich nur leise anlehnte, aber sofort begann, geschäftig zu tun.

Die Küche musste benutzt aussehen. Das Abendessen würde wie üblich recht karg ausfallen. Aber für Feline behielt Johanna immer noch eine kleine Sonderration übrig. Das Mädchen aß ohnehin nur sehr wenig, am liebsten zur Nacht, wenn es ruhig im Haus war. Ab und zu schaute Johanna aus der Tür zum Wohnzimmer, wo sich immer noch nichts tat. Dann lauschte sie nach oben. Dort blieb es ebenso ruhig. Gut so. Ein kurzes Lächeln entspannte ihre Gesichtszüge, denn es war wohl wieder einer jener wenigen Abende, an denen der Fortlauf der Zeit ein Einsehen hatte. Geschafft. Die kleine Mahlzeit war angerichtet, ganz ohne Unterbrechung. Bevor Johanna Feline das Signal mit dem Besenstiel geben konnte, musste sie zuerst eine Portion nach nebenan bringen. Sie wollte gerade mit dem Teller und zwei Flaschen Bier zur Küche hinaus, da klingelte es an der Haustür.

„Wer kann das jetzt sein?", flüsterte sich Johanna hektisch zu, stellte den Teller ab und harrte im Türrahmen. Es klingelte ein zweites Mal. Johanna blickte zum Wohnzimmer, als wenn sie auf etwas warten würde. Aber von dort kam keine Reaktion. Sie stutzte, begab sich dann aber langsam zur Haustür, durch dessen gesprungenes Milchglas sie zwei männliche Gestalten wähnte. Endlich öffnete sie und atmete schon fast auf, als dort zwei unbekannte Männer vor ihr standen.

„Ach ... guten Abend ... ja, Sie wollen sicher zu meinem Mann." Verunsichert rieb sich Johanna die Hände und schaute nach hinten. „Also ... er schläft gerade und da ..."

„Entschuldigen Sie die Störung. Sie sind doch Frau Hendersohn?", meinte der ältere der beiden etwas verdutzt, jedoch nicht ohne bedächtige Miene. Dann zog er seine Polizeidienstmarke aus der Manteltasche und hielt sie Johanna vor das Gesicht. „Kripo Cuxhaven."

„Johanna Hendersohn, ja das bin ich. - Was gibt es denn?" Johanna schloss sich irritiert den Kragen ihrer Bluse höher.

„Wir kommen in der Tat wegen ihrem Mann. Em ... sind Sie sicher, dass er schläft?"

„Ich hoff... ich denke schon. Wenn Sie hier warten möchten, dann schau ich mal eben."

„Ist gut ... wir warten."

Johanna schlich zum Wohnzimmer, trat vorsichtig von hinten an das Sofa heran und wich zurück. Die Polster waren leer. Mit gemischten Gefühlen sah sie sich kurz im Hausflur um und ging dann leise zur Schlafkammer auf der gegenüberliegenden Seite. Sie spinxte durch das Schlüsselloch, aber das Bett war unbenutzt. Bevor sie mit einer unguten Ahnung an Felines Raum denken konnte, erschien die Kleine schon mit ihrer Zaubertafel neugierig am oberen Treppen-geländer.

„Ist Papa bei dir da oben?"

Feline schüttelte den Kopf. „Wer ist das denn?"

„Ach ... zwei Herren von der Polizei, geh bitte wieder auf dein Zimmer." Felines Lippen entwich langsam ein leichtes Lächeln, und sie verschwand.

Die Beamten nickten sich bestätigend zu, als Johanna ihnen sichtlich überrascht von der Abwesenheit ihres Mannes berichtete.

„Tja, also, die Sache ist die, Frau Hendersohn", begann der ältere, „Ihr Mann ... der ist ... nun, er hatte wahrscheinlich einen tragischen Unfall."

Johannas unsichere Mimik erstarrte zu einer ungläubigen Ausdruckslosigkeit. Sie brachte keinen Ton hervor, nur ihr Mund begann, langsam zu zittern.

„Es war wahrscheinlich so", erklärte der jüngere Kollege weiter, „dass er nicht mehr ganz nüchtern ins Watt gelaufen ist. Na ja, und in einem Priel hat die einsetzende Flut ihn dann ..."

„... ihn .. mit .. hinausgenommen?", unterbrach Johanna den Kripomann ruhig wie in Trance. Sie drehte langsam ihren Kopf und schaute die Treppe hinauf zum Zimmer ihrer Tochter, von wo aus sie zum ersten Mal seit Jahren die leisen Töne ihrer Blockflöte vernahm.

Das Licht der Welt

Das Licht der Welt war erblickt; Natascha hielt ihr Baby fest im Arm und blinzelte entkräftet in den gleißenden Ausgang des alten, verlassenen Eisenbahntunnels. Ein unbewusstes Glück des Lebens unter den kleinen, noch verschlossenen Lidern bahnte sich seinen Weg in ein entspanntes, völlig unverdorbenes Gesichtchen; gleichsam als ob es zeigen wollte, welch gütiges Potential darin verborgen läge, für einen Moment - gänzlich ein Kontrast zur Endzeit vor dem Ausgang ihres schwarzen Lochs. Eng presste die junge Frau das Neugeborene an sich, und sie spürte eine Wohligkeit, die so persönlich war, dass niemand hätte sie auch nur im Ansatz nachempfinden können. Das Gefühl ging hindurch - durch den Gestank, den Lumpenmantel und die von Ekzemen besetzte Haut. In diesem Augenblick des Fassens einer neuen Wirklichkeit verhallte jeder Strahl des grellen Umtriebs vor dem Schacht. Natascha schloss die Augen und ergab sich in die Regung ihres kleinen Lichtes vor dem Herzen, welches nun begann, den neuen Mut hinauszuschreien.

„Es liebt mich, es liebt mich wirklich ... ich werde geliebt ...“

Und tief im Nachbild ihrer müden Augen wurde jene Wahrheit offenbar, in welche sie sich gleiten ließ: Ein Licht im Dunkeln ist viel heller als der schwarze Schein der Sonnennacht.

Eine kleine Wahrheit

Die letzte Mark in seiner Hosentasche fühlt sich an
wie das gesamte Leben dieser Stadt, die ihm so lange
eine Hoffnung in der Ferne gab. Noch einmal will er sie
sich nun zu Füßen liegen lassen, und er erklimmt die
Stufen eines Aussichtsturms zum Ende seiner Reise.

Honig hatte man ihm um den Mund geschmiert, als er
mit schwerem Herzen seine Eltern leiden sah und sich
alleine nur von dannen machen konnte. „Das Glück
liegt auf der Straße", sagten welche, „dort, wohin du
gehst, und das Ersparte der Familie wird dir deine
Zukunft zeigen." Schon bei der Ankunft schlug ihm
dann nach einer Reise der Geheimnistuerei die Wucht
geballter Relevanz entgegen. Diese hatte er fernab am
Tag des letzten Sonnenuntergangs am Fluss der
Hoffnung sicher nicht in der Romantik seiner Armut
vorvermuten können. Letztendlich war auch das
geschafft, so schien es, und das Bett in seiner
Unterkunft bei Gleichgesinnten schmiegte ihm zur
ersten Nacht die Freude ins Gesicht, welches nur die
Träne fürs Zuhause nicht vergaß.

Der neue Duft der Freiheit roch so süßlich wie das
morgendliche Flair aus den Bistros und Einkaufs-
tempeln. So nah und unerreichbar, ließen sie nur hier
und da den Krümel des Geschmacks in die Erwartung
fallen. Aus Erwartung wurde Warten und aus Warten
angstvoll Harren. Die Zeit verflog. Wochenlang war das

Jonglieren an den Grenzen dieses großen Kuchens nur Versuchung um Versuchung wert; doch niemals mehr als das Papier, auf dem die Lüge seiner Herkunft ihn sozial sterilisierte. Vorbei an Sahneschnitten ihrer und nicht seiner Stadt lavierend, zogen ihn die Zweifel alter Blicke jener an, die integriert noch weiter ab am Mauerrand verbleiben durften. Sie hatten nicht das Bett, das er besaß, jedoch das Recht zu tun und lassen, was sie wollten ... wenn sie denn gekonnt hätten. Er hätte ... aber durfte nicht erst fragen, ob er dürfe.

Im Einvernehmen mit dem Zwiespalt schreckte ihn dann eines Tages auch die feierliche Aberkennung nicht mehr wirklich, die nur deshalb sich verzögerte, weil er die Blindheit beider Seiten auf Etappensiegen fand - von Tag zu Tag erneut, und mit dem Kleinod einer alten Frau, die ihn den Garten pflegen ließ. Ihre Augen hatten etwas von Mama. Allein, nach jenem letzten Gruß des Nachbarn hatte ihre Herzlichkeit - in Angst vor den Gardinen gegenüber - schnell das Fersengeld bezahlt. Am nächsten Tag galt so ihr Blick nur noch dem Rot der Ampel an der Kreuzung mit zwei Menschen.

Es gibt nicht viel, was sonst Revue passiert, als ihn - kaum 15 Jahre alt -, der Zollbeamte über Stiegen bis zur Aussichtsplattform führt. Dieser lächelt halb verlegen und nimmt Stellung neben einem freien Fernrohrautomaten. Das letzte Stückchen Glücksversprechen klickert durch den Münzeinwurf und gibt den Blick nach Westen frei, der viel verhieß. Rückwärts zählend die Minute, rastert nun ein alt bekannter Wunsch in das Gesichtsfeld eines jungen Mannes; und nach dem Fall des Vorhangs wird er eben diese Ansicht in den Augen zweier Glücklicher zu Hause und dem Sonnenuntergang am Fluss als kleine Wahrheit seiner Hoffung beibehalten.

Reflexionen

Herzblühen

Zerfließen

Alleine. Stille. Es ist nicht kalt, es ist nicht warm. Weder umgibt mich Dunkelheit, noch durchkreuzt ein Lichtstrahl diesen Raum, oder sollte ich sagen: das, was mich umgibt?

Sagen? Ich kann nichts sagen, selbst, wenn ich wollte. Wollen? Ich weiß nicht, ob ich will und was ich will. Ich bin nur da, einfach da ohne meine Sinne. Zumindest scheint es nichts zu geben, was sie erregt, um damit einen Beweis ihrer Existenz zu sichern. Aber ich bin ja da, wie beruhigend.

Ich sitze nicht, stehe nicht - und schweben? - Ich bin mir nicht sicher. Ich warte. Ich warte und denke. Denken kann ich noch. Ja, es funktioniert in der Tat, jetzt, da ich mir sicher bin, dass ich bin - irgendwie da bin.

Was passiert nun? Scheinbar nichts. Ein Leerlauf des Seins. Ich warte weiter. Lange? Kurz? Da! Dort ist etwas. Nicht dort, eher hier. Es kommt nicht auf mich zu, es kommt aus mir heraus und in mich hinein. Verschwommen und leise. Aber es wird klarer und lauter. Bilder, die ich nicht sehe und Geräusche, die ich nicht hören kann. Sie sind genau dort, wo ich bin. Es erscheint alles nacheinander und fällt alles zusammen. Zusammen und auseinander.

Die Momente zerfließen und zerren an mir, bis sie kraftlos sind - bis ich kraftlos bin.

Die Kraft fehlt, zu denken. Nun kann ich nicht einmal mehr dies und folge dem, was zerfließt.

Kraft des kleinen Glücks

Ein Gefühl der Befreiung entsteht in dem Moment, da ich dieses schreibe. Ich fing es ein, was sonst eher unüblich ist und im Durchlauf des Alltags entweder zwar wahrgenommen, aber kaum erlebt wird oder gar nicht erst in Erinnerung bleibt. Es ist das Glück. Ein kurzer Augenblick, entstanden aus sich selbst und scheinbar ohne Ursache. Wie einem Spaziergänger im Feld, der beim gedankenverlorenen Passieren seiner Umwelt das Leuchten einer Blüte mit den Blicken einfängt, ist es mir gelungen, ein kleines Licht im Schleier der Routinen zu orten. Und schon im Anfang, dem das Ende schneller folgte, als mir lieb war, griff ich zu und hielt es fest. Die Sinneskräfte sind dabei entspannt in ihrer einzigartigen Natur und erfassen, jede einzelne für sich, die Komponenten dieses Schauers auf ihren eigenen Ebenen. Unglaublich schön, das Streicheln meines Bewusstseins mit den Federn der Beschwingtheit.

Es ist kein Glück von Dauer, kein Schicksal, welches freudige Ereignisse ins Leben brennt oder gar lang währende Glückseligkeit materieller oder geistiger Art verschafft. Nur ein Funke und doch mit der Kraft eines durchdringenden Liebesschwalles verzehrte für Sekunden alle Sorgen und Banalitäten dieser Welt.

Was ist das, was jetzt bereits verebbt und scheinbar ganz verloren ist? Die Chance ist's, die ich erkenne auf dem Wege meines Lebens. Ein winzig kleiner, aber mächtiger Hinweis scheint mir solch ein dankenswertes Kurzereignis schon zu sein; ein Wink, der die Ummauerung meiner Urteilskraft, wenn nicht zersprengt, dann doch zumindest reißen lässt - für den Moment. Ich will ihn nutzen und hindurch die Botschaft schicken an Gemäuer in den anderen Köpfen: Schaut selbst hindurch; nutzt die Augenblicke eines kleinen Glückes. Fangt den Lichtstrahl ein und leuchtet aus die dunklen Ecken, die verbergen, was ihr lang schon finden wolltet - was euch wirklich wichtig ist. Für meinen Teil erhaschte ich ein Stück der Kreativität, die oft dem Pulk von Stress sehr hilflos doch entgegensteht.

Siegel des Schicksals

Wenn ich dir schriebe, ich würde dich lieben, so hätte die Lüge die Liebe vertrieben. Wenn ich erklärte, ich würde mich sehnen, dann wären verschwendet vergossene Tränen. Und wenn ich auch lachte, dein Lächeln zu ehren, es würde doch niemals die Wahrheit bescheren.
So lasse mich meine Gefühle vergleichen, mit Bildern vom Sommer die deinen zart streicheln.

Die erste Begegnung war wie ein Erwachen des Sommers nach Jahren, ein sonniges Lachen. Es zog in den Bann mein Gemüt, so verschollen in tiefen Gedanken, wie das Licht meine Augen, lange versteckt hinter wolkigen Schranken. Du riefst mich hinein in dein Leben, ein gleichsamer Sog, den ein wärmender Tag einem frierenden Lechzer kann geben.

Ich blickte vertrauend in blauste Augen und mochte dem Himmel das Blau so gern glauben. Allein die Erfahrung, sie ließ mich noch zaudern, im Wissen um Tränen, die Himmel erschaudern. Gefolgt bin ich gerne und spür nun die Treue aus liebender Wärme, vermissend die Reue. Versunkenheit trinkend, die wir zwei uns geben, verschmilzt wie die Düfte im blühenden Leben. In Hitze der Leidenschaft flammen die Wogen, auch hat sie die Eigenschaft, wetternd zu toben. Doch ist diese Furcht aus vergessenen Jahren, als schwere Gewitter noch häufiger waren, verschwunden;

sie schlagen, seitdem ich dich kenne, nur leichte, versöhnende Wunden. Es ist das Entstehen der wirklichen Liebe aus Sonne und Regen, die wechselnd befruchtend den Pfad der Gemeinsamkeit gehen, um nun unser Kind in die Wiege zu legen.

Das Fragen der Augen, ein Funkeln der Sterne, erbettelt die Nähe aus Angst vor der Ferne. Schlaf ein, meine Süße, die Tage des Sommers vergess' ich dir niemals, und nächtliche Küsse sind Siegel des Schicksals.

Mit der Schönheit leben und nicht von ihr.

Die Goldigkeit des Herbstes hierzulande, und dabei spreche ich vom mittleren Europa, hat etwas Ausklingendes, zugegeben, zuweilen auch Hektisches oder Trübes an sich. Jedoch sind wir verwöhnt, auch wenn wir immer jammern über verregnete Sommer und nachfolgende Herbst- und Winterdepressionen. Was uns so selbstverständlich erscheint, ist es ganz wo anders nämlich nicht.

Denn dort fällt sie anders aus, die dritte Jahreszeit; und in Gefilden jenseits des 59. Breitengrades, weit hinter der norwegischen Hauptstadt, ist der Herbst ein kurzer Gast im Jahreskreis, der seine Farben kaum ausspielen kann. Noch ehe er vergoldet, was die sommerlichen Reste hinterlassen haben, spürt er schon die kalten Krallen eines jahreszeitlichen Protagonisten im Genick. Dort, wo das Land noch wild und die Menschen rarer gestreut sind, findet der Besucher oft eine Stimmung vor, die an das nachträgliche Einfärben eines Schwarzweißfilms erinnert, mit eingeflochtenem Grünanteil. Eigentümlich, wildromantisch ist die Landschaft, insbesondere kurz bevor der Winter seine Decke über eben diese ausbreitet.

Oh nein, mitnichten stellt die grau gestufte Weite in die Höhe und die Breite nur einen Flecken kalter Einöde dar. Im Gegenteil; jedoch, man muss die Toleranzen walten lassen, die da zugeben: Ja, es ist hier anders und gleichsam schön. Dies zu erkennen ist dabei die Kunst des Naturfreundes, der sich mit der nördlichen Exotik sicherlich anzufreunden vermag. Doch diese Schönheit auch zu leben, ist im Alltagstrott nicht leicht und nur zu schaffen, wenn man mit ihr und nicht von ihr lebt. Letzteres gelingt Touristen, die dann froh sind, sich in Sicherheit zu wiegen, dass zu Hause jener Standard wartet, der in Hütten ihres Urlaubs eher fehlt. Das dauerhafte Leben mit der Attraktivität des Nordens fordert allerdings das Verständnis und die Akzeptanz menschlicher und klimatischer Mentalitäten mit all ihren Eigenheiten und Anforderungen an das, was das Leben dort bestimmt und lebenswert macht.

Angepasst an die Natur und ihre Einsamkeit fließt die Hektik meist ins Leere, und was woanders dringlich scheint, ist dort ein Punkt der Diskussion. Wer fordert, der wird warten müssen und wer wartet, lebt gesünder. Hat man erst hineingefunden in diese Weise - und das ist nicht so einfach für den Mitteleuropäer, wie es scheint - wird verständlich, was die Traditionen eines solchen Landstriches bedeuten, die im Sommer kurze Ausgelassenheiten produzieren und in der langen darauf folgenden Dunkelheit die Menschen durch die Nacht begleiten.

Das Land,
ein Bild, so gräulich komponiert,
mit grünen Geizen eines Meisters,
von Himmels Leinwand inspiriert.

Die Flucht,
Unendlichkeit am Berg zerbricht,
zersplittert wuchernd in die Höhe,
im Fjordenlabyrinth kaum Licht.

Der Mensch,
er kennt die Seinen und noch wen,
erlebt das Leben wie gegeben
und will ihm nicht im Wege steh'n.

Das Lied,
es singt von Sehnsucht, die nicht treibt,
verlautbart alte Traditionen,
es klingt voll Stolz hinaus und bleibt.

Die Zeit,
sie scheint zu kriechen durch das Land,
verschleppt das Licht der kurzen Sommer,
zum Bann im weißen Nachtgewand.

Gewissensbisse eines Schreibers

Schluss! Vorbei! Die letzten Seiten sind geschrieben, und ich werde den Eindruck nicht los, dass, je mehr sich der Text dem Ende näherte, das Niederschreiben jenes qualvoller wurde. Die Luft ist raus, so denke ich und sage mir: Das war's. Was Neues muss ich tun, um zur Zufriedenheit zurückzufinden. Doch was?

So manches Mal gebiert die verkommene Lust der anfänglichen Euphorie eine freudlose Todgeburt. Dabei hatte das Wachsen des literarischen Babys doch so verheißungsvoll begonnen. Und nun, nach einer schwierigen Entbindung, liegt es leblos da, nicht liebenswert noch lebensfähig. Erschöpfung droht, das junge Ding ganz ohne Pietät zu schmähen. Und doch, ein Funke Mitleid stört den Hass und diesen Wahn, im Schmerz den Balg Papier sadistisch dem Kamin zu opfern.

Was ist denn das, was mich noch hindert, mich vom Zögling zu befreien? Es schmerzt und meine Seele brennt im Widerstreit mit gleichem Blut. Was will es denn von mir, mit dem Gesicht, das nur ein Vater lieben kann? Ja eben dies, ich weiß, die Liebe. Doch wie kann ich sie ihm schenken? Überdenken? Ruhen lassen? Das Kind in andere Hände geben? … Nie im Leben! Es ist meins, und mir gehört es, und ich werde mich verwahren gegen Anspruchsdenken edler Schreiber. Eher schaff ich's fort an einen Ort der Finsternis, wo es zumindest Ruhe hat vor Schergen – ein Quasimodo meines Herzens.

Sieh an, so aufopfernd mit einem Mal? Es scheint doch etwas dran zu sein, an dem, was ich geschaffen hab. Je mehr ich mich verzehre, zu vernichten und zu wahren, regt sich still das Leben, das ich hab dem Text gegeben. Wenn auch nicht die volle Blüte und geschminkte Schönheit zieren Sätze, sind Geschichten, die sie zeichnen, doch ein Abbild meiner Seele. Nein, wie könnte ich sie töten?!

Und nach langen Tagen der Verzweiflung wird ein neues Kind geboren, und es fragt nach seinem Bruder; Kind, er ist noch nicht verloren. Denn ich weiß nicht nur seit diesem, dass Entwicklung ist sehr schmerzhaft. Und ihr beide seid gepriesen; Frucht der Lust schenkt neue Tatkraft.

Dezemberabend auf Lidingö

Ich verlasse den Trubel der Stadt, deren Getriebe eigentlich nicht unbedingt dazu animiert, jedoch möchte ich etwas die Ruhe außerhalb genießen, die in Stockholm kein Luxus ist. Die schwedische Hauptstadt lädt Besucher gleichermaßen zum Agieren und Entspannen ein. Das, was sich sonst in vielen Metropolen auszuschließen scheint, ist dort ein willkommener Gegensatz von Zentrum und Peripherie.

Es schneit, und ich fahre mit der Tunnelbahn direkt zu meiner Insel - so oft besucht und immer wieder wehmütig verlassen. Lidingö, so der Name jenes Eilands, welches nur mittels einer Brücke den Kontakt zum Festland sucht. An dieser Überführung steige ich um. Die kleine verschlafene Bummelbahn versprüht noch echte Nostalgie inklusive harter Bänke, dem Geruch von einer Mischung aus altem Holz und Getriebeöl und aller Geräusche, die man bei einer Fahrt mit solch einem Gefährt erwarten kann. Es ist spät am Abend, und nur vereinzelte Heimkehrer leisten mir Gesellschaft im hinteren Wagon des zweigeteilten Bähnchens.

Die Pünktlichkeit gelassen nehmend, winkt der Schaffner noch ein letztes Pärchen durch die Tür, welches, mit Flocken übersät, kuschelnd den freien Platz am Warmluftventilator bevorzugt. Ein Pfeifen, ein Rucken und ein grünes Licht signalisieren, dass es los geht. Ich schaue auf den Schaffner, der nicht gerade glücklich scheint, an diesem Abend Dienst verrichten zu müssen. Normalerweise flaniert er immer durch den Mittelgang, um mit einem kurzen, angedeuteten Nicken in die Reihen die empor gehaltenen Fahrscheine wieder in der Versenkung verschwinden zu lassen. Heute hat er offensichtlich keine Lust, und als mein Blick den seinen trifft, wirft er mir damit ein flüchtiges Lächeln zu, als wolle er sagen: „Ja, so ist das …"

Dreizehn Stationen fährt die Bahn zu ihrem Ziel am anderen Ende der Insel. Sie gräbt sich ihren Weg zunächst an Ufernähe zum Värtasee durch verschneite, felsige Schneisen. Hier und da geben sie den Blick auf das Wasser frei, dessen eisiges Schillern die Lichter des gegenüberliegenden Hafens widerspiegelt. Erster Halt: Ein kleines, verschlafenes Nest, wo niemand ein- noch aussteigen will, und doch hält der Zug und öffnet artig seine Türen. Warum auch nicht, kann es doch mal sein, dass der eine oder andere vergisst, den Halteknopf zu drücken.

Die Fahrt geht weiter; ein wenig weg vom Ufer ins Inselinnere hinein. Die Felsen gehen über in flacheres Land im stetigen Wechsel mit waldigen Abschnitten und kleinen Wohngebieten. Dort, wo Häuser stehen, ob allein oder in Grüppchen, schimmert Licht aus vielen Fenstern, welches verträumt zu dieser Jahreszeit aus Sternen und Lichterketten durch die teils von Schnee und Eis befleckten Scheiben auf die Wege fällt. Die

Dächer sind gut eingepackt von dichtem Weiß, und lange Zapfen von den Fensterbänken und Dachrinnen, die nicht tropfen, zeigen, dass der Winter die Insel fest im Griff hat.

Auf gerader Strecke fährt sich's schneller - etwas nur, dort wo sich die Siedlungen nach zentralem Haltepunkt seitwärts entlang der Schienen in die Nacht versprengen. Hier und da steigt jemand aus, doch niemand zu. Ganz zum Schluss verlässt dann auch das Pärchen seinen warmen Fensterplatz und verschwindet in der tief verschneiten Dunkelheit hinter seiner Haltestelle. Der Zug ist leer, abgesehen von der Zugbegleitung, die mittlerweile eingeschlafen ist und von mir. Dabei ist gerade mal die Hälfte der Strecke zurückgelegt. Beim nächsten Halt will ich denn auch hinaus und überlasse allein dem Zug den Rest des Weges. Noch einmal wird er sich eine Stunde später auf den Rückweg in die Stadt machen und mich mitnehmen, aus der Träumerei, die gleich beginnt.

Brevik heißt der Haltepunkt, an welchem ich die Bahn verlasse. Mein Ziel an diesem Abend ist das Wasser. Die Sträßchen sind menschenleer, und die Geräusche vereinzelter Autos werden vom Schnee fast gänzlich zugedeckt. So umgibt mich eine wunderbare Stille, die meinen Weg entlang einer kleinen Allee hinunter zum Värtasee begleitet, eingebettet in den warmen Schein der Häuserfenster von rechts und links. Es ist so ruhig, dass nur das Knirschen des Schnees unter meinen Schuhen das Flüstern der herabsinkenden Schneeflocken auf meiner Jacke unterbricht. Dort unten an der kleinen Bucht will ich verweilen.

Die Bank ist leer; nicht anders zu erwarten um diese Jahres- als auch Uhrzeit. Die See liegt still vor mir; weit und breit kein Schiff und Boot. Die Menschen sind zu Hause, um das zu suchen, was ich für mich an diesem Platz gefunden habe. Es ist Heilig Abend. Mein Heiligabend. Ruhig und so, wie ich ihn mir schon immer einmal gewünscht hatte. Ich bin allein mit meinen Gedanken und erzähle sie dem leichten Wind, der sie hinausträgt übers Wasser zu den Schären. Und die Antwort plätschert leise an mein Ufer. Sie heißt: Friedlichkeit. Ja, so stelle ich mir den Frieden vor, den sich so manche stressgeplagte Seele wünscht an diesem Tag. Vielleicht doch ein Luxus - in der Tat -, den ich genieße, trotz der Kälte.

Protagonistinnen

Es ist Mitternacht, und da sitzen sie nun. Eingeladen aus der Laune der Idee, sie einmal wirklich zu erleben. Recht gemütlich haben wir es uns gemacht, und ich bin nun der Hahn im Korb. Um Wein und kleine Canapés versunken in das Teelicht auf dem Tisch, vernehme ich so schemenhaft die Angesichter der Figuren, die mir viele Stunden lang die Zeit vergönnten, die ich ihnen widmete, als ich sie schuf und protegierte. Mehr braucht es nicht, denn Illusionen können leben nur, wenn ihre Silhouetten an den Rändern in der Wahrheit tief versinken und nicht abgegrenzter Schärfe meines Lebens trotzen müssen, um dahinter zu verblassen. So ergebe ich mich in den Schein des Feuers vom Kamin und schaue in das Flackern der Gesichter meines Weines. Nur der Wind verleiht die Stimmen - je nachdem mit wem ich rede -, meinen Hauptdarstellerinnen, so zu sprechen, wie das Auf und Ab der Flammen ihre Antlitze bewegt.

Mir zur Rechten sitzt die erste mit den blonden, langen Haaren, und sie weiß um das Geheimnis, als wir frisch Verliebte waren. In der Mitte wartet einsam meine träumende Brünette, die mir zeigte, wie ich meine und auch ihre Träume rette. Auf der linken Seite, blass und im Kontrast zu den Gedanken, eine Hoffnung in der Träne auf die Zukunft ohne Schranken. Alle seh'n mir ins Gesicht und fragen mich nach meiner Reise, als ich ihre hab verlassen, und ich antworte nur leise:

Was ich suchte, hat mich selbst in der Vergangenheit verloren, und die Tage, die dann kamen, habe ich mit euch beschworen. Ihr seid eins in meiner Hoffnung, doch ich liebe jede Seele; mit Momenten meiner Sorgen ich mich heut' noch um euch quäle.

Fragend wenden sich Gesichter zueinander, um zu sehen, ob das eine in dem andern meine Wahrheit kann verstehen. Sind sie einig oder nur gebunden an die eigene Geschichte, so dass ich letztendlich darin nichts von meiner Welt berichte? Und ich horche auf das Flüstern ihrer Stimmen, die der Wind singt, der mir einmal noch den Duft der Haare und den ersten Kuss bringt. Dann verschwinden ihre Silhouetten mit dem letzten Schlag der Flammen, und im Lächeln ihrer Schatten bleiben sie in mir befangen.

Die Gläser leer, die Geister fort, und meine Sinne sind erleichtert über diese kleine Exkursion in eine Welt, die irgendwo verborgen liegt; wahrscheinlich zwischen Traum und Wirklichkeit. Denn nur zum Träumen sind Geschichten viel zu schade, wenn sie daraus keine Wirkung zeigen, und die Wahrheit, die ich lebe, hat doch keinen Platz für solchen Schöngeist der Ideen.

Bleibt die Hoffnung als ein Grat, der über beiden tiefen Tälern mich entführt, um diesen einen Geist zu suchen, der die anderen ersann.

Auf den ersten Blick

Gleitend über Oberflächen meines Lebens, war die Weite der Bezugslosigkeit so natürlich wie der jugendliche Leichtsinn, Schatten aus den Nebeln schon als Freundschaftskreis oder gar die eine große Liebe als Atoll des Paradieses zu erkennen. Niemand schien mir näher als ich selbst, voll Stolz sich Tag für Tag in aufgeklebter Gunst von anderen zu finden, wobei ich nicht verleugnen kann, dass ihre Euphorie nicht elitärer war als meine. Aus diesem Fleuchen durch die Welt - wie ein Komet, der aufnimmt, was er findet und verliert, was seiner Schnelligkeit nicht würdig ist - verschleppte ich mein Dasein in die Zukunft. Das vergilbte Leuchten meiner Aura - teils durch ungeputzten Geist und teils durch Geister, die sie schmückten - war kaum mehr fähig, einen Fokus zu erzeugen, als es im Vorbeiflug durchmarschierter Augen fast den Einwurf eines Paars verpasste, welches ich nicht missen kann bis heute.

Es blieb für einen Wimpernschlag nur hängen ohne Grund und Zielvorgabe, denn auch dieses schien, bei flüchtigster Betrachtung auf dem Weg durch Taggespenster sich zu suchen - ohne mich zu finden. Vorbei - doch fest gebrannt in meinem Kopf verlangt es nach der Tiefe meines Seins. Ein Zufall oder nur der Lohn aus Selbstmitleid und Einbildung? Ich habe lange reflektiert seit jener intensiven Streifung des Gemüts und oft verglichen mit den Resten anderer Partikel netter Blicke. Das, was immer blieb fortan, war stets

Erinnerung an eine Albernheit aus Jugend und Verzehrung des Geschlechts, die nur ein müdes Lächeln noch enthält. Doch dieses nun ist anders, lang schon her und seit den Jahren nicht verblichen - so vergeblich waren meine Mühen, zu vergessen, zu verdrängen und mit Grinsekatzen zu beschmeicheln.

Oft durchflechten diese Augen meine Blicke und ertasten mein Empfinden, wenn ich ihre Sorgen glaube, zu erspüren. Ob sie auch seit jener Wohltat, ebenfalls den Punkt erahnt, ihn mit sich nahmen, oder doch mich nun alleine fragen lassen? Sie noch einmal zu erfahren, sei ein Wunsch der Dreistigkeit verschwendeter Allüren, wischen mir die Schleier, die ich immer noch verschleppe, vor die Augen. Warum sollte ich ein solches Astrologenglück erhaschen - ausgewählt und zeitentrückt? Womöglich aber hat sich so genähert, was sich suchte, ja vielleicht geschieht dies täglich, und wir schmunzeln nur darüber, wenn ein Blinken in Gesichtern uns als Launigkeit im Grau erscheint.

Nein, ich will es nicht zertreten und nicht hüten, nur im Warten blühen lassen, wie es mich von selbst empfindet. Denn solange wirkt die Tiefe um den freien Fall des Glaubens, bis er allenfalls verloren geht und keine Schmerzen bindet oder doch mich überdauert, bis das Ende meiner Reise sich am Ziel des andern Augenpaares wieder findet.

Lebenspositionen

Zwischen neugierigen Blicken eines Kindes aus dem Fenster eines Flugzeugs und dem simultanen Starren eines alten Mannes an die Decke gleich darunter liegen kilometerweit Gedanken, die in keine Worte passen. Ich dazwischen, irgendwo auf Wolke sieben oder in die Tätigkeit zum Nutzen meiner selbst gebettet, sehe beide Komponenten, niemals mich betreffend, nur aus dem Versäumnis meiner Jugend und der Utopie der Altersschwäche sehr gelassen.

Doch ich suche gleichermaßen dieses Lächeln der Erwartung und die grauenvolle Neugier, die ich lieber nicht vermute. Mittendrin in dieser Diskrepanz ist beides so verwoben, und der Höhepunkt vom Kommen und Vergehen scheint mir weitaus tiefer brach zu liegen als der Anfang und das Ende; ohne Herz im Blute.

Still im Suchen sehe ich am Horizont die Horizonterweiterung des neuen Lebens Tiefe finden, und vorm Fenster jenes alten Mannes schließt sich noch ein letztes Mal der Vorhang, um ihn aus derselben Tiefe zu entbinden.

Letzte Innigkeit

Wie weggeblasen ist das Lampenfieber mit einem Mal; die Angst, zu gehen, zu ersticken und die großen Augen zu verlieren. Das Warten hat ein Ende. Hat auch lang genug gedauert, jedenfalls viel länger, als mir eingeleuchtet wurde, soweit ich mich entsinnen kann. Aber das ist nicht mehr wichtig, und mir scheint, es ist schon ewig her, schon lang verblasst, als ich begann, mich neu zu fühlen, wie ich mich im Augenblick empfinde. Alle sind sie da, die mit mir so gefiebert hatten und noch andere dazu, die ich erkenne und nicht kenne. Mein Lächeln, welches ich noch glaube, zu entlassen, kann Erwiderung nicht spüren. Denn sie lachen nicht und weinen nicht doch sind mir zugetan, und meine Neuerwartung wird erfüllt, wenngleich mit einer Nüchternheit der Sympathie, die wie ein Spiegel meiner selbst das Ein-und-Alles wiedergibt.

Mein Sein hat sich entbunden aus der Gegenständlichkeit, was mich bewegt, das Fühlen meines Lachens ebenfalls nicht zu behalten, weil das Fühlen dem Verstehen ausgewichen ist. Doch etwas fehlt bei aller Eingebundenheit in diesem Netz aus positivem Gleichmut der Impulse. - Ein Sog, der lenkt und eine Position zu suchen scheint, wirft eine letzte Frage auf, die nichts bewegt und mich entdeckt. Die Antwort liegt im Fokus seines Pols, der, wartend auf die Nivellierung des Bestrebens, mir noch einmal eine alt bekannte Sehnsucht offenbart: Es ist das ‚Schwarz zu einem

Weiß', es ist das ‚Ja zur Negation', es ist das ‚Ich zu einem Du', was jeweils schon das Gegenteil beherbergt und doch den Gegenpart so misst. Es ist ein ‚Wir', das ich letztendlich nun erfahre aus der Allumfassendheit, das immer schon und immerfort sich sehnt nach letzter Innigkeit.

Divergenz

Wenn alles divergiert in seinem Wissen um Globalisierung mit mittelalterlicher Wut, ob diese Ebene der Flucht erst jenseits allen Lebens vor dem Ende steht, umrundet es doch nur sich selbst. Begegnung ist ein Widerpol der Sympathien durch das Harren auf ein ‚Ich'. Und je mehr von ihnen jenes Weite suchen, umso mehr verkeilen sie sich in der Starre der Verteilung, stets bestrebt nach optimierter Individualdistanz nach allen Seiten. Denn wer entdeckt, der stößt sich ab von dem was die Entdeckung aus den Wünschen macht. Freiheit wird dabei mit jedem Neuling nur zu einem nächsten Level eines Kunstgriffs, der mehr um sich als ins Weite greift. Schon finden sie sich wieder unter ihresgleichen, und als die Menge nachrückt, riecht es um ein vieles intensiver nach dem Muff aus eigener Bestrebung, die im Hamsterrad ermüdet. Auf diese Weise zu Entgehen seinen immer gleichen Mühen einer punktuellen Selbstverpflichtung, wird auf Dauer kaum gelingen durch den Glauben an Unendlichkeit milliardenfacher Propaganda auf dem Weg vom freien Geist zur Individualverdichtung.

Es bleibt spannend

Die Unverfrorenheit des Daseins setzt das Zentrum ins Labile unserer Manifestation von Rechten. Das Bewusstsein wird als Selbstverständlichkeit missbraucht im Sinne individueller Koryphäen, die das Gute trennen von dem Schlechten. Die Clownerie der Zeit im Universum von galaktischen Artisten wird belächelt seitens aller Diskrepanzen. Wem zum Nutzen in Arenen ohne Augen ist der Glaube an die Welten, die sich endzeitlich Verschanzen?

Ist es für das Feld danach, das zu erforschen aus dem Diesseits nicht gelingt, weil dort kein Fleisch spielt? Oder gibt es kein Dahinter, da der Tod das Gestern hin zum Morgen an der Gegenwart vorbei stiehlt? Spannend bleibt es also allemal, denn wenn was kommt, was wir nicht ahnen, ist es stets ein neuer Auftritt, der uns lange wurde mitgegeben; doch auch wenn wir nichts mehr sind, erfährt sich dieses Hinterher als Fortsetzung der Leere mit der immer neuen Chance aus dem ‚Nach dem Tod ist vor dem Leben'.

Vergebung

Im Augenblick, als unsere Momente sich begegnen, fällt die Einsamkeit aus meiner Furcht. Ich schau ihr nach bis zu den Zehenspitzen meiner Füße. Und der Weg von dort bis zu den Augen meines Gegenübers scheint sehr steil. Auf dieser Linie hat sich jetzt der ehemals so vieldimensionale Aufwurf von Gedanken digitalisiert und reduziert auf eine Frage zwischen Ja und Nein.

Ich schiebe förmlich mein Alleinsein von da unten auf die Schiene. Schon die ersten Zentimeter bergen kaum den Mut zum Anstieg, denn am Horizont der Lider ist kein Aufwind zu entdecken, der den Weg erleichtern könnte. Ja, die Last wird noch verstärkt durch eine Bürde des Empfindens, die sich durchhängt auf dem schmalen Grat der Wanderung. Stück für Stück erachte ich mein Sinnen also mehr am Boden in die Weite als direkt hinauf zum Antlitz der Erwartung. Umso steiler wird das Ende, fühle ich, als immer noch kein Augenaufschlag eine frühe Chance zum Aufstieg bietet. Und wenn sie bald nicht kommt, durchbricht mein ungeübter Vorstoß jene Grenze, wo der letzte Anstieg dann zum Überhang verstreicht und mich ins Bodenlose stürzen lassen wird - hindurch- und nicht mehr anschauend.

Als ich die Chance vom ‚Aug' in Auge' schwinden sehe, vom Überbringen meiner Botschaft ganz zu

Schweigen, hebt die ausgestreckte Hand, die sich mir nähert, meinen Blick auf ein Niveau der Ehrlichkeit. Ein Finger legt sich auf den Mund, der - eben noch gefürchtet - mir die Ruhe im Erfahren seines Lächelns der Vergebung lässt. Der Aufstieg war die Hürde nicht, es war der Mut zum Gang auf schmalem Grat.

Feierwerk statt Feuerwerk

Grau, verwaschen präsentiert sich mir der Morgen. Da ist er wieder, denke ich, der letzte Tag des Jahres, und er sieht so aus wie all die letzten Tage alter Jahre. Den Unterschied macht nur die neue Stadt im neuen Land, ein Ort in Flandern nahe Brüssel. Ansonsten sieht es ähnlich mitteleuropäisch aus: Noch kein Feiertag und doch schon einsam, zieht der Morgen sich in einen Mittag ohne Ende. Alte Menschen gehen ungereizt den alten Gang, und junge sind noch nicht zu sehen. Allein das Schleichen müder Autos durch den Schneematsch birgt die Ungemütlichkeit des Wechsels in sich. Die Lichterketten hängen in den Seilen durch die Gärten, ja auch der Weihnachtsbaum ist mehr als sonst empfindlich, wenn man ihn zu dieser Zeit mit Überschwang erleuchten will und droht mit Einsicht durch die Durchsicht. Die Post ist schon vorbei, und mein leerer Briefkasten ein Spiegelbild, das zwischen Happiness und Abrechnung die Ruhe vor dem Sturm erklärt. Und das Wetter? Ach, na ja, das war auch gestern, und es steuert weiter nichts zum Countdown bei.

Als Partymuffel habe ich Sylvester nie gemocht, als Kind vielleicht ein wenig. Das Spektakel in der Nacht versprach zumindest eine kleine Galgenfrist - ein Highlight nach dem Übergang von Euphorie des einen Abends der Bescherung über Tage der Ernüchterung mit ‚Gutem Rutsch ins neue Jahr' an jeder Ecke - ob man dieses hören wollte oder nicht. Doch wenn es dann gejohlt hat aus den Häusern und die Parties weit vor Mitternacht den Höhepunkt mit Schall und Rauch verdarben, ergoss sich feierlich um Punkt null Uhr die Tradition in Gläser pflicht-besinnlicher Gesichter - oft von Menschen meines Umfelds, die sich sonst im Jahr kaum blicken ließen. Danach verdarb den Rest der Nacht nur noch der Krach von nicht erfüllten Donnerschlägen - für mich das wahre Sinnbild dessen, was zuvor geschah und auch am nächsten Morgen in der Zeitung stehen würde. Heute aber will ich einmal anderes erleben als das stete Warten der Ruhelosigkeit im Bauch. Kein Griesgram sein, verspreche ich mir; will einfach mitgerissen werden und den Tag in Lebenslust vergeuden. Als ob mein innerer Entschluss bestätigt werden sollte, öffnet sich ein Streif im Himmel und verspricht mir unter Vorbehalt der Lustigkeit des Wetters gute Aussicht für die Nacht.

Warm eingepackt, mit einer Flasche Sekt und einem Glas, verlasse ich zu vorgerückter Stunde dann mein Haus. Ich suche nun bewusst den Umtrieb, den ich sonst so gerne mied. Die selbstgemachte Stimmung scheint mir typisch. Ein paar Schatten, die mir, als es dunkel ist, begegnen, wollen sicherlich wie ich Geselligkeit erfahren und es richtig krachen lassen. Doch ich täusche mich, denn ihre Spur verläuft sich in den Gassen. So sitze ich denn recht alleine in dem Bus, der mich zum Zentrum meines Ortes bringen soll. Wo was los sei, frage ich den Fahrer kurz vor meinem

Ausstieg. Verwundert schaut mich dieser an, schenkt mir einen Taschenfahrplan, und er deutet mit dem Arm in Richtung Marktplatz.

Noch die Lebenslust des Sommers in den Ohren - mit Bühnen, Festen und der Ausgelassenheit im Ort, nebst guter flämischer Küche -, erwarte ich dergleichen, als ich mich dorthin begebe. Der Duft des Essens kommt mir schon bekannt vor, doch er lockt mich in ein Zentrum ohne viele Menschen. Der Platz ist unerwartet leer. Auch Musik und Partystimmung schallt mir nicht entgegen. Ich schaue mich um. In der Tat hat mich die Stille schnell entzaubert, als ich fast erleichtert ihre Unverblümtheit neu entdecke. Ich setze mich auf eine Bank, blicke den Flanierern nach und finde in den Fenstern gut besetzter Restaurants und Wohnzimmer darüber jene Lebenslust der Menschen im Familienkreis. Aber sie scheint anders, irgendwie gediegen und trotzdem passend zu dem Duft aus ihren Häusern. Alleine bin ich so dort unten, ohne einsam mich zu fühlen. Um dreiviertel dämmert es mir dann; denn ein gewisses Etwas fehlte schon am Tag im Wohlgeruch der Luft: Die Vorhut einer Knallerei, die sich dem Gnadenstoß der Uhr noch niemals beugen konnte. Und als die Kirchturmzeiger sich dem Nullpunkt nähern, fülle ich mein Glas, jeden Schlag der Zwölf genießend. Wie ein Trostlied wiegt die Glocke ihre Melodie ins All. Dann schweigt die Nacht, ganz ohne Pomp und Lärm; nicht eine Feuerspur verirrt sich in den Himmel. Ich sehe noch die Silhouetten, die sich wieder niederlassen.

Nach dezentem Prosit ohne Nichtigkeit der Zukunft im Moment der Gegenwart, erlöschen dann schon bald die ersten Lichter. Ich hebe auch das Glas zum Gruß in eine allgemeine Richtung. Es scheint, als ob die letzte Nacht verschnaufen darf - nach dem Durchkreuzen ihrer meist verkrachten Zonen durch die Zeit. Sie lässt dem Jahr ein wenig Ruhe vor dem Neubeginn ... des alten Trotts.

Eifelbann

Ich verschnaufe auf dem Felsen, während diese kühle Luft des Wanderweges sich in meinen Gliedern weit verströmt. Noch erfasst das Licht des Tals nicht meine Blicke, denn sie hängen ihrem Schauen durch die Serpentinen nach. Weiter unten liegt das Leben zwischen Hügeln eingebettet - irgendwo, denn alle Aussicht aus dem Dunkeln meines wohl vertrauten Waldes wirft nur grüne Weite seichter Hügel mir ins Auge, deren Ufer einen See aus Nebel unter mir begrenzen. So bin ich noch nicht abgelenkt von dem, woher ich komme.

Geborgen in die Tannenschwärze hinter meinem Rücken, ziehe ich die Kleinigkeiten weit verstreuter Punkte auf. Ob grüne Kämme auf den Feldern, feines Schlängeln stiller Wasser oder Kleingehöfte, eingelassen in die jahrelange Tradition, das alles kontrastiert sich selbst zum Blau der Selbstverständlichkeit. Ein eingestanztes Maar, noch weiter ab vom Arrangement, ist schließlich der Repräsentant für eine Wildheit, die die Schönheit erst erschuf. Die Laute, die nach oben dringen, sind gelassen; sie verschmelzen mit dem leichten Rauschen der Natur und legen mir Vertrauen in erwartungsloses Wandern meiner Augen. Nur der Ortsprotagonist scheint dieses Bild, mit den Ruinen alter Mauern gegenüber zu fixieren - eine Burg - die Zuflucht meines Schweifens.

Als Schwaden den Moment erweichen, fällt die Ansicht aus der Tiefe blass nach oben und verführt mich noch im Suchen, ihre Deutlichkeit zu sehen. Der Dunst steigt auf und trübt ein wenig jene klare Unvoreingenommenheit des Überblicks. Ja selbst der Wald erhascht sich Schlieren dieses Sogs. Doch als die ganze Bühne meines Untergrundes freigelegt sich findet und die Sonne alle Feuchtigkeit in ihren Tag geatmet hat, verseufzt in mir ein Ruhepol der Heimat - lässt mich los in die Verschwiegenheit des Waldes.

Der letzte Abend

In den Stunden meines letzten Abends liegt Melancholie der Hoffnung, die ich eigentlich nie hatte. Allein mit meinem Bier und mir hab ich mich an den Rand des Bargescheh'ns im letzten Stockwerk des Hotels an einen Einzeltisch mit Weltaussicht verkrümelt. Ich tue mir selbst ein wenig leid. „Albern", rede ich mir ein, „jetzt hast du dir den Augenblick des Endes so herbei gewünscht und fällst in eine Wehmut, die dem ganzen Frust doch spotten müsste." Ich picke ein paar Nüsse aus dem kleinen Porzellangefäß vor mir und ertappe mich dabei, wie niedlich ich die Skizze eines Trolls mit dicker Nase darauf finde, mit der Landesflagge in den großen Händen.

Ein Blick durchs Panoramafenster zeigt mir weit voraus das wunderbare Bild des sommerlichen Abends überm Oslofjord, welches eigenartig dauerhaft verharrt. Schon früher oft verinnerlicht, doch selten nur empfunden, liegt es vor mir; so als ob die tiefe Sonne sich nicht zwischen Untergang und Aufgang zu entscheiden wüsste – gleichsam meinem Harren durch den Alltag. Gemütlich und nicht enden wollend, bettet mich der sanfte Blues in dem dezent beleuchteten und kaum besetzten Raum in diese Atmosphäre ein. Ich sitze, nun enthoben aller Pflichten, dort und suche jetzt wahrhaftig nach den Gründen meines Abschieds. „Da liegt der Fjord wie all die Jahre", denke ich ins goldene Schillern seines Wassers, „und weist noch immer seine

Schönheit an, mich doch zum Bleiben zu bewegen." Und während ich von oben durch den Spiegel meiner Träume in Vergangenheiten tauche, finden Zweifel meiner Lippen durch die Reise kaum ein Ende – entführt in Episoden meines Alltags:

Von der Euphorie des Einzugs in ein kleines Haus am Stadtrand über erste Zwangs-Aha-Effekte - immer noch getragen von der herben Schönheit der Natur -, bis hin zum Gleichklang eines Einerlei, das schon nach Wochen mir die Jahre prophezeite, wandere ich bruchstückhaft durch die Momente und Gesichter. Beides schien gefangen in den Jahreszeitextremen und der Permanenz der Zeit. Ich suchte mich dazwischen und erfand mich stets aufs Neue innerhalb der Wände meines kleinen Reichs. Akzeptiert, bei dem Versuch mir eine Lebensweise zuzutrauen und die andere nicht zu vergessen, war es letztlich dieses Hin und Her der Seelen in der Brust, das mich in Einsamkeit entließ. Je tiefer ich mein Schmollen zwischen Bier und Sonnenuntergang ergründe, umso mehr ermüdet sich mein Umtrieb auf der Suche nach der Schuld; ja selbst das Schmunzeln über dies und das kommt glatt zum Vorschein, als ich Unzumutbarkeiten nur als Unterschied erkenne.

„Das Stochern bringt nichts", sage ich mir beim Erwachen, und ich ziehe meine Blicke aus der Wasseroberfläche, um mein Träumen dann landeinwärts wieder festem Boden zuzuführen. Je mehr ich mich dabei den Straßenzügen und dem Platz zu Füßen meiner letzten Unterkunft hier nähere, erklärt sich mir die Selbstverständlichkeit des Fortlaufs, der mir eben nie zu Füßen lag. Ein Anspruch, der sich rächt und doch im Gegenüber meines Tisches keinen Widersacher findet, als ein völlig fremdes Lächeln unter langem Haar mit einem Cheers im Weinglas meine Wiederkehr besiegelt.

Herzblühen

Zeitgerafft

Durch-Denken birgt ein Stückchen Kraft,
die Um-Denken mehr Raum verschafft.

Lorenz Filin

Lorenz Filius

Zeitgerafft

Prosaminiaturen
aus dem Licht des Augenblicks

Impressum
Filius, Lorenz: Zeitgerafft
© Lorenz Filius, Erstveröffentlichung 2012
bei Books on Demand GmbH, Norderstedt

Inhalt

Inhalt

Akteure

(Vom Theater ums Theater)

Der Vorhang fällt ins Leben wie eine Verbeugung in den Schlussapplaus, und das Johlen drückt ein Lächeln in Gesichter der Akteure. Nicht das Spiel alleine birgt den Höhepunkt der Illusion, es ist das Spiel mit Leib und Seele, das sich hintergründig exponiert. Was ist Wahrheit, was Fiktion?

Entkommen aus der Wirklichkeit - und das ist **jedes** Leben jenseits großer Häuser - strömt die Sehnsucht ins Kalkül der Unterhaltung. Im polarisierten Feld von Starre und Lebendigkeit erhebt das Treffen der Figuren einen Anspruch, den der Brennpunkt auf der einen Seite zwischen Requisite   :t und bestuhlte Schwärze auf der anderen _____ _in Dilemma: Springt der Funke über, wird der Fluss der Emotion in Gang gesetzt: Be-Geisterung der Charaktere trifft die Illusion ins Herz; aus den Rollen werden Menschen, Leid und Freude zum Idol des eher wahrheitlichen Gleichmuts. Zugleich wird die Besetzung auf die Rollen reduziert. Sucht jedoch Esprit vergeblich Leben in den eigenen Protagonisten, bleibt dem Unverstand im Dunkeln jedes Fühlen ihrer Leiber meist verborgen. Darin aber liegt die Krux der Illusion als illusorisch, doppelbödig und vermessen. Denn das wahre Leben schwindet auch auf Brettern, die die Welt bedeuten nicht - im Gegenteil, es kann sich dort verstärkt entfalten, wie auch jämmerlich verenden.

Die Dynamik des Prozesses aber lässt Fiktion und Wirklichkeit verschmelzen. Das Zerreißen dieses Umstands zeigt sich dann im Jubel oder eher nur verhaltenen Applaus - ja, mitunter in Verachtung. Wenn der letzte Vorhang in die große Stimmung schneidet und das lose Ende dem Betrachter überlässt, nimmt er dies als Eindruck mit hinaus in seine Welt. Ob Enttäuschung oder Anerkennung: Was geschah, ist ein Moment - vielleicht noch für den Rest des Tages eine Kuchengabel wert. Auf der andern Seite bleibt jedoch das dicke Ende hinterm Vorhang eng verwachsen mit dem Leben, das sich ihm verschrieben hat, kaum lösbar von Verstrickungen, die seine Seele trieb. Doch taucht sie in die gleiche Welt zurück, wie jener, der erinnert ohne Konsequenzen. Träfen diese beiden einmal im Vertrauen aufeinander, jenseits des enttarnungsscheuen Mittelpunktes, fiele die Vergangenheit der Illusion des einen in die Gegenwart der Wirklichkeit des andern - und Verwunderung auf beiden Seiten triebe Leben aus Figuren in die Menschen ihres Fleischs.

Mattscheiben
(Von Sichten ohne Einsicht)

Ich höre diese Abschalt-Stille in der Ecke förmlich knistern - wie an jedem Abend eigentlich, doch nun so plötzlich, laut, bewusst und viel zu früh, da sie nicht länger zu verschmerzen ist als Pause im Passieren meiner Zeit. Ich spüre deine Schritte, als du gehst und kommst, im Untergrund der Weile, die sich ungeheuer ausdehnt. Das behutsam leise Türeschließen ist ein Schlag in mein Gehör, und jedes Knirschen unsrer Sessel schneidet ziellos Fragen an. Das Fenster bietet keine Antwort, bleibt genau so matt wie die Gewohnheit auf dem Bildschirm, allerdings mit einem Luftzug, der die Augen einen Blick zur Standuhr spüren lässt. Die Stunden laufen Amok. Während der Minutenzeiger unser Seufzen nur von Patt zu Patt verschiebt, zerschlägt im Innern das, was ich so lange dir schon sagen wollte, Porzellan - dringt als ein Lächeln ohne Wiederkehr an deinen Augenaufschlagsmund. Ich schaue wieder in die Ecke, stehe auf und schlage Argumente auf den Kasten. Die Renitenz der Frustration versteht es schließlich, sich an deinem Schreck zu weiden, als ein Loch im Kunststoff klafft.

Ist das Eis gebrochen? Kaum - die Ruhe ist nunmehr ein Vielfaches des Schweigens und erstickt die Aufruhr der Bewusstheit unterm Frieden alten Harms. Verlassen bleibt der Raum zurück - von dir, von mir -, verzweigt sich hinter Türen kalten Kuschelns, weil uns die

Müdigkeit bedrängt, den Fluch der Flucht im Kreis zu unterbrechen. Nur ein kleiner Funke in der Ecke zirpt Gehässigkeit in ausgelaugte Atemreste ohne Wort und würfelt mit dem Schicksal, die Ruinen zu verbrennen oder sie zum Morgenschmerz zu restaurieren.

Nahtod
(Vom Fenster im Bewusstsein)

Unter meiner letzten Kraft erfahre ich den Zwiespalt zwischen Losgelöstheit und dem Drang des Selbsterhaltungstriebs. Bin ich wirklich jenseits meiner körperlichen Fassung - wenn auch immer noch gebunden an die Sinne dieses Seins -, oder treibe ich durch eingefleischte Trancen der Erinnerung im Spiegelbild des letzten Augenblicks? Was ist gescheh'n?

Zu körperlich und schwer erscheine ich noch unter mir, um in das Licht aus weiter Ferne zu gelangen - diesem Ruf verzückter Leichtigkeit zu folgen. Fast schon zerrt der Geist an mir, den Körper gänzlich zu verlassen, macht mir weis, dass was ich sehe, schon die andre Seite sei. Doch was ich fühle, ist indes so nah wie nie zuvor, so einzigartig innerviert und nur aus mir heraus im Einklang mit der Schwerkraft meiner Zeit erzeugt, dass alle Aussicht auf den Horizont wie eine reine Fragehilfe scheint. Ich bin noch immer da, auch wenn der Kampf um meine Existenz sich separiert, weil ich allein ihn nicht gewinnen kann. Die Glieder einfach fallen lassen, müsste so ein Leichtes sein - wenn abgehoben, jenseits jeder Träumerei, gar so verbündet mit der neuen Macht. Hat nicht jemand, der sich fern des Körpers und der blutgetränkten Träume wähnt, die Möglichkeit, sich seiner todgeweihten Schwäche zu entziehen, wenn er es doch wahrlich will? - Dann wäre alles außerhalb die Sicherheit der neuen Welt, die jede

Sicht auf obsolete Schmerzen bald verblassen lassen würde. Zieht jedoch die alte Wirklichkeit an jenem unverdauten Tod, erbricht sie sich zurück ins Leben aus dem Übergang, der keiner war. Erst dann - **denn nun** - kann ich die Dinge sehen, wie ich sie beschrieben habe - **jetzt beschreibe**; und es bleibt die Sicht aus diesem Feld, die mir vielleicht ein Fenster in den Mauern des Bewusstseins zeigte, aber jener Blick hinaus blieb vielbedeutend fokussiert allein durch das, was mich umgab - und mich erneut umgibt.

Sommertage

(Vom Nehmen, wie es kommt)

Schon verebbt im Wasser wieder Ausgelassenheit, und es zittert nur noch hier und da vor Schattenwinden eines aufgewühlten Himmeluntergangs. Reiterlose Plantschdelfine suchen nach Gefährten - treiben schweigend durch versenkte Mücken an die Ränder, die noch eben zu den Wasserschlachten quietschten. Sohlenreste auf Asphalt, im Fieber frischer Eiscreme ums Oasenglück geschart, verschluckt die letzte Hitze nun viel schneller, als ein Nachschub an Ereiferung erspringen kann. Die Luft scheint standhaft - ein Kontrast zum Rauschen in den Bäumen, und kein Grummeln weit und breit, das der Erwartung widerfährt. Eine neue Welt des Übergangs erobert den Moment.

Schwärme tanzen in den Lücken, die das Sonnenlicht noch sticht; Ameisen sind flügge und von Emsigkeit erfüllt, und Gewittertierchen feiern die Sekunden bis zum Spinnennetz. Zugleich eröffnet die Balkontür eine Möglichkeit zur Renaissance des Tages, da erdreistet sich der Umsturz einer Böe, diesem Angebot die Stirn zu bieten. Den Einschluss der Gemütlichkeit erzwingt der erste Donnerschlag, dem schnell die Tür entgegen fällt. Die Fronten sind geklärt. Während draußen Schwall und Schwärme aus dem Lot getrieben werden, sitzt die kleine Frotteerunde bei Kakao zusammen, und sie feixt zu Kapriolen - tuschelt Wassertropfen in

Geschichten des Vergnügens. Morgen ist ein neuer Tag, der seine Stimmung vielleicht ändert oder doch den Groll des Abends in die Länge zieht. In jedem Fall wird seine Luft blitz-sauber die Gemüter neu erhitzen, ob mit Gummi-Stiefeln oder -Ente.

Zahnkrater

(Von Plombenkatastrophen)

Die Ordnung in den Reihen des Gebisses bleibt Gewohnheit, bis ein jäher Widerstand das Kaugefüge auseinander reißt. Im Innehalten stirbt die Lust, den Happen zu verschlingen und verschließt die Kehle vor den letzten Lauten des genüsslichen Verzehrs. Langsam regt sich aus der durchgekauten Fassungslosigkeit die Zunge und durchforstet die Malesse im Detail. Stand vorher einzig der Geschmack im Zentrum allen Wohlgefühls, erlischt er jetzt zu Gunsten anatomischer Entzauberung.

Der Sinn wird auf den Kopf gestellt und alles Drumherum in einen Generalverdacht gezogen. Ist der Übeltäter schon entfleucht, entlässt der Argwohn langsam die geschmackverwaisten Überreste in den Schlund. Im Falle eines Zugriffs aber, führt die Zungenspitze ihren Fund hysterisch durch die Lippen unters Hoffen des entsetzten Blicks. Alles darf es sein, worauf der Zorn sich dann besinne, nur kein Teil des Inventars, das sich im Hochgenuss verlor. Und doch - was sich so viele Male nur als Knochenteile, Körner oder Luxusschrot enttarnte, ist auch einmal die Gewissheit seines eigenen Zerfalls. Dann schlägt die Zunge um sich, wo kein Lustgefühl mehr schmaust und wird letztendlich fündig tief im Abgrund, der sich aus der Winzigkeit nun wie ein Krater um den Kiefer windet. Vorsicht zieht sie dann zurück und ahnt schon, dass der Schmerz es weiß. In jedem Fall verbleibt die Zeit danach im Vollbewusstsein jeder Mahlzeit, bis die Ordnung neu erfüllt ist und die Reihen sich allmählich wieder unbesiegbar wähnen.

Spiegelbilder
(Vom Kippen der Ansicht)

Wer im Spiegel einmal kritisch sich betrachtet, öffnet die Magie darin und kann ihr fortan nicht entkommen. Gleich der Büchse der Pandora oder Geistern, die du riefst, versprüht das kalte Glas die Verbildlichungen eigener Gefühle - hat die Macht, zu kippen, wie's die Würfelzeichnung tut auf einem Blatt Papier und verkehrt dabei oft das, was du dir wünschst, in self-fulfilling-prophecies. Darum frage nicht den Spiegel, ohne sein Gehabe mit der Antwort deines Herzens zu vergleichen ...

Emotionen siehst du, die in Anbetracht der Färbung der Motive eitlen Blicken initial entgegenschlagen wie ein Schwall von aufgestauten Fragen. Nach und nach vergehen diese Schleier, und je länger du im Spielbilde dein Äußeres betrachtest, ziehen mehr und mehr Details darin den Argwohn auf der andern Seite in den Bann. Sie saugen deine Blicke auf, vertiefen sie in ein Konstrukt der Momentanbefindlichkeit. Die Flucht nach hinten ist nun kaum mehr möglich, wenn die Akribie Besitz von Licht und Schatten erst ergriffen hat. Sie malt daraus kein Bild von dir, noch nicht einmal in Grau gestuft; skizziert nur oder überzeichnet gar in Schwarz und Weiß die Formen, die dich tragen, oder welche eher du erträgst.

Hier kippt die Konstruktion im Wechsel mit der kritischen Betrachtung und belässt die Ansicht fruchtlos im Gewirr der Plattitüden. Nach und nach verschwindet dann die Sensibilität für diese eingebrannten Bilder und erzeugt daraus den Zwang, sie doch vom Wechselspiel im Einklang der Vermittlung zu erfahren. Erst in dem Moment, da Zweifel keine Lücken der Vermutung länger unterscheiden, fallen sie zusammen in bedächtig weises Nicken. Dann erscheint das Spiegelbild verschlossen und genügt dem Ursprung mit der Antwort, die die Fragestellung lediglich negiert.

Wurmloch aus der Virtualität
(Von Internetforen)

Im Bann verwaister Netzdomänen scheut sich immer noch der Wille, der Verflüchtigung zu folgen. Gestern ist schon lang passé und reicht mit seiner Antwort kaum in eine Gegenwartsbewandtnis, die ein anderer noch teilen möchte. Ungut, das Gefühl, noch neue Worte in der Zukunft ohne Wiederkehr zu lassen; weniger weil kein Interesse sie erneut bekundet, sondern weil die Zeit aus dieser Leere keine Fruchtbarkeit erzeugt und so zur Hypothek der Langeweile wird. Das Leben ist real genug, umhüllend schwarze Löcher der Domänen. Zauberwelten, denen man entrinnen kann, obwohl man es nicht will, erdrückt die Dimension der Wirklichkeit, verdichtend jedes Vakuum, solange bis man weichen muss. Die Leere wird zum Punkt des Urknalls in die alte neue Welt, und der Ereignishorizont im Rücken lässt schon bald kein Denken mehr ans Wurmloch zu, das die Avatare von den Menschen trennt.

Philosophische Gratwanderung
(Von Versuchung bei der Suche)

Auf einem schmalen Grat, der rechts und links doch immer nur das Gleiche offeriert, erkennt sich mancher Philosoph am Ende seiner Ratio, wenn er der Wahrheit nie zu nahe kommt. Dort wandert er, befestigte Bewegungen verlassen, die ihm kaum den Ausblick in die Tiefe etablierter Fundamente inszenierten und ihn dennoch trugen. Aber jetzt fühlt er sich frei, als er so Schritt für Schritt, oft allzu leichten Fußes - diesen Abgrund ignorierend - balanciert. Seine Ungewissheit liegt voraus, doch der Pfad scheint immer schmaler beim Ertasten neuer Dimensionen, derweil der kühne Denker längst vergessen hat, was seinen Weg ihm einst bereitete. Und permanent, dort ganz weit vorne, sieht es aus, als ob der Punkt der letzten Wahrheit - seine Blicke neckend -, noch davonläuft vor Entdeckung.

Schwindel ist das erste Zeichen seiner Höhenangst, die seine Furcht vor dem Versinken mit der Aussicht auf den Horizont verquirlt. Den Fixpunkt fest im Blick und nicht der aufgeklafften Tiefe eine Achtung schenkend, werden seine Schritte größer und das Band zu beiden Seiten eine Flüchtigkeit der Macht. Nichts ist mehr Erinnerung und alles nur noch Zukunft, wenn der stramme Marsch, vom reinen Laufen überwältigt, jeden Fortschritt unabdingbar in der Gegenwart erzwingt. Dann spielt es keine Rolle mehr, ob er erwacht, wenn er daneben tritt. Der Fall ist programmiert und stürzt den

Geisteshelden dorthin, wo der eigentliche Grund von allem liegt, der immer war und immer sein wird, unbewältigt von der Sucht, ihn außerhalb der Sicherheit zu suchen.

Kassenlamento

(Von Umstand der Bequemlichkeit)

Meine Ungeduld am Ende einer Schlange vor der Kasse ist nicht selten eine Prüfung. Mit der Probe aufs Exempel, die mit wenigen Minuten einen ohnehin schon strapazierten Gänsemarsch erpresst, wird mein Leid der Individualverdichtung oft vor der Erlösung noch ein letztes Mal gezankt - so manche Hoffnung auf ein baldiges Entrinnen jäh zerstört. Die schweißgeplagten, hustenübersäten, hier und da auch panikattackierten Ausweichstrategien längst durchlebt und -klebt, - doch immer noch die Plage im Genick -, erlischt die Hoffnung im Moment, als eine Plastikkarte vor mir nicht den Preis der Limonadendose zahlen will. Befremdlich lächelnd schaut mein guter Wille zwischen dem karierten Blick des Kunden und dem Kassenpokerface mit letzter Kraft zum Ausgang, um das mir entfleuchte Räuspern nicht als Zündstoff anzubieten. Unterdessen wühlt der Hemmschuh vor mir unentwegt in einem Plastikkartenspiel und trumpft mit einer weiteren gezinkten Karte in sein ausdrucksloses Grinsen. Munter geht es fort so - nur nicht bei den anderen und mir - den Verschworenen der Contenance. Als schließlich nach entgeisterten Minuten auch die letzte Karte diesem Spiel kein Ende setzen kann, entzieht er seinem dicken Portemonnaie mal eben 50 Cent und sucht erheitert das Gespräch. Ein Kassenphilosoph par excellence - vertiefend sein Erlebnis in ein viel gedachtes Raunen. Und während er

22

noch hadert, ob die eine Dose zu verstauen oder gleich zu öffnen sei, ergeifern seine Augen keine Antwort aus der Menge. Nur ein Scheppern irgendwo im Laden zerrt am Faden wartender Verdammnis und zerrüttet jenes Zwangspalaver vorne, dessen Büchse schließlich in ein neues Abenteuer vor dem Ausgang überschäumt.

Frieden mit der Endlichkeit
(Vom Leben mit dem Tod)

Viel zu schnell gegangen ist der Tod - nicht als Moment, denn solchem wünscht man stets den kleinsten Augenblick des Lebens - nein, die Unumstößlichkeit an sich verkümmert in die Ohnmacht einer Stille, wie der Wettlauf zwischen Trauer und Erinnerung ins Weiterleben flieht. Obwohl der Schmerz am größten ist im Angesicht der Wahrheit und die Aussicht in die Zukunft nebulös verrinnt, verfliegt schnell mehr davon, als wir im Nachhinein uns wünschen, wenn das Unfassbare überwältigt scheint. Wir sehen wieder klar, und die Vergangenheit ist dann ein Stück Geschichte, die uns stärkt, vielleicht auch schwächt, doch selten auf die Gegenwart der ganzheitlichen Urbedeutung fokussiert. Das hieße zu verschmachten, bläut der Überlebenswille in die Strategie der Zeit - zu Recht, wenn wir uns gehen ließen, um uns mit Erfahrung zu kasteien. Nein, es braucht schon Kraft und Mut, das Ende wieder aufzusuchen, ohne darin aufzugehen. Darin aber liegt ein starker Kern, der Trauer und Erinnerung die Flüchtigkeit zu nehmen und zugleich den Frieden mit der Endlichkeit zu schließen.

Befehle
(Vom Gehorsamsringelpiez)

Im Erwachen jeden Tages spüre ich die Freiheit meines Denkens als natürlichste Gegebenheit des Daseins in der Welt. Noch weniger - ich lasse einfach zu, was sich aus Tiefen an die Oberfläche spült. Erfahrung, Träume und mein ‚Hier und Jetzt' bedingen dies und gründen ihre Haltung auf der Logik des Verstandes und Vertrautheit des Gefühls. Was kann es da schon geben, das die Folgerichtigkeit der Handlung im Geringsten nur in Frage stellt - einmal abgesehen von Notwendigkeiten, die sich nicht alleine aus der Reflexion entfalten, sondern die das Leben selbst als oberste Instanz des Daseins mit sich bringt? Diese Pflichten sind entweder rein im Selbsterhalt begründet oder Instrument im Miteinander und gewachsen über Jahre und Nationen hin zum Menschsein, wie es eben ist. Im Falle eines Falles kann das eine oder andere als durchaus überflüssig definiert und wieder anderes als neuer Niesnutz frei erfunden werden - je nach Ein- und Ausdruck des Befindens und beruhigender Bräuche.

Doch es gibt die eine Pflicht, die alle anderen grausam in den Schatten stellt, die oft Konstrukte einer Logik im Ermessensspielraum bläht und den erdrückten Fragen keine Ausflucht in Verantwortung belässt: Befehle - aus der Unnatur geborene und in Notwendigkeit domestizierte Zwangsbekundung eiliger Verstrickungen. Mag sein, dass manche Not, zu überleben solche Unmanier als Mittel erster Wahl mit Recht verteidigt; doch ansonsten zwingt das Wort die Mehrheit in die Minderheit, das Große in das Kleine, stets mit der Gewaltbereitschaft, Kleines groß zu machen. Ob im Sinne eines Ganzen, sei einmal dahingestellt, wenn letzteres sich eigentlich im Einvernehmen oder doch zumindest im Kulturverständnis sieht. Der Überrest ist frei von jeglicher Erheblichkeit, und doch ist er es, der - erkannt als Reiz im Frieden - penetrant den Sinn des Ganzen auf das Schlachtfeld konzentriert und eben nur mit dem Befehlskonstrukt den Umstand einer Kleinigkeit zum opportunen Vorteil allen Maßes macht.

Adipöses Glück
(Von Lügen, die nicht sättigen)

„Ich fühle mich so wohl wie nie", posaune ich in Talkshows und diverse Exhibitionismusschleudern der Verlogenheit. Den Rücken ihnen dann gekehrt, bekommt die Gage schnell ihr Fett weg und verzehrt, was bleibt von Eifersucht auf dürre Lacher heimlich einsam in der Katzenecke des Bistros. Die Lücke zwischen meinem Tisch und denen meiner Kontrahenten scheint mich zu begleiten wie das Lachen eine Hysterie im Angesicht des Ernsts der Lage.

„Ich fühle mich doch wohl", erlaube ich dem Schlingen, zu genießen. Ich verkneife mir ein Grinsen, als das Kind in erster Reihe sich bei meinem Anblick aus Versehen trotz des aufgesperrten Mundes seine Gabel in die Nase steckt. Die kurze Auszeit seines plärrgeprägten Mittelpunktes lässt mich kurzum unbemerkt den Rest vertilgen, und ich nutze die Verlagerung des Streiflichts des Begaffens, um so schnell-behäbig wie nur möglich meine Zuflucht zu verlassen. Der Heimweg schmerzt - nicht angesichts der Last, die meine Knochen noch erträgt - er schmerzt, weil ich mich kaum der Gegenwart der Gegenwehr erwehren kann.

„Ich fühle mich noch wohl." Und jetzt erst recht, da braucht es keine Gage für. Nur kurz verschnaufen, um dem aufgebrachten Kreislauf ob der Enge meines

Kragens etwas Röte aus dem Wangenbalg zu nehmen. Gerade jetzt, so kurz vor meinem Ziel zurückersehnter Einsamkeit, muss sich mein Innerstes bestätigt fühlen wollen, als ein pummeliges Pärchen selbstbewusst im Partnerlook mein Blickfeld sportlich attackiert. Im Vis a Vis der Relation verliert ihr prallgefülltes Joggingoutfit gleich das doppelte Gewicht an mich zurück. Euch werde ich es zeigen, denn so wohl, wie ich mich fühle, werde ich mit Selbstgewichtung euern Aufstand bis zur Haustür meistern. Sie fällt ins Schloss und mit ihr die Bewandtnis der Begegnungen in all das Trübe der Beschwichtigung.

„Ich fühlte mich doch wohl", versuche ich noch einmal nach Erlebnissen zu fischen, doch der Haken meiner Sehnsuchtsangel findet außer alten Hüten nichts im medialen Wiedersehen mit mir selbst. Nicht einmal Übelkeit vergönnt mir darauf hin den Aufschub bis zur nächsten Torte, und der Sturz zum Kühlschrank gibt dem Wohlgefühl erneut den letzten Rest.

Beleidigt

(Vom Schmollen für den Seelenfrieden)

Er habe schon verstanden, gibt er die Entrüstung preis und schnörkelt sie als Lebewohl der Übereinkunft zum vergrätzten Schweigen um das Frustpaket der Kommunikation. Alles ist gesagt und pendelt willenlos und abgeschnürt im zwischenmenschlichen Fragment, als gäbe es kein Großes Ganzes, um es wieder in der grenzenlosen Chance zu entfalten. Nein, es seien wirklich keine Worte länger zu verlieren über angeeckte Punkte, die für sich befriedet scheinen. Dennoch gibt es keine Ruhe in der Stille um die eingezwängte Sache. Zwischen Schmollen aus verschworener Persönlichkeitsverletzung und dem Kampf des Stolzes mit der Albernheit um falsche Rücksichtnahmen unkt der Friede Rache oder Selbstmord. Ein Theater ohne Hauptdarsteller langweilt die erwartungslosen Dritten und vergrault die Sympathien aus Gedanken in die Alltagsfreundlichkeit zurück. Was bleibt nun der Verbitterung, als zuzusehen, wie das Herzblut ihres Zwanges fort gerinnt? Nicht einmal die Meinung übers Wetter, eingeworfen zur Begleichung, wird von diesem Umstand angenommen. Und begegnen sie sich wieder, ist das alles längst vergessen, doch der fade Beigeschmack verbleibt und hat sich schon im provokanten Startloch etabliert.

Kind im Autor
(Vom Glauben an ein Wunder)

Ich sitze vor dem Text, der wieder nur ein Manuskript ergötzt und wissentlich die Leser kaum erreichen wird. Was treibt mich an, Geschichten meiner Einsamkeit der Ignoranz der Vielfalt preiszugeben? Ist es Neugier der Ermutigung, die Möglichkeit per se als doch Erfolg versprechend zu betrachten? Oder ist es nur das Kind, das von Magie der Ehrlichkeit im Kontext einer wahr gewünschten Impression begeistert ist? Erinnerungen führen mich zurück zu dem Gefühl, das die Verantwortung nicht misst - dem Glauben an das Spiel im Leben ...

Damals, mit Musik der jugendlichen Freiheit eifernd, aus dem Radio mit Stolz auf mein Kassettenband gebannt und einem Schwingkreis aus dem Elektronikkasten in der Hand, verschickte ich die Melodien meines Herzens wieder in den Äther - dorthin, wo ich ihre Herkunft mir erwünschte, in die Welt. Den Weltempfänger dicht an meine kleine Funkstation gebunden, wähnte ich die Hörer überall im Einklang mit dem Wohlbefinden aus dem musikalischen Geschmack. Ich fühlte förmlich ihre Rhythmik und das Nicken mit den Köpfen zur Verbundenheit mit mir. Wahrlich eine große Emotion an Nachmittagen meines Eigenbrödlerunverstandes. Unten auf der Straße vor dem Fenster lief derweil das Leben weiter. Sei es jene alte Frau, die Tag für Tag die gleiche Plastiktüte heimwärts trug, seien es die Nachbarn, die nur existierten, weil ihr Mittelklassewagen sie bewegte, oder einfach nur das Pärchen ohne jede Furcht, die Fragen zu verpassen, die mich andererseits berührten. Melodie um Melodie versendete mein kleines Instrument, und doch nur Zentimeter durch die Phantasie. Lediglich ein simpler Stoß an den Empfänger ließ das Dudelrauschen schnell verstummen und versetzte meiner Wirklichkeit den Ruck ins rechte Licht. Stille knackte mir erbarmungslos entgegen, machte mir mein Spiel zunichte. Bemüht, die Position erneut zu richten und Distanzen zu verkürzen, kümmerte mich nicht, dass alle Welt darunter längst vorbei gelaufen war, ganz ohne diesen Unterschied zu spüren, oder schlimmer noch, zu ahnen. Dennoch hatte ich gesendet und die Möglichkeit verursacht, welche oftmals stundenlang das Weite suchte ...

Eben höre ich die alten Melodien wieder, aber nur, um zu genießen, den Genuss nicht mehr im Äther nach Erbarmen zu durchforsten. - Wie kindisch, denke ich; und ich schreibe plötzlich meine Texte einfach weiter in die Welt, den Anspruch an mich selbst gerichtet, ohne ihn dem Strom zu unterwerfen.

Demenz

(Vom Warten auf die Wirklichkeit)

Noch gerade schien die ganze Welt in seinem Kopf als Quelle seines Seins und der daraus ergebenen Erfahrung. Die Intension des Lebens ließ ihn niemals daran zweifeln, dass die Dinge so bestehen und vergehen, bis er nicht mehr ist; im Vollbewusstsein dieses Stromes würde er verschwinden mit Erlebtem im Gepäck. Allenfalls der Übergang nach Irgendwo bedinge jene ganz normale Stille der Erinnerung - so glaubte er im letzten Jahr -, sicher niemals schmerzlich, weil es sich der Fügung beugen würde, so als ob die Welt sich einfach nur zur Ruhe setze, ohne etwas zu verlieren.

Nun jedoch, nur durch die Funken kleiner Lücken induziert, zerbröckeln plötzlich Tage, die noch nicht einmal vergangen sind, und Gesten der Verwunderung verlieren sich allmählich in Gesichtern voller Fremde. Dies ist anders als das bloße Ruhen der Erinnerung, denn es setzt so seltsam ein - nicht wie die Fragen nach den Lieben, sondern eher wie ein Warten auf den Sinn des Daseins in der Dämmerung. Kaum vergegenwärtigt, wirft der Schlag des Schicksals die Routinen in den Vordergrund, um eine Fülle zu ersetzen, die ja nie verloren war, doch scheinbar nicht zu halten ist. Entfallen war er plötzlich seiner Welt, und letzte Griffe nach dem Lächeln der Umgebung glitten ab in die Verhaltenheit betagter Hände. „Ist es dies, was übrig

32

bleibt?", enttäuscht ihn die Gelassenheit, noch hier und da von Kurzideen überzeugt, noch rote Fäden brüchig spinnend, die schon bald zerfasert sind.

So läuft des Endes langer Strang hinfort, und nichts und niemand tragen ihm Geschichten nach. Allein ein Traum, der Nacht für Nacht am Leben hält, beweist noch seine Treue mit der Weisheit im Visier, dass er nicht existieren könnte ohne den Verbleib der Zeit. Am letzten Tage dann, vor der letzten großen Dunkelheit, verflüchtigt schließlich doch ein Lächeln die Bezweiflung in den Augen, und im kurzen Leuchten eines Blickes schickt der Traum ein Kind, das seine ganze Welt in Händen hält - er wird nicht gehen als belanglos, weil sein Wirkungskreis nach Überdauerung das wahre Ende finden wird.

Du nennst mich Freund

(Vom Feigling, den man Freund nennt)

Du nennst mich Freund, obwohl ich dich nicht ausstehen kann; bekennst dich zu der Leidenschaft, und doch bekommst du nichts zurück. Du stauchst mein Innerstes zum Widerwillen dir entgegen, deinem Grinsen zu entsprechen. Selten hat mich Zorn so sehr befriedigt und zugleich entrüstet, weil ich ihm nicht widerstehen kann - nicht widerstehen will? Ertappend, dass ich mich im Ärger suhle, schicke ich dir liebe Grüße und verspreche, treu zu sein, wann immer es nicht passt. Ein Hin und Her - nur meinerseits -, denn deinerseits verstehst du nicht die Wahrheit der Verbissenheit, den Hassexzess zu strapazieren, bis mein Lachen mürbe wird. Du nennst mich Freund. Warum? Vielleicht, weil ich zu feige bin, mich selbst in Frieden geh'n zu lassen.

Abgerechnet

(Vom Urteil vor der Tat)

Er hatte längst dafür bezahlt, den hohen Preis, für den erbarmungslosen Vorteil, den er nie genießen wollte. Damals war er fest im Glauben, dass man nichts begleichen durfte, was nicht zu begleichen war. Kein Motiv war je vorhanden in der Seele seiner Sehnsucht, was alleine schon die Überzeugungskraft des kümmerlichen Zeitindizes in den Schatten stellte. Alle wussten das und mehr noch, sie beharrten auf Gerechtigkeit der Logik - die Empörten, die Beschwerten, ja selbst der Richter, der im Namen dieser Menschen eben dieses postulierte. Als er abgerechnet hatte, sah es auch zunächst nach einer wohlverdienten Tilgung der Vermutung aus, doch blieb die Unversichertheit des Tatbestandes, den kein Geld der Welt mehr retten konnte. ‚Einer muss bezahlen' war dann schließlich die Devise der Befindlichkeit des allzu oft belogenen Gesetzes, das, befriedigt ausgelegt, nun aus dem Vollen schöpfen konnte. Gleichwohl gewährte man dem Delinquent-Klienten den Rabatt, den alle bei Vorzüglichkeit der Zahlung sich erhoffen durften.

Verlassen steht er in der Menge - das Gefängnistor im Rücken. Getilgt aus der Besessenheit, sucht er nach Scherben seines Lebens für den ersten Tag in Freiheit - und vielleicht den letzten. Denn dieser Rest des Daseins im Gepäck ist wie ein Tod, der weggeworfen wurde und welcher nun von einer fremden Seele aus dem Müllberg der Vergangenheit bezugslos animiert wird. Fremd ist er nun in sich selbst und was er fühlt und nicht mehr zu verhindern weiß; nicht weil er braucht, was er nicht will, noch weil er muss, um frei zu sein, nein weil ihm Jahre des Verdenkens nicht Bedarf, **doch** eine Gier nach Ausgleich in die ausgerohte Leere des Verstandes kippten. ‚Wollen um des Wollens Willen' stochert wild wie nie zuvor in der Beliebigkeit der Aufrechnung; und er vollstreckt den Tatbestand der Ungerechtigkeit zu Ende.

Zu früh

(Von der Klage des Bewusstseins an den Kindstod)

Nun haben wir dich nicht einmal erfassen dürfen, spüren können, noch deine Sinne uns erfahren lassen, da du deiner Fügung in die Endlichkeit entgleitest wie schon ewiglich zuvor, doch dieses Mal erneut zu früh. Was verbleibt von dem Moment des Anbeginns, wenn er zugleich zerfällt in das, was übrig bleibt und neu sich formt? Ist es der Erwähnung in der Flut des permanenten Seins-Ergusses und -Verdrusses Wert, Erinnerung zu wahren im Gesamtbild aller Wahrheit, oder fällt es niemals auf am Ende aller Tage?

Zöget ihr das Resümee als jene, die ihr selber euch in die Geschichte schreibt, so bliebe wahrlich nicht sehr viel vom Kommen und Vergehen der Milliarden und erst recht nicht dieser ungezählten Unbekanntheit. Doch wie ihr sind die, die nicht länger mehr dazugehören können oder dürfen, einst gewesen und nicht besser oder schlechter dran als ihr - als wir, die euch mit Lebensgeistern tränken. Die Zeit ist nur ein Mittel der Notwendigkeit, dass dies geschieht, doch keiner Wertung würdig. Nicht was im Einzelnen passiert, ist unser tragendes Moment, es ist die Summe aller Teile im erlebten Mosaik der Welt. Würde auch nur eines fehlen, wäre alles nie gewesen.

Also bist du wie ihr anderen ein Merkmal des Vermächtnisses des Ursprungs, durch die Kraft des

Allumfassenden geboren und auch uns nur anvertraut als Möglichkeit des Fortbestands. Wir sind auf diesem Weg alleine das, was neben Vielem auch von euch erfahren wird - von dir erfahren wurde, ganz egal, wie lange du auch warst. Es zählt, denn sonst erführe Gott nur eine Lüge seiner selbst.

Relativität

(Vom Sprengen keiner Ketten)

In Relativität verstrickt und immerzu von Unschärfe umgeben, geistert das Wissenschaftsdiktat um einen axiomatisch-penetranten Ruhepol. Die Teilchen kreisen vorberechnet um die All-Umnachtung, weil sie anders gar nicht dürfen, um das Finstre in den schwarzen Löchern selig hinters Licht zu führen. Während gestern die Verzückung auf dem Boden des Vermutungs-kettenkarussells noch Eins und Eins in Reihe brachte, winken heute Lüste neuer Fliehkraft - immer mit dem Blick auf die zentrale Sicherheit. Höher schleudern wilde Theorien um den Starrsinn, aber niemals weiter. Das Dilemma liegt im Können auf der Basis der Verkettung bis zur Wurzel einerseits und andrerseits im Wollen jenseits ihrer wissenschaftlichen Verzweiflung an im Kreis verknüpften Enden.

Wer fort will und darauf beharrt, dass anderswo gefälligst die Gesetzlichkeit der erdzentrierten Kleinkunst auch zu gelten hat, darf sich nicht wundern, wenn er ungeplante Fakten heute so und morgen so vermuten muss. Traktierte Formeln hängen unterdessen wie ein Spiegel dieser Such(t)gebilde von den Wänden der Belehrung, und sind nur Väter der Gedanken aus gedankenlosen Sätzen - wissen nicht mehr ein und aus als um sich selbst beim Schelten von vergeistigter Philosophie. Doch tun sie wirklich anderes als diese Geisteswissenschaft in dem Moment, da sie sich

überstrapazieren, um den Urknall in die Vier-
dimensionalität zu zwingen? Nein, denn was die eine
Wissenschaft berechnet, mag der Analogität der Welt
sich nähern; was die andere ersinnt, vielleicht den Sinn
darin erhoffen. Schließlich sind die beiden nichts als
reine Theorieverfechter mit dem Unterschied, dass pure
Zahlenarroganz sich im Unendlichen verewigt glaubt,
derweil der Philosoph gewiss sein darf, dass diese
Ewigkeit nicht auf Ergebnissen beruht.

267 Tage
(Vom der Magie der Schwangerschaft)

267 Tage lang verflochten sich nach Jahren nun die Linien unsres Lebens. Davor lief ihre Parallelität im Übermut Gefahr, sich windschief zu verlieren oder gar zu ungeplatzten Knoten zu verstricken. Hier und da verzweifelt über Dinge, die sich ändern ließen, grübelten wir uns zusammen ... auseinander. Nur das Schlingern ließ uns leben wie ein altes Ehepaar, ganz im Vertrauen auf die Schiene, die Entweichungen vergleist. Nichts in alledem hat uns geleitet, doch die Stunden oft gezerrt von Angesicht zu Angesicht; belächelt in Bemühung, keinerlei Bequemlichkeit zu missen, die den Tag bis hin zur abendlichen Pflichtlust bandagierte. Doch beim letzten Mal war selbst die Unverbindlichkeit nicht mehr berechenbar - das Liebesspiel ein Puppentanz des Überdrusses, der sich schließlich in die einzig uns vergönnte Konsequenz ergoss.

Noch hatte sich die Starre der Gewissheit kaum gelöst - als eines Tages unsre Herzen die Lebendigkeit erfuhren, die ein Herz erfahren kann, wenn es sich selbst in einer andren Seele wieder findet. Gerührt darüber, doch zugleich erschrocken, dass das Pochen dieses kleinen Wunders nicht mein eigenes nur war, zog mich die Notwendigkeit des Kompromisses in den ungeplanten Bann, genau wie dich. Die Nebel vor dem Brennpunkt einer jeden Einsamkeit verzogen sich - erst zaghaft und dann immer mehr im Fortlauf auf ein Ziel, das nicht mehr länger divergierte. Wenn dem Klopfen unterm Bauch dann deine Hand den Gruß erwies und sich die meine zaghaft dort hinzugesellen wollte, war es wie beim ersten Liebeslied, da unsre Finger sich verflochten. Und nun ist die Erwartung auf den großen Augenblick ein fester Strang Gemeinsamkeit, ein Plan ganz ohne Diskussion und nur im Einvernehmen mit der Möglichkeit der Zukunft. Ihre jungen Augen werden bald auf uns gerichtet sein, und ich möchte ihnen folgen - nimm mich mit, wenn dich die Liebe überwältigt - und ich nehm' euch an der Hand.

Assel

(Von der kürzesten Bewandtnis)

Dunkel, kalt und voll von unentdeckter Fruchtbarkeit erstreckt sich dort ein Universum, wo kein Ahnen je die Hintergründe sucht, weil sie ganz einfach nicht notwendig sind. Das unentdeckte Land kommt wie von selbst auf die Instinkte zu, soweit es dies für nötig hält, derweil Bedeutung nur als Leben aus dem blinden Augenblick in funktionaler Sättigung entsteht. Das Wandern ist bloß Suchen rundherum und eine Minimalerfahrung, die sich unbewusst kopiert, um in genetischer Verschlüsselung die Effizienz zu steigern - Millionen Jahre später. Was ist die Zeit in solcher punktuellen Lebensblüte, außer der Notwendigkeit des Seins von Mal zu Mal? Die Dauer steht wahrscheinlich kaum im Mittelpunkt. Nur der Moment an sich ist Leben - winziger als der Verstand ins Denken packen kann und doch viel größer als ein Stück des weit entfernten Übergangs in die erhellte Dunkelheit, nur Zentimeter weg vom Schicksalstod durch einen Absatz, der Vergangenes am Hacken hat und in die Zukunft trägt. Indes, kein Gestern, Heute oder Morgen zählt im Leben einer Assel, da sie das, was wir erfahren müssen, gerade schon für Übermorgen überdauert hat.

Freidenker
(Vom Gehen aus dem Feld)

Ungelehrsam quert er durch Gedanken, ohne ihrer Richtungsweisung vorgelebte Logik einzuspeisen. An den Ecken der Vernunft erzeugt er gerne einen Stau, wenn er nicht weiß, in welche Richtung er zuerst nicht gehen soll. Es ist kaum dies, was ihm entgegen kommt, noch das, was ihm sich in die Quere stellt, es sind die Möglichkeiten der Verzweiflung, die ihm eine Ausflucht aus den scheinbar festgelegten Routen nicht verwehren, aber doch zumindest vorenthalten. Also nimmt er sich aus seiner Arroganz, dem Anspruch zu genügen, und verharrt zunächst im Fluss der Ebene, die Strömungen erlebend.

Es gibt kein Für im Rücken, noch ein Wider aus der Front, denn alles dies verwirbelt sich zusammen mit den querverströmten Thesen um den Widerstand ganz ohne Gram und Achtung, weil er nichts weiter ist als eine Biegung ohne Beugung. Ist er wirklich soviel anders als die andern, denen Vielfalt abzusprechen ihm mitnichten zusteht? Ist er nicht wie sie nur auf der Suche nach Erfüllung seines Geistes? Sicher gibt es Massen ohne Richtung, deren Überrollen aller Spuren jede Diskussion zunichte macht - und diesem Ungetüm steht unser Denker wahrlich nicht alleine gegenüber, wenn ihn mit dem spurgepflegten Toben hier ein Kopfschütteln vereint. Doch der allglobale Mut modernen Denkens ist der eigentliche Widersacher, wenn es ums Verständnis seiner ausgedehnten Dimensionen geht. In der bloßen Zweckumrundung - mit dem Nachweis, dass die Welt ein Lebensraum und nicht nur Überlebensplattform ist - liegt für den, der nicht nur tangential in alle Richtung streben will, noch viel zu viel ‚Verallge-Meinerung'. Denn schließlich bleibt doch platt, worauf man standhaft sich verlassen will und muss. Der Raum ist durch die Krümmung zwar gegeben, doch die Richtung zugeschlossen und im Rund verbündet; nur der Standpunkt wandert scheinbar frei um seine ewig gleiche Mitte. So umspült, befürchtet nun der Querulant, die Richtung seiner Orientierung nicht zu finden und durchkreuzt die Kugel im Versuch, die Oberfläche zu durchbohren, die Mitte zu passieren, um dann ganz woanders unerwartet aufzutauchen.

Freilich wird sich dadurch nichts verändern, denn die Welt ist nicht ein Luftballon, den solch ein Stich zum Platzen bringt, sie ist vielmehr wie weiches Gummi, dessen eingefleischte Masse jede Denkpunktion verschluckt. Dennoch können kleine Schmerzlichkeiten solcher Art den Puls der Zeit ein wenig kitzeln und der Mitte so vermitteln, dass ein Zentrum mit fixiertem Umkreis zwar in tausendfache Spiegel blickt, doch auch bei jedem queren Durchstoß ahnen muss, wie windschief ihre Wahrheit liegt: Durch-Denken birgt ein Stückchen Kraft, die Um-Denken mehr Raum verschafft.

Feriengeborgenheit
(Vom Gästebett der Großeltern)

Ein milder Luftzug aus erinnerbaren Sommern leitet meine Küchenstuhlgedanken aus dem Fenster und verwandelt das Gegebene um mein Empfinden in Vergangenheit. Anstelle harter Schatten des Rollos auf kühlem Kalk verlegt das Sonnenzwinkern aus dem Holz der Läden meine Mittagslethargie in jenes große weiche Gästebett von einst.

Der Wind spielt mit Gardinen, deren schlichter Schwung mich eingekuschelt dämmern lässt, und die Geborgenheit von Kölnisch Wasser in den Blumenwänden malt die Phantasie in ein Gesicht, das mir die Schemen ihrer Blütenblätter formen. Alle Farben sind bedeckt von einer Mischung aus dem Licht des Nachmittags und einem zeitgetönten Weiß der Unbekümmertheit. Die Stille ist geprägt von der Melancholie des Alters und verlässlich wie kein anderer Moment. Meine Augen spielen mit dem Spiegel, der mal rechts, mal links im Blick die Perspektive des Versunkenen ins Restlicht taucht, welches, eingebettet in das Ornament, der Ruhe frönt. Die leisen Stimmen aus dem Garten unterm Fenster sind vertraut, auch wenn ich nicht verstehe, was sie sagen. Hier und da entlässt die Ferne ein Gebrummel und die Straße eine Autotür nach Hause - was nicht stört in der Vertiefung meiner Sinne. Fast schon bin ich ganz erwacht und guter Laune, denn der Tag ist so weit fort vom Ende und vom Anfang der modernen Norm daheim - die Schule längst und lange noch vergessen. Nichts desto trotz erfreut der Stolz des neu Erlebten sich, wenn er am Abend übers Telefon Geschichten in die Heimat schickt, die alleine im Geheimnis eines großen Altersunterschiedes ihre Einzigartigkeit erfahren. Schließlich bahnt sich Kaffee- und Zigarrenduft vertraut den Weg in die Gewissheit, dass der zweite Teil des Tages - der im breiten Grinsen durch die Tür Kakao verspricht -, hinaus zur Stadt an weiser Hand mir als Erlebnis sehr viel später im Gedächtnis bleibt.

Wer zählt?

(Von der Nähe und Unnahbarkeit des Todes)

Ich spüre täglich die Gewichtung, die den Alltag schläfrig macht und das Bewusstsein für das Leben tief im Zwiespalt ruhen lässt. Allzu schnell verwischen Stunden die Minuten der Besinnung. Keine Zeit, die Relevanz von Tod und Leben jenseits der Intimverbundenheiten auf Gerechtigkeit, noch Logik hin zu prüfen. Alles scheint vereinbar: Dort das Sterben ohne Grenzen als statistisches Moment, hier das Kämpfen um die Leben, deren Menge noch die Einzelschicksalhaftigkeit erklärt und ganze Städte um das Blaulicht zum Verharren zwingt, doch deren Schicksal den verzweifelten Verfechter nach dem Sieg der Zeit nicht länger rühren darf. Was unterscheidet Eines von den Vielen außer einer Möglichkeit im Gegensatz zur Ohnmacht? - Einer Ohnmacht, die die Willensstärke der Betroffenheit verfliegen lässt. Ginge es um die Bedeutung für die Nächsten und die Ihren, die wir schmerzlich ahnen, ja dann müssten wir doch innerlich zerreißen im Gedenken an Millionen. Liegt die Krux verborgen in der Mulmigkeit des Wissens um das Sterben in der geistbesetzten Nähe, die die Seele zwingt, zumindest Raum und Zeit ein wenig mit Gevatter zu verbringen? Wie viel näher rücken müsste dann der große Tod fernab, wenn er sich breitmacht und die Welt verkleinert? Oder sind wir einfach nur gewohnt, zu akzeptieren, dass das Nahe möglich ist und dass das Ferne bald vergeht? Dieses wäre in der Tat die unentschuldbar größte Diskrepanz im täglichen Roulette um Sein und Nichtsein, wenn wir dies berechnen würden - was im Zuge unsres Greifens nach der Welt mitunter sicherlich geschieht. - Doch ist das letztere nur noch ein Aufsatz auf bereits gegebene Formalitäten, denen wir zu unterliegen scheinen: Lieber einmal kurz verzweifeln mit der abgehakten, relativen Unwahrscheinlichkeit des eigenen Verderbs im gleichen Augenblick, als dieser permanenten Sicherheit zu unterliegen, dass man selbst einmal dem Urteil über Relevanz und Nichtigkeit anheim fällt - wenn es so viele doch erwischt. Es ist die Einsamkeit des Todes, die uns die Empfindung lehrt und die Verhältnismäßigkeit verdreht - die Einsamkeit, die uns auf uns besinnt, wenn wir sie förmlich inhalieren aus dem Schmerz geteilter Nähe, die uns eben nicht verbindet. Nicht gleichzusetzen mit der Trauer, die zusammenhält, was auch der Tod nicht trennen kann, ist dieses Mitgefühl für das Alleinsein nur ein Spiegelbild im Austausch der Beliebigkeit. Was heute noch die Reflexion, kann morgen schon die Wahrheit sein. Und so erstarrt das Leben um den Tod, wenn er zu nahbar ist, viel schneller im Versteckspiel, als es um die Zuflucht im Gegebenen - fernab der Konsequenzen -, fürchten müsste.

Geschwüre in Beton
(Vom kleinen Grün im großen Grau)

Nicht ganz vollendet im Erhärten seiner Dominanz, da holt den Prunk aus Gussbeton die Lebensweisheit ein. Freilich kaum erkennbar in Gewölben der Bepflasterung verbirgt sich nämlich eine Kraft, die jede Chance zu nutzen sucht und findet, weil die Starre sie nicht binden kann. Zunächst jedoch wird immerfort sinniert, wie diese schöne graue Welt belustigt Grünes aus dem Untergrund verkraftet, ohne selbst klein bei zu geben. Gleichsam einem Angebot an das Bereuen der Naturbefriedung weist man Überlebende in Grenzen der Beschaulichkeit, vergönnt die Pflege neuer Zucht und Ordnung einem Denkmal, das als Mahnung für das Wuchern seiner Artgenossen steht. Zugleich missbraucht als Wunder, ist Berühren und Betreten streng verboten. Respekt vor dem Relikt benötigt die Distanz, damit um keinen Preis die eingepferchte Sehnsucht mit dem Ursprung sich verbünde.

Die Unbezwingbarkeit des Stahls, von Stein umflossen, scheint die letzte wahre Endmoräne über Grund und hält das Seufzen müder Köpfe auf Balkonen zu den Hinterhöfen im Gewahrsam - gibt es samt den Lachversuchen auf dem bunt gummierten Spielplatz nicht mehr frei. Der Blick nach Rückwärts aus Toilettenfenstern ist verrucht, erklimmt er lediglich den Horizont, zunächst gelenkt durch Straßenzüge, dann jedoch vermehrt hinweg zur Undurchdringbarkeit der grünen Ferne. Ein Schreck verlässt die Flucht, denn eine Spinne wäre fast entkommen durch das Klimarohr - verräterische Botschaft im Gepäck. Steriler Ekel spült jedoch das Tier befriedigt in die Unterwelt, die der Legende nach ins Nichts verschwindet und die Grenze mit sich reißt.

Unterdessen hat der Siegeszug des Lebens längst begonnen, denn die Zeit rankt mit ihm gegen unsere Manier. Es war schon da, bevor der Aushub scheinbar alle Wurzeln kappte, und mit Fertigstellung jedes neuen Siegesfundamentes kroch es heimlich wieder durch die Fugen der Barrieren. Aus dem gleichen Nichts, das es verschluckte, scheint es immer wieder sich zu ringen und bezeugt den langen Atem, der für unseren zu langsam ist, als dass wir ihn ersticken könnten. Die Vergangenheit holt alles ein - auch wenn die Gegenwart sich zeitlos gibt - und überwuchert, was die Starre niemals überwinden kann.

Umsturz

(Von der Illusion über neue Welten)

Der Umsturz ist nur die Idee, die sich entgleist Gehör verschafft. Sobald der alte Geist jedoch vertrieben ist, verbleibt die Menschlichkeit allein zurück. Der frische Wind, erkoren aus dem Sturm im Kampf, ist schon direkt mit einem Streich verloren, da der Strudel der Ermächtigung Bewegung in die Tiefe reißt und alles neu verklärt. Der aufpolierte Kämpfer strotzt fortan vor Seriosität und klopft den Opferstaub von seiner Schulter. Er kehrt die Scherben nicht hinfort. Stattdessen klebt er Stück um Stück zur alten Tradition zusammen, und die Narben seines Flickwerks sind die Krusten der Erinnerung - kein ungewollter Zierkontrast zu dem, was ist … und war. Ein Aufbau in verzerrtem Licht, weil dieser nicht mit Scherben bricht. Und bald ergreift der Staub des Überdrusses wieder die Zerstückelung der Wahrheit in partielle Lügen. Die Gunst, das Kunstwerk zu bewundern schwindet mehr und mehr, wenn schließlich doch die Scherbenschönheit matt vergeht und letzten Endes lediglich dem wulstigen Zusammenhalt der Klebestellen dient. Was übrig bleibt, ist immer nur die Vielfalt der Vergangenheit - mit jedem Umbruch neu zerbrochen und verleimt.

Das geht solange gut, bis eines Tages dieses Mosaik aus allen Wolken fällt, wenn aus Splittern Füllsel werden, die den Klebefilz verstärken. Dann sind die Schreie nach Erneuerung verstummt, Beliebigkeit ein hehres Ziel und alle Zuversicht im Hedonismus der Organmelasse integriert als Carpe Diem für den Zuckerguss.

Schwermetall und Rose

(Von Stimmungen)

Im Augenblick des Glückmoments beschämt mich der Gedanke ans Verschmähen im Verborgenen der Stille. Wie zwei Herzen in der Brust beschwingt mich jetzt noch dieses Leben, und schon bald beschwert es mich erneut, als ob es nie ein andres geben könnte.

Aus der einen Ruhe strömt die Kraft, die Dinge so zu hoffen, wie sie scheinbar unbehelligt leuchten, nur durch ihre bloße Existenz. So reiht sich schnell Minute an Minute bis zum Scheitel der Beflissenheit im Glauben an das Non plus Ultra einer punktuellen Ansicht. Von Euphorie zu sprechen, machte es nicht würdig, denn das Belächeln ihrer herzlichen Umarmung würde sich als lächerliche Kleinmanie enttarnen. Es liegt mehr in diesem Unverstand der Seelenlust; es ist ein Mutimpuls, das Gute zu verspüren, weil es einfach da ist - weil die Stille auf dem Höhepunkt des Stimmungssinus es erlaubt als reine potentielle Energie. Romantik als Prinzip verschweigt nicht die Erinnerung an schmerzliche Erfahrung, und sie ist kein Kitschbesatz des alltäglichen Durchschnittsglücks - sie ist das Leben einer Rose, deren Blüten Sehnsucht treiben - über Dornen, ohne diese zu verleugnen, jedoch stets im Selbstbewusstsein ihrer Legitimität. Es ist ein Stückchen Stolz vielleicht, die Ausgelassenheit des Geistes in die Progression des reinen Selbsterhaltungstriebs als Zukunftswind zu senden. Dann möcht ich lieben, leben und die Widersacher nur verstehen als ein Seufzen meines Lächelns.

In der Ruhe, sehr viel tiefer unterm stummen Nullverlauf des Alltags, liegt indes noch eine Schwermut auf der Lauer, die alleine nur die Totenstille unter sich verbirgt. Während Höhenflüge eines Gesterns überschritten werden konnten, scheint es nach der unbedingten Talfahrt doch nicht möglich, einen negativen Gipfel wirklich zu erreichen, denn das hieße, zu vergehen: Vielmehr ist es der Moment davor, der sich in Unendlichkeit erstreckt, um aus dem Nichts dazwischen zu erwachen und die nächste Runde über Wendepunkte zu bestreiten. Diese stumme Lücke dunkler Phantasie bewegt jedoch vielmehr, als sie der Traurigkeit vermitteln mag. Im Zaudern, Zweifeln und Negieren ihres Gegenteils entwickelt sie die Fragen aus Gegebenem - stets in Gefahr, sich zu verlieren aber auch dem Sog nach oben mehr verfallen, um die Antworten zu finden. Ein Stück Metall, das in der Zweifel Schwerkraft sich verformend vor sich hin sinkt, wird erfahren, dass die Form Substanzen zu beflügeln weiß.

So verstanden ist das Auf und Ab der Stimmungskurve immer treibend, nicht zerstörend, wenn der Geist dahinter nicht hybrid die Wahrheit sucht noch Tiefenschmerz mit Bodenlosigkeit verwechselt.

Entzweiung
(Von Land und Flucht)

Auf dem Höhepunkt des Tages, der im späten Sommer immer noch der Abend ist, besticht die Differenz der Ländlichkeit zur weiten Welt. Der Dunst vor nebulösen Flugzeugstarts, geschwängert mit dem Staub aus schwerer Bodenständigkeit verwurzelter Maschinen, trägt den Duft der Diskrepanz in meine Sehnsucht nach Entzweiung. Noch eingebettet in die Freundschaft meiner dörflichen Umgebung ersuche ich dergleichen in der Hoffnung auf Veränderung. Der Bauer macht es mir nicht leicht, als er ein Lächeln durch den Stolz der roten Wangen schickt und mir das Korn - durch seine Hände rieselnd - als Verbundenheit mit meiner Frage präsentiert. Zugleich zieht hinter seinem Rücken wieder eine Spur des Rausches in den Himmel. Die Verwirbelung der Intension im Schlepp, verschwindet sie und redet mir - nur für den Augenblick enthoben – unvergönnte Nähe eines schnellen Abenteuers ein. Meine Müdigkeit vom Tage würde ihm so gerne folgen in Erwartung auf die Ruhe durch die pure Illusion; doch die Hitze im Gesicht hat eine Prägung aus dem Hier und Jetzt und kann die Emotionen, durch den Reisewind zum Hoffen abgekühlt, vielleicht nicht halten.

Welcher Farbe soll ich mich ergeben, wenn das Sepia der Felder sich im Untergang der Sonne mit dem Abendrot nicht einig wird, ja mehr noch, sich mit ihm verbündet und mich zum Verharren auf dem Sprungbrett ohne Start- und Zielpunkt zwingt? Der Landmann lädt mich ein, an seiner Seite auf dem Drescher Platz zu nehmen und ein Stückchen seiner pflichtbewussten Freiheit zu erleben. Dann zeigt er in den Himmel, und die Bauernregel für den nächsten Tag lässt mich beruhigt in diesen Abend fahren, im Wissen, dass die Farben - täglich neu gemischt -, den Möglichkeiten ihre Starre nehmen.

Sonntagsaltruisten

(Von der Lust, ein Mensch zu sein)

Im Zorn der verlassenen Güte treibt es den Sonntagsaltruisten auf die Barrikaden, um für Recht- und Leidpriorität zu kämpfen. Er nimmt sein leeres Unterpfand und breitet es zum Picknick aus, an welchem sich doch alle laben mögen, die nichts weiter zu verlieren haben, außer ihre Gunst an seinen Schein. Er lädt sie ein, verteilt die Sensation sehr brüderlich im Blickfang des Betrachters und genießt das Schwelgen in verherrlichter Sozialmalignität. Der Anlass wird behangen mit Kostümen und Begnadigung des Leids. Einzig dieses harrt fernab auf Krümel, während seine unbedarfte Imagination zu Tische sitzen darf und schmaust, bis sich der Gönner satt gegessen hat. Verdauend macht er sich davon, bis ihn der Hunger der Vergessenheit erneut zum Handeln zwingt. Um Reste des Gelages buhlen unterdessen die verbliebenen Bewunderer - nichts soll verkommen im Gegrapsche nach den letzten Stückchen Glückskeks, deren Inhalt man den unerreichten eigentlichen Gästen als Ermutigung zum Überdauern bis zum nächsten Ma(h)l verspricht.

Kaufrausch

(Von sozialem Brausepulver)

Inmitten der Vertiefung hält der Sog im Rausche des Konsums mich nur gefangen, um mir Fragen aufzudrängen. Nie und nimmer wollte ich das alte Aufbegehren meiner Lust erneut erfahren, nur die Neugier spielen lassen mit entschärfter Munition. Ich zerre mich beklommen durch den Strom - nicht mit, nicht gegen ihn -, ein Strudel, der mich einwärts und dann auswärts an die Ladenfronten presst. Gesichter wollen meiner Forderung nicht Folge leisten, mir den Weg zu weisen, welcher Gier und welcher Notdurft ich nun folgen soll. Ich weiß es einfach nicht mehr länger.

Das Licht verströmt Gemütlichkeit in Düfte aus Friteusen und Textilien zu einem Reagenz aus grobsozialem Brausepulver, einer explosiven Mischung. In Schach gehalten in der Mitte bleibt die kritische Massierung durch Kaffee und Nikotin, derweil die aggressive Strahlung aus den Fenstern nur die ausgefranste Wollust an den Rändern zur Verzweiflung bringt. Denn wenn sich einer erst einmal aus dem Gemisch in neuen materiellen Sauerstoff der Billigkeit ergießt, verbrennt er kontrolliert und treibt den Wirtschaftsmotor an. Hinein - Hinaus heißt die Devise kommerzieller Komprimierung - hier und da mit einem fehlgezündeten Gesicht, das sich erneut die vorverkohlte Euphorie im Freizeittreibstoff borgt.

Ich treibe weiter, hier hin, dort hin, scheinbar nur als Derivat mit einem angehängten Freiheitsmolekül, kaum fähig, noch zu reagieren. Schließlich bin ich ausgeschwemmt durch den Impuls des vollen Portemonnaies, das den verrenkten Appetit fernab des Geldverbratens in die Sättigung gutbürgerlicher Leibverbundenheit entführt.

Entlassen in Erleichterung
(Von Rollstuhlträumen)

Am Fuße des Deichhügels kann ich endlich meine Ungeduld genießen. Das Harren vor der Reise und die Frage nach der Wirklichkeit des Morgens hat ein Ende. Noch eben stellte ich mir vor, dass diese Sehnsucht bricht und in die Teile der Erfahrungen zerfällt, doch nun erscheint der Horizont so nah, dass ich das Wissen förmlich inhalieren kann. Es schwappt schon über, lockt mich, und es flüstert mir die Weite, die dahinter liegt, ins Ohr. Nein, noch nicht, lass mich die Furcht noch einmal fühlen, dass ich schätzen lerne, was es heißt, im Rollstuhl Träume zu erfahren. Halt mich fest, dass ich nicht selbst nach vorne presche und im Sturz die Geistesfreiheit überschätze. Denn bei alle dem muss ich mich fügen in ein Schicksal meiner puren Existenz, die mich solang gefesselt hat. Ein Wind streicht durch das hohe Gras zu mir hinab und kitzelt meine Zehen, so als ob er mich verführen wollte, mich doch endlich der Gewissheit hinzugeben. Ich schau mich um in der Geschäftigkeit der anderen. Mein Lächeln setzt kaum Freude frei, da ich mich selbst nur freuen kann auf das, was gleich geschieht. So nicke ich dir zu ... nach hinten ... oben, mich voran zu schieben, bis die große Muschel nah an meinem Ohr das Lauschen auf die Brandung in Erleichterung entlässt.

Nur ein Gast

(Von erinnerter Gegenwart)

Am Ende meines Weges steht sie immer noch, die Bank am Ufer. Vielleicht schon etwas in die Jahre gekommen, wie ich; doch sicher einen Gruß zum alten Wasser wert. Gleich gegenüber winkt die Einbettung der Weite mir Willkommen, und ein kleines Boot verlässt die Bucht; nicht, ohne mit der Flagge - Gelb auf Blau - die Traditionen zu versichern. Ich seufze und getraue mich fast nicht mehr zu erinnern, welche Tage mir im Weilen dort das gleiche Glück verliehen. Denn was damals mich belebte, war am Ende eines Tages die Verinnerlichung meiner Gegenwart auf jener Bank. Und so sitze ich und frage nur das Wasser nach der Zeit, stets in Befürchtung, Unverflossenes zu sehen, spüren ... zu vermissen, weil es mir die Treue nicht gehalten hat. Doch meine Neugier und die Sehnsucht, das Gebliebene erneut zu fühlen, zieht die Blicke weg von der Zerstreuung junger Wellen hin zum Ufer und zur Seite. Keine Neuigkeiten, scheint es, haben ein paar Jahre zu berichten. Was ich mitnahm, habe ich dabei und biete es der Gegend an. Die Bilder schenken mir die Wiederkehr, jedoch sie nehmen mich nicht mit nach Haus. ‚Ein Gast - du bist ein gern gesehener Gast - wie du es damals warst, als du noch anderes geglaubt hast', weist mir die Vergangenheit die Gegenwart. Mein Blick zerfällt am Boden in Gedanken, die die Füße in die Gräser streichen. Im Lebewohl - das lange schon geschehen war -, erkenne ich ein Herz im Holz der Bank - nur eine Liebelei aus jener Zeit, die immerhin ein Teil von mir behält und wenn ich wieder gehe, mein Erleben nicht verschweigt.

Haus an den Klippen
(Vom Verderbensbett der See)

Ich steh am Fenster und beschwöre mit der Ohnmacht meines Wissens die Gezeiten. Durch die Ritzen pfeift die Botschaft der Bedrohung, die mich jahrelang ans Urgestein der Ewigkeit verraten hat. Gesäuselt in der Nacht und mit dem Trost der Morgenstille wiegte sie mich als die Mutter meiner Heimat im Verderbensbett der See. Das Seufzen eines jeden Tages war doch immer nur das Glück der Freiheit. Der Umstand meines Lebens war die Liebe zur Natur. Bei diesem Leidenschaftsgedanken ächzt die Wehmut im Gebälk wie eine Überdrussverachtung des Bestehens ohne Zukunft. Nicht den lang erhofften Aufschub, nur Gedanken für den Abschied gönnen mir die Zeichen der Veränderung. Das Licht des Leuchtturms gegenüber schlägt die letzten Fensterkreuze an die Wand, und unter mir zählt Gischt um Gischt Minuten einer Galgenfrist. Es knarrt erneut und meint es gut mit mir, so scheint es, doch der erste Staub benetzt den Anspruch auf Vergangenheit. Für einen Augenblick erwäge ich die Solidarität mit der Vernichtung, als ein Stückchen Deckenputz mir dann im Streiflicht in die Hände fällt. Ich hebe meine Hand zum Gruß ins Wetter, das im Spiegelbild der Tränen meine Liebe mit ins Meer spült. Mit dem Stück in meiner Hand sag ich Leb wohl und lass die Stunden, Tage, Wochen, Jahre hinter mir versinken. Noch im Rauschen ihres Niedergangs verstreicht der Schein noch einmal Sehnsucht in die Weite, deren Leere ich im Rücken als Verinnerlichung spüre.

Barrieren
(Von der Sprache als Gefühl)

Jedes Wort, jeder Satz, der die Begriffe tief im Hirn verlässt, bleibt dort erhalten wie die Selbstverständlichkeit des Seins. Es ist ja dies, das uns die Sprache unsres Herzens erst vor Augen führt, dennoch gänzlich ohne die Infragestellung aller Konvektivität und Gegenständlichkeit. Selbst das Suchen, Reflektieren oder auch das Irren sind ein Teil davon, obwohl sie spalten und in tausend Mündern oft sich missverstanden oder gar missbraucht erfahren. Es bleibt eins im Sprachenkollektiv. Ist die Ignoranz der Allgemeinempfindung erst einmal als Weltbild etabliert, findet das gefühlte monolinguale Universum keine Grenzen in der Individualität ... bis ... ja bis ganz plötzlich einer vor uns steht und diese Welt verlautbart mit phonetisch-fremden Derivaten der gewähnten Apriori-Fundamente.

Nun, immerhin schürt sein bestätigendes Nicken keine Zweifel, denkt er doch das Selbe wie ein jeder, der auf dieses oder jenes zeigt. Die Akzeptanz liegt in der Neugier, diese Laute auch einmal zu prüfen. Etwas unbeholfen zu Beginn, kommt der Fortschritt mit der Übung, und Talente scheinen schnell die neue Weltverklausulierung zu erfassen, zu beherrschen und wie einer von den Fremden zu besitzen. Und was ändert sich letztendlich? Nichts? Das zu glauben, schiebt den Argwohn in die Einfachheit der Worte; denn je mehr ich mich neu binde doch empfinde, wie ich immer schon empfunden habe, umso mehr scheint diese Einigkeit zu divergieren. Die exotischen Vokabeln sind schon bald zu sehr zur reinen Funktionalität verkümmert, um zu fühlen, was ich ohnehin schon denke, und ich nutze sie zu selbstverständlich, als Verinnerlichung möglich wäre. Was ich fühle, ist das Selbe wie zuvor - aus meiner Sprache etabliert; und was ich denke, werde ich doch niemals so erfühlen können wie der Muttersprachler neben mir - ganz egal wie sehr ich mich den neuen Worten widme. Faszinierend bleibt das Rätsel der Empfindung aus der Sprache eines fremden Herzens und vor allem ungelöst.

Aus dem Tal
(Von der Zuversicht)

Nach den Beben junger Jahre ist nun Gras
gewachsen über jegliche Verwerfung; die Lavaströme
hinter mir sind kalt und haben nichts begraben, außer
meinen Weg ins Tal. Doch ganz weit unten fehlt es
ihnen jetzt an Kraft, sich in die Gegenwart zu graben,
um die Zukunft zu verbrennen - sei es wegen jener
Leere, die im Bauch des Unterbaus nicht länger
Überzeugung kocht oder eher wegen einer neuen Fülle,
die im Anstieg gegenüber reift. Nichts erklimmt den
neuen Pfad, wenn es nicht selber geht. Noch stehe ich
am Grund und hab die Fersen meines Schreckens in der
Asche, als die Frische durch den Aufwind im Gesicht
ein erstes Lächeln daraus bläst. Dem Sog schon fast
verfallen, winke ich ein wenig Vorsicht durch das Licht
von oben, doch es lässt kein Feuer mir entgegen
strömen, was ich selbst nicht darin finde: Denn das
Suchen ist auch immer ein Erfinden alter Lasten, um die
neuen, die auch sicherlich nicht auszuschließen sind, zu
fassen. Also suche ich nicht mehr, doch schaue mich
wohl um. Nach hinten sichert mich der Zahn der Zeit
und nur bergan sind neben Auen auch Vulkane, die
mich aber nicht mehr zwingen, Löcher in die Neugier
der Zufriedenheit zu bohren.

Der rote Faden

(Von der Rückkehr zu sich selbst)

Nachdem die Brücken hinter mir zerschlagen sind, nachdem die letzte Hemminstanz verloren hat, verweile ich im Angesicht des ersten Sonnenuntergangs des Friedens. Verdaut ist nichts und noch mein Hunger ungebrochen. Der Abschied hat Zerwürfnisse getötet. Allein ihr Geist saß ziemlich schadenfroh im letzten Kuss, der, vom Überdruss besessen, über Streitigkeiten lachte. Welcher Gram hat mich geritten, nicht zu handeln, sondern unverhandelt vorzupreschen ... plötzlich, ohne zu versprechen? War es wirklich das, was nicht mehr hielt oder eine Parallele, die mich lange schon begleitet hat? Das erste nicht zu leugnen wär' ein Leichtes, doch das zweite scheint so unumstößlich, weil die Wurzel dieses Stranges mir alleine nur gehört - prädestiniert zum Konjunktiv des Traums. Also folge ich nun meiner eigenen Bequemlichkeit und lass den Irrsinn einfach zu, vergesse die Vernunftloyalität und finde meinen roten Faden ... nein, nicht wieder, nur zum ersten Mal aus unerlebter Wahrheit meines Lebens.

Partymuffel

(Von gelebter Langeweile)

Sie leert sich um die Wette - meine Neugier mit dem Glas. Ist das gut gemeinte Streunen der Erwartung wirklich Gleichmut, sollte ich es besser doch als ‚Flucht vor keiner Gunst' bezeichnen oder ist es nur die Peinlichkeit der ungeschönten Toleranz? Das Netz aus wohl sortiertem Zwangsenthusiasmus hat die Maschen weit gespannt - und Punkt für Punkt, mal hier Gelächter, dort Bedenken oder Klüngelknoten gegenüber, binden mich nicht ein noch aus. Ich trau mich weder, zwischen sie zu fallen, da ich fürchte, meine Blicke könnten stranguliert im Amoklauf von Fadenkreuzen enden, noch kann ich letztere verknüpfen, um mich einzuklinken, weil die Konstruktionen mich nicht missen. Nur die Zeit ist mein Begleiter, und die Canapés sind Meilensteine, die Verzweiflungsgrinsen überbrücken.

Organ(isiertes) Spenden
(Von der Unantastbarkeit)

Ausgeschlachtet lief ich bei beendigendem Leibe in die Messer der Moral. Ein Pokerspiel für ein Gesicht im gleichen Tod. Wer geht zuerst, wer geht zuletzt? Ich habe es verpasst, mich auszurüsten mit dem Argument des Widerspruchs, den aller letzten Trumpf nicht zu veräußern, weil er mich ganz unwahrscheinlich lebensfroh noch hätte retten oder doch zumindest davon überzeugen können, was geschieht. Ein Recht, das mir in letzter Quintessenz genommen wurde. Aber Zwangsverwalter meiner Masse waren schnell zur Stelle, ehe ich noch einmal meinen Geist entdecken konnte, um die letzte Karte auszuspielen. Teufel auch, dass sie nicht wussten - was ich nun nicht mehr entdecken darf - weil jemand glaubte, dass das Ende keine Zeit mehr brauche.

Pleitegeier
(Von dem, was Vögeln blüht)

Einer kreiste lange Zeit schon mit den Sommersonnenvögeln über blühendes Grün verfressenen Efeus. Bezwungen war das Land darunter, und dem Leuchten seines hoffnungsvollen Leichentuches ganz ergeben, hat sich Kleingefieder groß enthoben, um die Überreste tot zu singen. Noch kann das Trällern der kasteite Hunger nicht erklimmen wie der Schädling alte Mammutbäume der Vergessenheit.

Doch ist ER unter ihnen - über jenem, das sein Sturzflug gar nicht wert ist -, und er wartet auf das fette Aas am Ende, welches noch die Wipfelnester voller Würmer unerschöpflich findet. Sind nach dem Verzehr auch trübe Augen alter Freunde dann zum Schluss des Festes ausgepickt, verstummen bald die Lieder im Gekrächze ihres Blindflugs unter Fittichen des letzten Fraßes. Keiner wird entkommen, wenn die Sonne keine neuen Würmer zeugt.

Es wird sich fügen

(Vom Trost, der den Verstand ersetzt)

Gebeugt über den großen Tod des kleinen Vogels, steht die Unbekümmertheit mit buntem Fahrradhelm auf lustigen Sandalen und erfasst die Dimension der Diskrepanz als Schnitt ins Glück. Noch ahnt sie die Lebendigkeit des gelben Schnabels samt Beflügelung des Glanzes in den starren Augen - eine Zärtlichkeit, geneigt das Leben so zu lieben, dass es sich fast neu erhebt und Kinderträumen zwitschernd seinen Dank bezeugt. Dann fällt Erinnerung zurück in diesen Riss aus Fragen über Fragen. ‚Warum?', ‚Wohin?', dreht das Gesicht zu mir; es traut sich kaum, der Welt sein Mienenspiel zu überlassen. Zu unbarmherzig scheint schon die Beschwichtigung vorweg, zu ausgerechnet ihre Wahl. Alle Chancen meines Trostes sind bereits verspielt, noch ehe er den Unbeholfenen belügen kann. Es wird sich fügen, so und so; und darum sind nur Worte keine Antwort, die alleine die Umarmung und das Zeigen in den lebensfrohen Himmel dem Verstehen etwas näher bringen können.

Zweckentfremdet
(Von postpubertärer Einsicht)

Nunmehr überdrüssig aller Zweckentfremdung meines Körpers, lege ich die Selbstkasteiung meiner hausgemachten Spießigkeit in Trümmern. War ich ehedem der einen Opportunität entkommen, um der anderen mit fragmentierter Freiheit zu begegnen, sehe ich nach Jahren des Entgleitens weder eine Änderung der Tag-Notwendigkeit noch eine Chance, sie zu läutern. Letztendlich war es doch das Blei des Lebens, das die Schwerkraft lenkt und nicht das abgelutschte Leichtmetall in Lippen, das Beflügelung des Andersseins prognostizierte wie ein Blinder Tag und Nacht. Nun hab ich wieder ein Gesicht. Es starrt sich an im Spiegel wie ein Fremdling, nur mit einer Handvoll silbrig klingender Verdammnisideale und mit Löchern im Visier der Zweifel. Doch nach und nach erkenne ich die Grundstruktur und freue mich, dass sie dem Alter nicht geschadet hat, nur wartend auf den richtigen Moment des Seins: Freiheit ist die Freiheit, so zu bleiben, wie man ist und nicht zu wählen, wem man folgen muss.

Oberflächen

(Vom Lächeln, das die Zeit nicht wert ist)

Auf glatten Oberflächen rutscht ein jegliches Hallo zwischen Graten der Erinnerung hindurch und ebnet sich im Frieden, der bedeutungslos ist, ein. Ein Lächeln folgt den Worten opportun, wie eingeschläfert, ohne dass die Augen dies verschmerzen müssten. Diese - was nicht mitlacht, muss sich mit Reflexen nicht befassen -, geistern unentwegt durch die Gefilde eitler Selbstbetrachtung zu Objekten, die die subjektive Etablierung finden können. Selbst im Nachgang eines Umseh'ns werden sie sich kaum gefesselt fühlen, sich in Blicke zu vertiefen - so verbohrt ist ihre Richtung in den Umstand ihrer selbst. Es bleibt nichts hängen an der Chance der Begegnung, außer dem Moment und auf der einen Seite allenfalls ein Anflug heilsamer Ernüchterung. Die andere vergeht, wie alle ihrer Art, noch eh' sich dort Besinnung echauffieren kann, Bedeutung zu vermuten.

Ruhe finden
(Von Sehnsuchtsneurosen)

Wann werde ich meine Ruhe finden, vor den Hintermännern, vor den lauernden Nischen des Lebens - wenn die Vögel im Tannengrün keine Schatten mehr in mein Zimmer werfen, die meinen Blick ans Fensterkreuz schlagen?

Wann werde ich meinen Mut ergründen, den nun Regen ausschwemmt - den die Sonne stets lockte vergebens, wenn der Puls auf dem Pflasterstein nur das Blut meines Ärgers schluckte, um ihn des Nachts zu Grabe zu tragen?

Wann werde ich meine Last entbinden, von den Schwergewichten – von dem Abrieb erzwungenen Strebens, welches Fata Morganas schuf überm Staub dieser bleichen Sehnsuchtswüsten, geneigt, den Zweck zum Teufel zu jagen?

Dann werde ich ganz verschwinden - aus den Fragwürdigkeiten -, wenn die Risse des täglichen Bebens sich verschlucken am Wiederkäuen, ohne süßes Gift ihrer Selbstverzehrung als Wurzel meines Leids zu beklagen.

Wiederkehr hernach
(Vom Gold des Herbstes)

Im Schimmer späten Jahres sind Kontraste meist nur Schattenmale alten Herbsts. Sie geben ihre Kräfte auf und folgen der Erinnerung in Blicke ferner Tage. Nuancen, die verbleiben, sind wie Geister, die auf Lebensresten tanzen, müde Augen in die Irre leiten und der Tiefe in der Dämmerung gedrückte Phantasie entlocken. Flanierer suchen Arm in Arm, die Atemwolken zu vereinen - sprechen Wohlgefallen aus, das in Erwartung der Veränderung sich wiegt. Das Labyrinth im Dunkeln drängt den Weg, sich in Gedanken zu verlieren - auf die Zeit besinnt, und nicht mehr länger auf ein Ziel. So schleicht die Kälte um die Körper, noch das Frösteln wage nur bezirzend. Es scheint sich alles zu ergeben ... hinzugeben im Moment des letzten Schleiers vor der Nacht, da bricht Erhabenheit die Stille aller Farben und ergießt sich aus dem Nichts ins Gold. Sein Leuchten wirft nicht Schatten, noch krakeelt es Renaissance der Ausgelassenheit. Es vermag nicht, dominant zu sein, jedoch vermittelt Klarheit seiner Intension dem Umfeld die Begnadung durch das Licht. Die Botschaft, die vielleicht nur vordergründig etwas Wärme ins Verweilen suggeriert, beschenkt den Überbringer mit der Ehre seines Lebens und Betrachter der Vereinigung mit Wissen um die Wiederkehr hernach.

Geisterbilder des Gemüts

*Erfahrung wird erkennendes Gefühl, derweil die Wissen-
schaft zum Schatten unterm Horizont vergeht.*

Lorenz Filius

Lorenz Filius

Geisterbilder des Gemüts
Prosaische Abstraktionen
und Geschichtchen

Impressum
Filius, Lorenz: Geisterbilder des Gemüts
© Lorenz Filius, Erstveröffentlichung 2013
bei Books on Demand GmbH, Norderstedt

… Was könnte einen Schöngeist dazu bringen, sich banalen Dingen mehr zu widmen, als sie auch nur einen Aphorismus wert erscheinen? Belächelnd angedacht, verfliegt der Tiefsinn des Moments. Auch trägt die Strapazierung der Erkenntnis kaum zur Wissensbildung bei. Zudem entsteht beim Aufbruch der Struktur trivialer Weisheit manchmal mehr Verwirrung, als der Logik möglich scheint. Verklausuliert ergeht sich dann ganz plötzlich alles im Geschehen der Gedanken, wo doch starre Fakten das Gedachte längst umschließen. Wozu noch Spielerei mit Worten, die den Sinn zersetzen mögen? - Nein, es geht nicht um Erkenntnis, noch um die Verschwendung eitler Sprachverliebtheit im Detail. Es ist alleine das Verlangen des Gedachten nach der Freiheit der Gedanken. Selbst im Falle gleicher Schlüsse können Wege doch verschieden sein und locken einen Geist, der durch Metaphern spukt und alle Klarheit jenseits ihres Spiegels phantasieren lässt. Geisterbilder schwelgen im Gedachten zum Entdecken der Gedanken, die - wo immer sie sich einig sind -, doch auch das Potential zur Kontroverse aus den Eigenheiten nährt …

Geisterbilder des Gemüts

Inhalt

Abstraktionen

Inhalt

Abstraktionen

Geschichtchen

Abstraktionen

Geisterbilder des Gemüts

Maskenbildner
(Vom Lebenstheater)

Der Maskenbildner hatte es nicht leicht, die Stimmung ihrer Rolle zu vertiefen, der Rolle ihres Lebens. Nervös entglitt sie ihm bei jedem Strich. Im Spiegelbild, dem Lächeln des Gestalters sich verwehrend, sah sie sich mit einem Mal begrenzt durch die Umrandung der Beleuchtung, eingepfercht in ein Portrait, aus dem es kein Zurück zu geben schien. Der Zwang, dem Bild zu folgen, war doch eigentlich die Liebe zum Charakter, wie sie diesen sich so oft in Selbstgesprächen eingeredet hatte. Nun jedoch, in solcher Stille vor dem Auftritt in ein endlos langes Stück, schien sie ganz der Macht des Künstlers dargebracht als Opfer ihrer eignen Ignoranz. Eine Träne presste noch das Lampenfieber aus dem Blick, schnell verflüchtigt durch ein weiteres Bezeichnen ihrer Wangen. Und je mehr der Visagist sie mit der Wahrheit so umgarnte, umso schwächer wurde ihre Gegenwehr, zu fühlen, was nie war. „Zeig dich dem, was dir die Welt bedeutet, wie du bist", entließ er sie mit Stolz, „denn meine Maske ist nicht Maskerade, sondern eine Kunst, geschaffen durch das Leben selbst."

Genie
(Vom ausweglosen Geist)

Zwischen Hemisphären hockt sein Geist, verlassen irgendwie, derweil im vollen Anspruch seiner Zellen die Begabung operiert. Die Mimik fällt aus dem Gesicht; er kann sie nicht mehr halten, wenn die Augenblicke, zugestopft mit Daten, eigene Wege gehen. Hier und da entfährt dem Übersinn ein Zucken; Versuche eines Ausbruchs der gefangenen Gestalt. Die Forderung der Fähigkeit hält alle Empathie in Schach; so liegt der Grund für sein Befassen nur im Selbstzweck des Gehirns. Wer reden möchte, muss verstehen - trifft auf Funktionalität, barrierengleich, die jeden Zugang in den Zwischenraum - dort wo der Mensch dem Geist entfährt -, versperrt. Entlang dem Sinnen der Beschränkung tastet sich der Sucher wieder nur von Fakt zu Fakt. Und wenn er manchmal einen kleinen Spalt hindurch zur Seelenregung jenseits des Geschehens findet, schweigt sie wie ertappt und hält ganz still. Dann versteckt sie sich im Schatten genialer Übereiferung und atmet unbehelligt auf, wenn diese den Betrachter weis entführt. So lassen wir uns ein auf dieses Spiel mit dem Verstand; und jede Frage stößt auf Antwort, dringt jedoch nicht weiter vor. Sie prallt an Monologen ab, welche um und um Fassaden fest verschnüren. Gehen wir erweitert darauf ein, entfesselt sich nur oberflächlich die Struktur des Wissens, aber einzig, um uns schnell in dieses zu verwickeln. Wir dringen ein und finden dennoch nicht hindurch. Und lässt man Stille folgen in Erwartung auf erweiterte

Gelöstheit, findet manchmal schon ein Lächeln seinen Weg durch ungenutztes Potenzial - schaut schelmisch durch die Welt hindurch -, weiß dennoch nichts, mit sich und andern anzufangen. Es schwindet bald dahin, bevor Erwiderung es treffen kann; und sollte es sich ungeahnt im Wege des Ermunterns stehen, dann lässt es sich nicht packen, taucht zurück durch sein Gesicht. Das Antlitz züchtigt seine Züge auf dem Weg ins Urverlies, versperrt die Ein- mit Übersicht und fordert uns im Staunen ohne Sinn.

Am Bahnsteig

(Von der Abfahrt - aus dem Leben - in das Leben)

Sie warten alle nur am Bahnsteig auf den Zug nach Irgendwo. Kreuz und quer verschworen mit sich selbst, harren, kriechen sie, ja eine Minderzahl spaziert. Wer gemeinsam fleucht, ist längst alleine und fernab der ernst geglaubten Erstverbundenheit. Gedanken sind zu sehr der Pflicht erlegen, Lebewohl als einzig wahren Inhalt wahrzunehmen. Die Lehre der Erfahrung hat sie letzten Endes zur Sekundenleere vor der Abfahrt eskortiert. Und nun? - ‚Fast nichts mehr zu erledigen, so vieles noch zu tun', verbleibt ein Restgewissen als Gepäck, das sie dem Bahnsteigwärter in die Hände ihres Glaubens legen. Ein Schatten ihrer selbst ist er, doch mit der Macht zum Pfeifen auf dem letzten Loch. Der Zug scheint nicht zu kommen; nur ein Wind, der ihn verkündet, fegt am Bahnsteig nun vorbei. Er entreißt die Wartenden der Welt, derweil verräterisch der Pfiff dem Zug am Gleise gegenüber gilt, der in der Manifestation von Mal zu Mal die Endstation als Abfahrtspunkt erreicht.

Simple Handlungen
(Vom Teufel im Detail)

Aus der unbedachten Wechselwirkung einer Unzahl neuronaler Ströme, die in scheinbar simpler Handlung kaum der Rede wert vergehen, fällt so manche Konsequenz in ein verblüffend schwarzes Loch des Augenblicks.

In einer Planung der Bewegung liegt nicht selten eine Furcht, nicht adäquat genug zu sein - nicht der Vorsicht zu genügen in der großen Unabwägbarkeit. Und so erstaunt vielleicht ein positiver Endeffekt, obwohl man doch das eine oder andere nicht in Betracht gezogen hat. - Wir atmen auf, bewundernd jenes Zentrum unsres Blickpunkts, welcher nur die Tat an sich erklärt, doch manchmal kaum das Resultat - unterworfen dem Gesetz der Serie *Es ist noch immer glatt gegangen* nach erfolgter Intension.

Dahingegen leben wir Routinen, die Beachtung kaum entlocken, in der Einfalt guten Glaubens: Es ist alles Eins und fällt nicht aus der Rolle. Doch bergen Minimalmomente in nur scheinbar einem Klacks die Tücken, die wir stolz im Großen zu umschiffen fähig sind. Ignorant, doch ohne Arroganz - denn wer vermag Sekunden schon im Bruchteil zu erleben -, vollführen wir in Serie, was dem Gesetz nicht ganz so oft genügt: *Meistens geht es gut* ist reduziert um das, was dem Malheur Erstaunen abverlangt. So schlägt ein Weinglas durch die ungeahnte Wucht des müden, sachten Griffs zur Flasche auf den Tisch, nachdem zuvor der erste Einschank ohne Sauerei gelang.

Abgewogen
(Von Verhältnismäßigkeit)

Die Zweifel plagen mich. Noch vor wenigen Minuten war der Zorn sich sicher, sich das Recht zu nehmen für die wahre Konsequenz. Gesteuert von der Logik und dem Selbstzweck purer Fairness, schien die Folgerichtigkeit gedanklich aufgewogen mit dem Ablauf des Affronts. Die klare Sachlichkeit hat dominiert. Nicht ein Zünglein an der Waage würde sich getrauen, dieses Gleichgewicht noch einmal zu versuchen. Es würde glatt zerbrechen an der Schwere der Balance. Doch was das Zünglein nicht vermag, liegt tief verborgen in der Starre meines Glücks. *Nicht bewegen* ist die oberste Devise, denn im Schwanken liegt das Unheil, die Gewichte zu verlieren. Und doch, die Zweifel plagen mich, je mehr ich mich entferne von der Wucht des Augenblicks - je mehr ich mich entspanne, um dem Ärger zu entgehen. Allein Entspannung ist Bewegung in der Dreidimensionalität. Es wird mir kaum gelingen, nur im Hin- und Her der Überlegung meinen Sieg ins rechte Lot zu rücken, wenn ich nicht versuche, einmal über ihm zu stehen - über seinen Schatten auch zu springen. Die Schale, die ich mühevoll beschwerte, nicht zuletzt mit meinem eigenen Gewicht - und sei es noch so klein -, muss dann schließlich ihre Position verlassen, wenn ich mich aus der Gerechtigkeit entnehme, um ein bisschen frei zu sein. Nicht auszudenken. Aber Zweifel plagen weiter; mittlerweile mehr um meinen Seelenfrieden bangend als um das, was ihn beschwert ... bis ungeahnt ein Ruck im Vis-a-vis gerechte Zwangsgedanken löst und ich genötigt bin, das Gleichgewicht im Richten meiner Position mit Abstand zu verstehen.

Noch so viel Zeit

(Von der Angst, zu früh zu gehen)

Ich habe nun noch so viel Zeit, die ich verwinden muss -, die ich verbringen wollte, weit bevor mein Leid mir diesen jämmerlichen Leerlauf offenbarte. Aus der Furcht, nicht mehr zu schaffen, was ich neu begann, ist bald die Angst entstiegen vor dem körperlichen Zwang, zu spüren, was da alles kommt: Sekunden sind die Ewigkeit der abgezählten Tage. So unnütz die Gedanken sind, so stark ist jener Schmerz, der sie vollbringt - kriechend und pulsierend bis zum Tiefpunkt jeder Nacht. Er zieht das Leben durch den Dreck. Umgekehrt entfacht Gedachtes kaum mehr Feuer, welches für Ideen brennt. Dafür verbrennt Verzweiflung Schlag auf Schlag, und aus der Asche der Verdrängung steigt die Euphorie als Phönix mit gebranntem Kopf. Ein Angebot zur Nutzung der Gewalt, die noch verbleibt? Im Lächeln zu den Meinen, deren Schweigen jeden Höhenflug erschwert, geht derweil die Hoffnung unter. Einzig Blicke aus der jugendlichen Blüte fragen wortlos nach der Zukunft und versichern mir die Antwort - die ich ehrlich nicht als Trost erkenne - als Erlösung aus dem Kerker meines Sinns.

Offene Unendlichkeit
(Von Sonnenuntergängen)

Ich tauche ein in eine Tiefe der Natürlichkeit, entlasse mich in einen Augenblick, getrieben von den Elementen.

Der Fluss um mich herum verblasst, die Wogen bald verlierend und das Rauschen schweigen lassend in der Ehrfurcht vor der Stille.

Fern erblüht die Schönheit über mir, ein Ausdruck der unendlichen Erinnerung an alle Phantasie.

Je mehr ich mich erfahre als ein winzig kleiner Teil davon, desto offener erwartet mich die Möglichkeit der Form und offenbart die Sinne als Verliebtheit des Verstands.

Erfahrung wird erkennendes Gefühl, derweil die Wissenschaft zum Schatten unterm Horizont vergeht.

Was braucht es mehr, um dies zu finden, als ein wenig Zeitverlust.

Der Wind lockt eine Träne, nimmt sie mit sich, noch bevor ich sie mit Augenwischerei verletzen kann.

Stattdessen blinzle ich ihr nach und bin beruhigt; denn angesichts des Fortgangs, den sie teilen darf, ist meine Stagnation ansonsten nur ein kleiner, wunder Punkt des Geists.

Metamorphose
(Von Verwandlungsphantasien)

Erwacht im eigenen Geruch, - allerdings ein wenig süß für das Verständnis meiner selbst und kaum erinnerbar - die Überbleibsel eines Traums vielleicht. Doch gibt sich mir der Duft als äußerst zugehörig zu erkennen. Wie aus der Fremde angezogen, sich um intime Zweifel windend, regt er mein Gedächtnis an, belegt die Zunge mit Aroma, das sich im Geschmackssinn irrt. Ist da wer, der sich in meiner Eigenheit versteckt?

Ich trotte schweren Schrittes meines frühen Weges, kann die Aura kaum zerstreuen. Duft und Augenaufschlag fallen dort zusammen, wo ich kurz im Sinnen harre - und ich forsche in Erinnerungen nach dem Bild des Augen-Blicks. Sie sind noch da, beschreiben aber seltsam die Verbindung alter Zeit. Ich suche die Veränderung darin und spüre, dass sie sich verbirgt - verbirgt im Rauschen um mein Feld. Nuancen reißen Fehler ins Gehör: Den Klang des Tages übersteuert sacht ein paralleler Misston, der als Tinnitus den Kopf verlässt und die Akustik in den Knochen bald maskiert zum Klang der neuen Vibration. Ich schüttle den Verstand - und bin noch da. Doch wer? Im gleichen Augenblick entzieht der nächste Schritt den Muskeln aus der Mitte die Statur, ich stolpere - nur ein-, zweimal; dann tragen viel zu kleine Füße einen unbeschwerten Rest. Ich fahre mir mit Händen durch das Haar - bin überrascht, aber kann mir die Erwartung nicht erklären, da sie eben jetzt nur kurz die Ahnung irritiert. Bin müde noch, doch gähne mir die wirklichkeitsgetreuen Züge ins Gesicht - so fühlbar nun im Wind. Sein Spiel vertraut mir irgendeine Stimme aus der Menge an. Ihr reiche ich die linke Hand zum Gruß, nachdem der rechten das Bewusstsein fehlt. Du lachst, erwiderst aufmerksam. - Kennen wir uns denn so sehr? - Du küsst mich und du nimmst mich mit. Wer weiß, wohin?

Moderner Hampelmann
(Von hausgemachten Stigmata)

So mancher kleine Geist vergammelt in der Vielge-
schäftigkeit des Überflusses, reizt die Dinge an, doch
ihre Möglichkeit nicht aus. Die Augen fragen nicht, sie
gieren wirr umher - und was der Blick kaum fassen
kann, erzappelt sich der Hampelmann. In der Sehnsucht, zu erfahren, wurde scheinbar nur Verschwendung
inszeniert. Ob gut gemeint - obwohl nicht leistbar -, ob
Wohlstand plündernd ignorant, oder einfach trostbe-
pflastert einsam - das Leuchten in Pupillen solcher Seelen bleibt in eben diesem Schwarz gefangen, nicht erhel-
lend das Gesicht. Wir vermissen kindliche Begeisterung,
entrücken dem vermeintlich dreisten Grapschen nach
der Gunst der Großen. Die Spannung zerrt Geduld zum
Zorn entzwei - auf der einen Seite Unverständnis mit
der Lust, hineinzuschreien ... und auf der anderen das
Gleiche. Derweil wird das Verständnisvakuum gefüllt
mit leerem Grinsen lästig-amüsierter Eltern, die es stolz
gebrüstet weitergeben, auf dass der hausgemachte Miss-
stand therapeutisch in professionell stigmatisierter Inter-
essantheit Achtung finde.

Wahrhaft
(Von Wahrheit ohne Anspruch)

Es ist alles wahr, was ich erträumte - je begehrte -, gewesen oder noch zu sein. Denn wie kann ich sonst wünschen, wenn nicht meiner Sehnsucht die Erfahrung ihrer Harmonie vorausgegangen ist? Freilich bleibt der Wunschtraum oft verpönt als dreiste Illusion in Augen fremder Sicht, die ihrerseits die Dinge sehen wie sie augenblicklich sind. Es liegt etwas dazwischen, das die Wahrheit trennt von wahrhaft eingebildeter Idee; und dieses ist nicht wahr und ist nicht falsch, wenn ich behaupte, dass sowohl die andre als auch meine Seite legitim erfassen, was es gibt. Der Unterschied reißt eine Kluft - zunächst - bestehend unscharf aus den kaum mehr existenten Fakten um die Zwangsrealität und den noch lang nicht wach-geträumten Möglichkeiten meinerseits. Träume - sie sind Schlüssel, um die Kluft zu überbrücken, um gewahr zu werden einer habhaften Gestalt. Doch sie stürzen ihr Erlebnis nicht voran in jeden Tag, denn das hieße, den Ideen eine Brücke vorzugaukeln, die noch nicht einmal die Schwaden kleinster Hoffnungen erträgt. Nein, - Geträumtes ebnet seinen Weg in die Wahrhaftigkeit auf einem Urvertrauen in Erinnerung an eine ganz intime Welt, die nichts versprochen hat, und doch in Zukunft halten wird, was tief in ihr schon längst geschehen ist. Der Abgrund schließt sich - hin zum Randbereich realen Seins, und zieht in Manifestation verdrängter Grenzenlosigkeit. Belächelt noch vom bodenfesten Immer-da, von dem sich das Erträumte dennoch fortan nähren muss, ist dieses jenem bald schon weit voraus und wahr wie alles andre auch.

Unumkämpftes Licht
(Vom verlorenen Kind im Manne)

Im Kerzenflackern nun, liegt meine Seele arg befangen, so wie der Blick des Kindes tief im Ausdruck meiner Unentschlossenheit. Es sieht die Wahrheit nicht, die gegenwärtig wabernd mich vergrämt, jedoch nicht hindern konnte, ihm die alte Sehnsucht aus Geschichten zu versprechen. Eine Laune nur? Schon fast zu gönnerhaft erscheint mir die veräußerte Erinnerung, an die zu glauben ich verlernte. Jetzt nimmt mich dieser kleine Geist beim Wort und kann nicht anders, als sich freuen - mit seinen Augen in den meinen. ‚Weihnacht' blinzelt mir ein Flämmchen zu. Es bindet meinen Widerwillen ab vom grellen Umtrieb vor den Fenstern und bietet ihm dann ohne Zwang das Schlendern durch die Schatten an: Ein Hohn, so schüttle ich den Kopf, - zu lösen, was sich widersetzt, um dieses bald danach im Dämmern ganz sich selbst zu überlassen. Erneut stiehlt sich mein Augenmerk dorthin, wo ich mich sicher wähnte, fest im Würgegriff der Zeit. Doch spüre ich mit einem Mal die Ungeduld der Stille anders als gewohnt - kaum mehr wie ein Bunker zum Ersinnen müßig-kluger Strategien fürs Bestreiten neuer Tage. Vielmehr ist es wohl mein Gegenüber, das die Ruhe vor dem Sturm zu einer vehementen Stille der Vertrautheit macht. Der Kerzenschein hat mich zurück. So bin ich nicht allein mit den Gedanken, die bedeuten könnten, sondern in Gesellschaft mit Bedeutung in den Augen - und ich folge ihren Fragen in ein unumkämpftes Licht.

Wucht der Reife Pracht
(Vom Blütentraum, der fett zerfällt)

Gestern noch umgarnte meine Sinne eine frische Vielfalt junger Blüten - sich selber übertreffend, Knospenpuls um Knospenpuls mit jedem neuen Tag. Die lang ersehnte Freiheit des Empfindens, sich solchem Ungestüm an Wonne endlich hingeben zu können, dürstete so sehr danach, dass jeder neue Farbenduft die Einzigartigkeit im Rausche nicht verlor. Gewöhnung war kaum möglich und der Anblick unersättlich in Erwartung seines Flairs. Am Abend schien das Potpourri perfekt, veredelt durch die lau melierte Frühlingsluft im Gold verklärten Lichts. Von der malerischen Fülle im Verlauf bis tief in die Nuancen dieses Stimmungsmosaiks hatte alles seinen Platz, nichts dominierend, jedoch in überlappter Einzelheit ein Schmaus der Impression. Waren dann am nächsten Morgen Farben neu gemischt und hatten Düfte sich in leichter Brise arrangiert, fand sich dieses oder jenes schon ein wenig ausgereift, aber rundete ein neues Sprießen gleichen Höhepunkts nur ab, als wäre diese Schönheit keinem Nutzen untertan. Ganz leise blies indes ein andrer Wind. Vereinzelnd rüttelnd an Geflechten, ließ er Blütenblätter tanzen, fast so, als ob sie eine Schwäche feierten, die ihrem Kunstwerk kaum mehr würdig war: Für Betrachter nur Facette, für die Wirklichkeit die Konsequenz des Traums. Ungemerkt verflog nun mehr und mehr zur letzten Nacht. Schließlich stob im Dämmern die Erinnerung, vom

Frühjahrssturm zerfleddert, um den Schlaf und harrte nicht mehr länger auf Romantik durch den Tag. -

Ruhig geworden ist das Bild danach, das Leben mitgenommen in die Zeit, und einsam prahlt kontrastlos fettes Grün. Abgeschmettert klebt die aufgepeitschte Illusion am Boden, wäscht sich bald durch Wind und Wetter aus. Zurück bleibt jener Duft im feuchten Dunst, versüßlicht auf dem Moder, der die Fruchtbegierde düngt. Sicher liegt ein neuer Reiz in diesem Stück Natur, doch tue ich mich schwer mit derart platter Änderung durch einen unverblümten Schwall. Was liegt noch Schönes in der Wucht der Reife Pracht? Wo ist die lieblich zarte Freude hin, die Köpfe frei im Glauben macht, die Bäuchen Schmetterlinge schenkt und Herzen aus den Seelen klopft? - Fast möchte man sie suchen in Vertiefungen des Einerlei, ja finden ihre Anmut unter dichtem Blätterwerk. So scheue ich ein wenig noch die Einverleibung, bis ich mich daran gewöhne, weil der Sommer diesem Überdruss als zweiter Frühling folgen wird.

Versickerte Gespräche
(Von Wichtigtuerei der hohlen Phrasen)

Viel Gespräch versickert auf geebneter Bewegung seiner Euphorieverdunstung weit vorab, bevor das Ziel auch nur umrissen scheint. Das Schweigen kehrt zurück zum aktuellen Tag. Es hegt die stille Hoffnung, dass das Leid des Dürstens größer war, als der verdrängte Schmerz verdurstender Ideen sein kann. Hier und da erweist die Strecke noch die Reste aufgesetzter Meilensteine, die jedoch dem Ausfluchtstolpern näher sind als jedem Willen, sie zu meistern. Je seltener sie werden - eingeworfen letztlich als Idiom der Allgemeinplatzphantasie - umso breiter bröckeln sie sich unbefruchtet breit, bis sie auf dem Pfad in die Verschleierung noch nicht einmal mehr Schatten für Erinnerungen werfen. Fast erlösend wirkt die letzte Ruhe schließlich, wenn sie gänzlich auf dem Rest der Strecke bleibt - und keiner je an ihr gerüttelt hat. Fern von alledem erklimmen während dessen jene einen Höhepunkt, die - kaum der Rede wert - wahren Taten allenfalls ein Schlusswort folgen lassen … über Schritte und nicht Wegvermutungen.

Fadenscheinig

(Von verpuffter Selbstüberschätzung)

Quasi aus der puren Lust entspringt ein Flämmchen, dessen blaumelierte Fadenscheinigkeit dem Feuer zu viel Wasser reichen mag, sodass es beinah schon im Vorfeld zischend seinen Geist aufgibt. Genährt noch durch den Zunder seiner Zündkraft, hüpft das kleine Irrlicht hierhin, dorthin, stachelt Finsternis zum Flackern an, die Schattenlosigkeit des Nichts zu offenbaren. Es sucht nach Nahrung, erst entzückt, doch bald verzweifelt. Immer öfter löst es sich fortan von seinem Brennpunkt, als es die Geduld verliert, und züngelt am Verlangen, gänzlich ohne die Substanz, die es zu Höherem ermächtigt. Noch gelingt der Rücksprung immer wieder - gerade so. Jedoch mit jeder neuen Flucht aus seiner ehemals so heißen Wurzel kühlt sich diese ab, versagend letzten Endes die Erwärmung fürs Gemüt. Schließlich ist das Lichtchen ganz verpufft in seiner Selbstverzehrung. Hätte es doch nur geleuchtet, wie und wo es war, zur rechten Zeit am rechten Platz, dann wär' die Dunkelheit hinfort und alles andere ein Schein, der sich nur selbst gehört. Nun ist es nicht viel anders, mit dem Unterschied, der nicht besteht, weil niemand zu ihm stand.

Sehnsuchtsklumpen
(Von der Ohnmacht der Begrenzung)

Sich grabend durch komplexe Sehnsuchtsklumpen, auf der Suche nach dem innerlichen Edelstein, wirft eine Seele mehr an Abraum auf, als die Substanz erzeugen mag. Dabei ist es nicht einmal der wohlverdiente, harte Kern, der diese Manifestation ernährt; im Gegenteil, er scheint verloren irgendwo im Innern, denn mit jedem neuen Aufwurf - durch und aus sich selbst reproduziert -, erfährt der so geplagte Geist die Odyssee der Ohnmacht zum Vermächtnis ohne Gegenstand. Erneut sich zugeneigt und angereichert mit Verdruss, verwirft sich das Konglomerat von Mal zu Mal. Hier schwillt es an und überlappt Gedankengang durchfurchte Tiefen um und um, dort fällt es ausgehöhlt zusammen, wenn kein Fund die Mühen stützt. Die Suche nach verständnisvoller Eigenheit ist längst durch eine Jagd nach purer eigener Versuchung abgelöst, die wieder diese Suche treibt, sich zu verkehren. Kaum noch richtungweisend wirkt zum Schluss der angehäufte Massetraum. Entfernt von jeder Mitte, überwuchern seine Hochs und Tiefs die Orientierung an der Bodenständigkeit; und nicht berührungsscheu durchwildern sie mitunter auch Gefilde andrer Wirklichkeit. Allein, wen stört es dort - wo es geerdet ist -, dass jemand mit sich um sich wirft, der sich vielleicht doch einmal fassend niederlässt, oder schließlich jenseits jeder Kompetenz in sich zerfällt.

Vergängliche Kunst
(Vom Bestand der wahren Kunst)

Was sind Geschichten, wenn der Schreiber sie verlässt? Was ist ein Lied im Augenblick, da es verklingt? Was sagt das Bild, das eben im Entstehen lebte und fortan allein da steht? Ob geschrieben, ob gesungen, ob gemalt, - das Artefakt verschweigt als solches die Natur der wahren Kunst. Was wir nur ahnen oder deuten, mag der Künstler noch verstehen, so verinnerlicht er damit war, doch schließlich muss auch er sich beugen, wenn er einem Abschied der Vollendung folgt, die nichts auf Dauer binden kann. Das Bestehen dessen, was Symbiosen zwischen Schaffen und Erschaffern überdauert, stellt als Oberfläche alle Tiefen in den Schatten der Erinnerung - der Erinnerung an die gelebte Kreativität. Dieses Leben, zwischen Jetzt und Gleich, - auf wunderbare, individuelle Weise inspiriert -, wird geboren, wirkt und stirbt, vollendet oder nicht. Allein, wer kann Protagonisten schon empfinden, Strophen tief im Herzen fühlen und in Pinselstrichen mehr erspüren als die Reflexion des Lichts, wenn nicht die Schaffensgeister selbst im Vollelan von Muses Kraft. Für die Nachwelt bleiben nur Geschichten, Melodien und Gemälde. Sicher - oft durch neue Kunst reanimiert, mit Stimmen neu beseelt und im Augenschein bewegt - scheint uns jedes dieser Werke unvergänglich wie nichts sonst. Ihre Wahrheit aber liegt weit jenseits unsrer Sinne und wird kaum mehr wieder leben in Relikten des vergangenen Geschehens. Einzig das Bedürfnis und die Kräfte, solchem Schaffensdrang zu folgen, leben fort: Das ist die eine wahre Kunst, die, alle andern Künste überdauernd, ihnen dennoch als Vermächtnis folgt: Die Kunst, sich immer wieder neu dem Leben als gelebte Projektion zu widmen - die Kunst des Menschen, Kunst zu haben und zu ‚tun'.

Verinnerlichter Überlauf
(Vom Ausweg in die Sackgasse)

Ich frage mich seit langem schon, wohin der Ausweg denn noch will, oder vielmehr kann. Scheinbar findet er doch immer, wenn nicht eine Lücke zum entweichen, eine Nische, wo er so viel reinpresst, dass ein Überlauf die Herkunft nicht verrät. Betroffenheit folgt auf dem Fuß, im Nachtritt mit der Frage, wie denn das passieren konnte, da sich alles sonst verläuft. Doch es scheint noch fortzuschreiten, was die Ausweglosigkeit erschlafft, wenn Teddybären Trauer tragen oder Teelichtketten Seufzer in Verschwiegenheit entführen. Das eine oder andere mag so vergehen - durch die schon genannten Lücken der Bewandtnis, der Erinnerung oder einfach nur des guten Willens. Wo jedoch verschwindet all das hin, das kaum den Ausgang finden will und sich wie Zellen einfach weiter teilt? Bald dreschen wir mit Synonymen darauf ein. Mit vollem Maß und einem Fass, das überläuft, lässt sich die Wahrheit schon ertragen, gern versetzt mit dem Geschmack der metaphorischen Geduld - mal ernst und intellektuell vertagt, mal herzzerreißend mit der Wut im Kreis davongejagt - auf jeden Fall beim Namen nicht genannt. Und suche ich nach ohnehin nur spärlicher, erhellender Erfassung, zeichnet sich alsbald die Unvereinbarkeit des Lichteinfalls mit der Bereitschaft, Schatten Unterschlupf zu bieten, ab. Der Ausweg ist kein Weg hinaus; er windet sich im Innern bis zum bitter bösen Ende oder findet im Verenden des Erinnerns seinen Schluss.

31

Stalking

(Vom Harren auf den Schrecken)

Ich finde mich in meinen Wänden kaum zurecht, erlebe jeden Schatten als Begierde aus dem Hintergrund und scheue meinen Blick zum Fenster, da es offener nie schien - so verriegelt wie es ist. Das Licht ist kein Verbündeter, wenn es auch das Klopfen meines Herzens aus der Dunkelheit beschwichtigend befreit. Schließlich stellt es dies in seiner Heftigkeit nur bloß und macht die Mauern transparent, verräterisch vibrierend Schlag für Schlag. Allenfalls die Ablenkung durch Alltag und versuchten Frohsinn stellt die Aufgepeitschtheit ruhig, für Minuten nur und mal ein Stündchen Dämmerung. Dazwischen sind Geräusche längst verinnerlicht und registriert und auf ein Höchstmaß an Erträglichkeit beschränkt: Durch keine Leitung soll es kommen. Jedoch, ich ahne seinen Austritt an gekappten Enden - von wo es knisternd durch Tapeten kriecht und meine Schauer im Gesichtssinn mit Gewissheit überzieht. So kaure ich im Zwielicht der Ideen und Verzweiflungslogik in die Nacht. Ich würde mich so gerne einmal fallen lassen in Geborgenheit der jahrelangen Schwärze, die mir gleichsam auf die Pelle rückt. Zu dicht bei mir erscheint mir ihre Offenherzigkeit, als dass ich ihr vertrauen könnte. Meine Sinne aber ziehen selbst aus dieser Dunkelheit das Übel an, das irgendwo da draußen nur auf Fehler meiner Angst beharrt. Es ist ein Geisteskampf um den Besitz der Kräfte meiner Seele mit der kranken Forderung des unbekannten Feindes, welcher meinen Schlaf aufs Neue in den Abgrund reißen wird: Wenn Ich dich nicht besitzen darf, dann du dich auch nicht selbst.

Aus-gewandert

(Von zwangsbekehrtem Heimatfrust)

Oft getrieben von der heimatlosen Hoffnung auf die Weltverbesserung im Frust, geht so mancher aus dem brachen Feld und macht sich auf zu neuen Ackern. Dabei ist er selten wohlgenährt, verlässt mit einer Hand voll Früchten sein Revier und schleppt an ausgefransten Wurzeln gleich sein Schicksal hinterher. Tief im Glauben, ihre Enden einfach so in neuer Erde zu verankern, wie es gleichermaßen einfach schien, sie aus dem alten Sand zu reißen, reckt sich nun der Neuling weit empor. Steiler noch, als er es aus der Ferne sich ersehnte, ragt die Kraft des fremden Lebens aus der Bodenständigkeit. Gleichwohl erscheint sein eigener Lebensbaum recht dürr in Anbetracht der Festen, die die neue Welt gewähren kann – nicht muss. Wer wachsen will, muss Grund bewegen, um sich darin zu verankern, denn nur im Halt der nachbarlichen Stärke liegt nicht mehr als das Willkommen, doch zu zeigen was man will. So trennt sich hier die Spreu vom Weizen - manches Mal entgegen der Erwartung zwischen Willen und Verstand. Gedeiht doch oft im unscheinbaren steten Tropfen auf den Stein die Prägung der Veränderung, während anderseits ein Schwall der Neulust nichts bewirkt. Der eine strebt im Umfeld mit - er blickt nach vorne und nach hinten -, derweil der andere den Halt nicht finden kann, nach oben giert und unterm Schmatzen seines Reiseproviants die Härte neuen Bodens wohlgemut verkennt. Schließlich schleift es ihn dorthin zurück, wo Glückspilzphantasien ungeerntet die Zufriedenheit der wahren Lebenskünstler nicht verstehen.

Allergie des Glücks
(Vom Überdruss der Zweisamkeit)

So frei ich mich auch fühlen will, so sehr entbehrt
und wehrt zugleich den Anblick Gold beringter Händ-
chenhalter eine Allergie des Glücks. Einst juckte es
mich in den Fingern, unter einem solchen Schmuckver-
band die eheliche Sehnsucht zu verbinden, in der Hoffnung, dass Natürlichkeit verheilt. Es war nichts offen,
was den Eingriff hätte nötig machen können, dennoch
lagen Wundkomplikationen der Erwartung im Gespür.
Alleine dies war eigentlich schon Grund genug, dem irritierten Fühlen etwas Luft zu lassen. Allerdings, wer
kennt sie nicht, die Festigkeit des Pflasters, das Bedenken unterdrückt. So wich das Kribbeln im Gefühl recht
schnell dem Aktionismus, und symptomlos lag die Tü-
cke im Detail bald unter edler Contenance. Nie abgelegt,
gewechselt oder absichtlich verlegt, verklebte diese langsam mit der Ehrlichkeit der Haut. Darunter schwoll die
Prägung der Beziehung vor sich hin, verwuchs mit der
Verschleppung des Gefühls. Schließlich aber wusste ich
zu viel um die Entzündung der Erkenntnis, die im Fieber böses Blut zur Wallung bringen kann. So war denn
der Entschluss, die aufgestaute Freiheit wieder zu entlassen bald gefasst; vielleicht mit einem Wermutstropfen
zur Entkrustung allen Grams.

Und nun, nach einer Zeit verflossener Erleichterung,
da bin ich auf der einen Seite wohl immun genug, um
meinem siebten Sinn zu trauen. Beinah hämisch schützt

er mein Verlangen nach erneuter Infizierung mit erspähter Glücksverklärung Hand in Hand. Auf der andern Seite aber quält mich meine Narbe, umso mehr sie sich verwächst - ein Schmerz, der juckt und alte Seufzer schmachten lässt. Ist solch ein Beziehungsargwohn, dem so viele andere anheim nicht fallen können, wollen oder dürfen, schließlich nichts als das Versehen eitler Sucht - oder will er einfach nicht verstehen, was er sucht, wenn er sich sehnt?

Schattendasein

(Von der Lebensmitte)

Junge Triebe glänzen überm Staub gezeitigter Erfahrung, werfen Schatten und ergehen sich im Licht. Darunter fallen Lücken in Geflechte von Geschichten - und die Streben ihres Wachstums halten nur die Zeit zusammen, scheint es, nicht jedoch den Überblick - geschweige denn die Quintessenz -, aus dem was war und kommt. Weiter unten dreht es sich hinweg und nimmt die längst verwelkten Glieder in den Kreislauf mit zurück. Was birgt die Dauer der Vergänglichkeit, manifestiert durch Alt und Neu?

Überraschend kaum derweil vergegenwärtigt sich die unscheinbare Lebensmitte, die doch alles stützt und nährt. Über Kindlichkeit auf beiden Seiten längst erhaben, wächst sie allgemein für sich dahin. Die Welt ist rund; sie dominiert mit Norm die Masse ihrer Enden. Sucht man die Verwirk-lichung im Mittelfeld vergebens, fällt doch ihre unsichtbare Wirkung ins Gewicht: Die einen bleiben wo sie sind, die andern werden nachgerüstet, eingegliedert - wenn sie nicht ein Schatten früher altern lässt. Es sieht so aus, als ob nichts fehlt im rasend schnellen Lauf vom Licht ins Schattenreich; doch leuchtet mir Begeisterung im Wachstum so nicht ein. Sie ist es doch, die aus dem Licht Erleuchtung zieht und Helligkeit ins Dunkel bringt. Oder ist es gar nicht dies romantische Begehren, das die Zukunft und Vergangenheit vereint? Womöglich ist das Schattendasein aus der

Mitte einfach rundum transparent in seiner Oberflächenglätte, ohne hinterfragende Konturen, die das Leben bremsen könnten - ein Ideal aus der Entwicklung selbst. Im vollen Saft zu stehen hieße dann jedoch, die Chancen nicht zu nutzen, sondern nur der Wirklichkeit des Sogs zu folgen. - Verschwendung oder Sinn des Lebens? Ein schwacher Trost verbleibt dahinter unberührt: Einem jeden neuen Geist entwächst erneut die potentielle Kraft, der Tarnung eine Stirn zu bieten und sich sichtlich in der überlebten Lücke zwischen Jung und Alt zu etablieren.

Zwang
(Vom Verlangen nach Kontrollverlust)

Da! Schon wieder überfällt er mich, fast wie aus heiterer Verlassenheit des Selbstgefühls - ein Drang, der Angst zuvorzukommen - sie nicht zuzulassen. Durch die Wallung meines Herzschlags zieht mich der Gedanke magisch an. Das Pochen schmerzt, erfindet meine Schuld mit jedem Pulsschlag ins Gesicht und kann dem Geiste nicht entkommen: Diese Schuld aus einer Pflicht heraus, die meine Ungezwungenheit mit Schutzbehauptung sanktioniert. Eine Umkehr käme wohl in dieser Phase noch in Frage, denn die Logik aller Gegenargumente reißt an diesem Bann; doch tut sie es letztendlich in Verkehrung ihrer Absicht: Straft mich Lügen, die der Selbstbetrug ersinnt. Also kann ich mir nicht trauen, welche Richtung ich auch wähle, mit dem Unterschied, dass ich am Ende eines Schubes meine Sicherheit verschiebe bis zum nächsten Mal: Reinen Tisch für den Moment. Doch bis dahin ist es mitten im Geschehen noch ein langer Weg. Ich komme diesem nach, wie immer, selbst nach tagelanger Abstinenz und ihrer Auszeit zum Verdruss. Im Augenblick, da er mich spurt, aber gebe ich mich ganz dem Widersinnen hin und fühle seine Gunst. Schweißgebadet gelten meine Flüche nur der Gegenwehr des Umfelds, als es selbstverständlich weiterlebt und meine Triebe hemmt. Ich hasse und verwünsche es zutiefst, so wie ich wenig später schon dasselbe inhalieren will als freier Mensch. Schon ruft es tief aus meinem Innern; es beschwichtigt und geleitet mich verderbend in ein Stück vergönnte freie Zeit nach harter Arbeit fürs Phantom der Überwelt. Ja manchmal sogar schwört es mir das Ende aller Last, wenn ich besonders treu ergeben war. Ich atme durch - bis meine Brust erneut der Enge jeder Möglichkeit verfällt.

Knospen ohne Herz
(Vom hausgemachten Frühlingsfrust)

In diesen Tagen sind die Knospen ohne Herz, Erwachen ohne Einigkeit, und nichts pulsiert entlang der Triebe in den Duft. Die Luft riecht kalt. Sie drängt sich auf alleine dadurch, dass sie uns zum Atmen zwingt, uns suchend in der Schwebe hält. So inhalieren wir in unser Leben lediglich die körperliche Resonanz, doch weder mit dem Geist des frühlingshaften Neuanfangs noch mit Erinnerung ans kleine Glück zur rechten Zeit. Was uns jetzt ausschließlich beschäftigt, scheint allein notwendig, wie eben das Prinzip der Lebensarterhaltung selbst. Schwarz-Weiß erwächst von Nacht zum Tag, doch nicht von Jahreszeit zu Jahreszeit.

Das Klima hält uns lange hin; jedoch den Ärger über dieses Elend schöpfen wir letztendlich größtenteils aus einer ungenährten Wonneillusion und weniger aus der Natürlichkeit der Konsequenz der Zeit. Die erstere vervielfacht die Erwartung an die Selbstverständlichkeit, zu sein, wie wir sie wünschen. Die Letztgenannte aber ist um soviel schleichend größer, wie die Arroganz den Glauben an das Ungesühnte schürt und uns in unserm ungehemmten Handeln selbst betäubt. Was bleibt da andres übrig, als die Schuld für das Entarten bloß hinauszupöbeln? Wen sie trifft, ist unerheblich.

Immer noch verharren wir in diesem Zorn, und doch eröffnet sich die Gnade der Natur - fast unbarmherzig -, da sie uns erkennen lässt, dass unser Hadern nichts erbringt, was sie nur selbst entfacht. Wenn wir uns wenig später dann versöhnlich zeigen, wettern wir nicht länger gegen solche Kapriolen: So Bier-gegart und Bratwurst-ausgelassen wie wir sind und alle Selbsterfahrung einfach Launen kluger Wetterfroschnaturen in die Schuhe schiebend. Schließlich kommt, was kommen muss, und es stört sich nicht am Grübeln … nur allein.

Großes kleines Nichts
(Vom Platzhalter des Geistes)

Im Augenblick, da man entweicht, bleibt allenfalls die Frage nach dem Ziel im Kopf, wenn Zeit noch bleibt. Diese letzte Weile, so unendlich kurz - mal quälend lang erlebt, mal überrascht verpasst, verjüngt sich zum Ereignishorizont des ganzen Seins. Im letzten Punkt liegt schließlich alles konzentriert, bereit zur Explosion ins große, oder rückgeführt, ins kleine Nichts. Dieser Gegensatz vereint die Zeit, nicht fassbar nur aus der Idee, doch so und so als Konjunktion zum Ursprung in die Welt.

Erfasst die bloße Angst Gedanken an das Ende nur, so wird der Kurzschluss zur Vernichtung offenbar und stürzt das All in ein Paradoxon der All-Macht: Das Nichts scheint raum- und zeitlos dann, jedoch es kommt ja von woher - zumindest ausgedacht - und kann nicht einfach bleiben, denn Gedanken waren eher dort. Es ist zu offenbar, als dass es seiner eignen Weisheit letzter Schluss sein kann.

Wo führt er also hin, der Gedanke an das Nichts, durch dieses fast nicht existente Bindeglied - den Tod -, im Kommen und Vergehen? Wenn das letzte Quäntchen des Bewusstseins beim Passieren dieser Enge auf dem Sprung in eine neue Freiheit ist, so wird es sich schon auf dem Wege seiner großen Möglichkeit gewahr. Es hat ja alle Zeit der Welt - gleichsam wie das letzte

Korn der Sanduhr nach dem Schwinden durch die Blende neue Zeit und neuen Raum mit neuem Land gewinnt. Fällt es jedoch nur auf einen Punkt - unendlich klein - erfährt es diesen als die Einzelheit, die sich im Folgenden die Möglichkeiten vorbehält. Das Nichts ist dabei immer nur die Illusion im Kopf, der seine Grenzen nicht als Horizont erkennt, sondern als die Fassung um das Non plus Ultra.

Charakterfleisch

(Von der antriebslosen Ausdruckskraft)

In Gedanken seines Körpers steckt der ganze Mensch, so ließe sich behaupten. Von der Seele inspiriert, von geistigen Motiven animiert, entspringt dem Ausdruck dessen ein Gesicht. Gleichwohl umschlingen Triebe tief aus körperlichen Wurzeln sein Gemüt, und je nach Stand der Dinge zerrt es Muskeln aus den Festen der Gesinnung. Ist es nunmehr alles dies, was Mienen durch das Stimmungsspiel charakterlich umreißt, endgültig zu Gesichtern macht? - Die Verschlagenheit im Lid, die charmante Süffisanz, welche noch so blasse Lippen schminkt, oder jene ausdrucksvolle Leere in der Traurigkeit Gesicht stehen exemplarisch nur für eine Fülle dessen, was gelebte Prägung oberflächlich festgelegt enthüllen mag - in jeder Wachminute ihres Seins.

Auf diese Weise fast unmerklich langsam animiert, erscheint uns Tag für Tag ein gleicher Mensch - derselbe kann es aber kaum mehr sein durch Konsequenzen der Veränderung zu jeder Zeit. Schleichend also gaukelt unser Zeiterfassungsdefizit uns den Charakter eines Menschen als die scheinbar festgelegte Größe der Vergangenheits-ent-sinnung vor. Es scheint, als ob er immer schon so war; und erst in schwachen Augenblicken der Routinen unsres Alltags fragen wir mitunter, wie ein Mensch zu wem geworden ist. Doch was wir dann erkennen, ist verwickelt ins Geschehen und von Grund auf zur Veränderung bereit. Die Übergänge prägen ihre eigene Verzerrung. Erst in einem raren Augenblick, da ein besonnener Betrachter ungeahnter Zeuge einer ganz privaten Stille wird, erschließt sich, was verbleibt und lange ist, unveränderlich in allem Wachstum und Verfall. Es ist ins Fleisch geschrieben, ins Fleische des Gesichtes: Ein Abbild dessen, was geschah und noch geschehen wird, die Ruhe nach Veränderung und vor dem Sturm in gleichem Maße. Weniger der Ausdruck langer Prägung, als viel mehr der ausgeprägte Druck der inneren Erkenntnis offenbart sich in Momenten teilnahmsloser Blicke durch erschlaffendes Kalkül. Man mag sich fragen, was so einer denkt, der einfach da sitzt, sich in ungenötigter Verfassung wähnend und dem Leben auf der Spur. Die Antwort schaut er geradeaus - seine Antwort -, zu Boden oder in den Himmel, in jedem Falle ohne die Berechnung der Verkennung durch die Welt. Theatermimik weicht, und der Gewissheit folgt die Demaskierung - bis das Umfeld diese Auszeit wieder zwischen Gestern, Heut' und Morgen lockt.

Gefühlsabszess

(Vom prominenten Liebesaus)

Notgeschlachtet strecken sich Gefühlsabszesse selber hin und platzen öffentlich aus allen Nähten. Durch den ungehemmten finanziellen Blutschwall das Entsetzen des Betrachters fesselnd, scheint die prominente Wunde ungleich größer als der damit ausgeschwemmte Seelenschmerz. Dieser bleibt so klein zurück, dass wir uns fragen, wie die Opfer überhaupt in jenen Mittelpunkt des Interesses fielen, der aus Menschen Mimen macht. Ihr Leben ist verletzlich, so wie jedes andere - aber so, wie wir in guten Zeiten schlechte finden, ungeachtet aller Augen, und Verletzungen durch Wunderöffnung leben müssen, scheinen jene uns so fernen Artgenossen solches ohne Wimpernzucken auszubaden. Die ausgebluteten Millionen schwimmen uns vor Augen, gänzlich ungehemmt veröffentlicht und breitgetreten von den Machern ihrer Welt. Zeilen nur jonglieren mit der Aufrechnung aus Gossip und Vergoldung des entzündlichen Gefühls. Im Anschluss lesen wir in einem Aufwasch von spontaner Seelenheilung gut gesalbter Kontrahenten - ehemals so unzertrennlich - unterm kaum sterilen Show-Verband. Während uns die bald verkrustete Geschichte nicht mehr länger interessiert, wächst darunter still ein neues Stückchen Narbe in die Menschen - mittlerweile ganz autoimmun zum Wirt des Geldes avanciert, bis sie ein neuer Streich ereilt.

Wo sind sie hin

(Von der Suche nach den Glücklichen)

Wo sind sie hin, die Glücklichen der Zeit; ich meine die Zufriedenen, die allen Sehnsuchtswehen trotzen? Ich suche sie tagtäglich, mit der immer gleichen Frage im Visier. Auf der Straße scheinen Wege nur durch Kreuze arrangiert, in Geschäften sind Gesichter wie verloren zwischen dem, was sie verzehrt, und bei der Arbeit kreist der Tatendrang das Schaffen ein. Dazwischen lebt es sich so fort. Alles scheint so krank geordnet in den dichten Banden seines Zwanges und im Überblick zu einfach zum Verstehen als ein Glück. Oder bin es vielmehr ich, der daran krankt, die Dinge nicht zu nehmen, wie sie sind? Doch ist da nicht noch mehr, was dieser Ruhe der Entgeisterung - wie ich sie fühle - den Esprit erst schenken mag, begründend seine menschlichen Ideen? Es fehlt an Vielem - aber wem?

Solcher Ansicht gern entledigt, versuche ich mein Bild davon aus seinem Rahmen zu entfernen, einzubinden in das Abbild des Geschicks. Ich will der Subjektivität entgehen, in der Hoffnung, dass die Ausgangsfrage sich nicht stellt, oder wenn, dann nur im Hinblick auf den Zustand, nicht jedoch vom Fenster der Entrückung aus. - In der Tat, ich finde die Zufriedenheit im Übergang von meiner Wahrheit zur Verwirklichung der Welt. Es passt so haargenau, dass ich mich fast schon schäme, dieses jemals isoliert zu haben. Sicher sind die Zweifel nicht vergessen, doch ergreifen vorerst kaum Besitz von mir, wie noch zuvor. Mein Standpunkt wurzelt nun ins

Umfeld, nimmt systemgedüngten Nährstoff für Gedanken auf, und es scheint, als ob ich viel gesünder mitempfinden kann. Allerdings befindet sich mein Herz auch nach der Integrierung guten Willens stets bei mir. Es schlägt ... und schlägt ... und schlägt ... verdächtig langsam; doch der neue Rhythmus trägt es hin zum Horizont, mit mir im Schlepp, arg wonnig durchs Gemüt. Ist das das Glück der Zeit, Gelassenheit belanglos gleichgesichtiger Vernunft? Es fehlt nichts mehr - doch mir.

Denn jetzt erscheinen mir die Fakten eher nebulös, so weit und unnahbar verstreut um mich herum, je mehr ich jene Grenze überschreite. Genießen kann ich dieses nicht. Ich gehöre zwar dazu, doch ich will ihm nicht gehören. Da hilft auch kein Belächeln kleiner Stiche aus den Lücken hier und dort, denn dieses Grinsen lässt nicht nach. Mit ihm verschlägt es meine Herzfrequenz schnell über Störungen hinweg, ganz einfach so. Zu einfach ist es mir gemacht - nicht Fleisch nicht Fisch.

Es passiert so plötzlich schmerzlich nichts, dämmert es mir dennoch, offensichtlich aufgeschreckt durch eine Regung meines Hirnes hin zur Brust. Es ist etwas ins Blut geschwemmt, das mein Verlangen nicht verträgt. - Mein Herz, da endlich kommt es aus dem Trott. Es schlägt mit einem Mal wie wild von selbst und schließlich die verquere Richtung aus dem Felde ein. Das Glück kann ihm gestohlen bleiben, und die Zufriedenheit mit ihm. Sie fehlt nicht mehr - nicht mir, noch den Ideen.

Summenspiele

(Vom Verstandesmiesepeter)

Der Nihilist ergötzt sich im entbundenen Verstand an der Verlassenheit der Argumente, umtanzt sie äffend mit dem Echo ihrer nicht erhörten Forderungen. Geifernd nach noch zugespitzten Knalleffekten der Ernüchterung möchte er sich seines Rechts versichern, welches ihn durch stetes Schweigen in der Sache überhebt doch letztlich auch nur auf dem Nullpunkt über negativer Erbsenzählerei. Das ‚Nichts' - so leicht und mittellos im Summenspiel -, scheint vordergründig besser als noch weniger. Von solchem Vorzeichen berechnet, zieht das ‚Auf und Ab' dahin, begleitet von der Linientreue oberhalb - der wohlgenullten Achse durch die Zeit -, welche sich unendlich weit bestätigt fühlen will. Sie legt die Hände in den Schoß. Doch noch ist nicht der letzte Tag vergangen, und was zählt, ist nicht die Zeit alleine mit dem Miesepeterkompagnon, sondern DASS etwas passiert - und sei es noch so aussichtslos und negativ verwirkt. Denn wahrscheinlicher, als dass beim Alten bleibt, was nie geschah, ist eine Änderung bereits Geschehenen - zu unberechenbar für jenen Nichtigkeitsanspruch, aus dem nichts wachsen kann, weil es nicht will.

Wortlos

(Von der Unbeschreibbarkeit der Wirklichkeit)

Manchmal fühle ich mich derart wortlos, wenn Momente mich ergreifen mit dem Ausdruck ihrer unermesslich weiten Aura. Denn ein Umstand selbst ist leichter doch beschrieben - oder auch erklärt im Idealfall -, als man ihn in seiner ganzen Wahrheit wohl erfassen mag. Diese liegt nur scheinbar im Detail des letzten Schlusses, doch erweitert sich ins Umfeld hin zu mir und über meinen Horizont hinaus. Bis dorthin kann ich gerade noch erklären, was geschah und was geschieht. Schon kurz dahinter - ob Vergangenheit ob Zukunft, ob Konsequenzen oder Grund -, suchen Worte nur vergeblich einen Zustand, immerhin beruhigend und der Vorstellung genehm. Dies vereint Gedanken zur Vereinfachung der täglichen Erkenntnis im Vorbeiflug. Weiter draußen aber - nicht auf Zeit und Raum beschränkt - findet sich das Schicksal als verschwommenes System. Die Wirklichkeit schweift ab dorthin, wo sie sich selbst zur Sache macht. Dies bleibt verdrängt, zugleich stumpft die Erwägung aller Einzelheiten ab in der Geschwindigkeit des Seins. Ungehindert schnellen wir auf diese Art durchs Leben, weil nichts aneckt, was dem Hirn sich widersetzt. Alleine, nichts ist so perfekt, als dass ein Zu-Fall es nicht stören kann: Ein Zacken auf der Spur. Er reißt ein Stück in die uns zugewandte Offenbarung - einen Spalt im Bruchteil der Sekunde in die neurologische Sequenz. Und dieser Riss spreizt für nur einen Wimpernschlag den Fokus über alle Welt. Die

Blende weit geöffnet, scheint die Sicht viel schärfer, als sie je im noch so engen Brennpunkt zu fixieren war. Doch die Belichtungszeit ist viel zu kurz, um dieser Schärfe unsren Ausdruck zu verleihen. Ohne Worte kollabiert die Impression - von Körper und Gedanken fortgezerrt -, auf das zurück, was wir in Sätzen lang beleuchten; oft so weich gezeichnet, dass es kaum mehr hängen bleibt. So ziehen wir in Gegenständlichkeit dahin; um Phrasen nicht verlegen, die Vermutungen zum Sachverhalt beschneiden, aber wortlos aus der Ahnung, die viel mehr berichten kann.

Geisterbilder des Gemüts

Geschichtchen

Geisterbilder des Gemüts

Rund und stachelig
(Von Menschen und Kakteen)

Er ist verliebt in seine Blumen - nein, nicht solche, die das Herz erfreuen durch die pure Oberflächlichkeit der Farben. Ohne diesen abzusprechen, was sie sicherlich vermögen in der Blüte ihres Lebens, zieht er eine Gattung vor, die dem entspricht, wie er sich fühlt - kakteenhaft.

Klein, rund und stachlig lebt er so sein Hobby jenseits einer großen, weit zerklüfteten und emotionsgenoppten Welt. Dieser ist er ausgesetzt in seinem Pförtnerhäuschen, Tag für Tag am Eingang eines Einkaufstempels. ,*Guten Tag, Auf Wiedersehen, Um die Ecke links hinauf, Den ersten Aufzug'* im Gesicht, erweckt er morgens hier und da noch Süffisanz der Müdigkeit, derweil schon gegen Mittag sein Geleit Gesichter kaum mehr trifft. Am Abend dann, nach ausgedünnter Aggression, ist er gespickt mit Stacheln eitler Spitzen, und die Rosen, die noch einer in die Kauflust deportiert, welken ihre Lüge in Umarmung ohne Wiederkehr.

Die Welt läuft fort - wie er, zum Sonnenuntergang, hinterlassend nur den heimisch abgelegten Trost am Fenster seines Häuschens: Rund und stachelig, ein Spiegel seiner selbst, der für das Bild nichts kann und nur im Ansehen ohne Grund des Aussehens etwas Zuneigung erfährt.

Omaphobie
(Von unterschätzten Schwiegermüttern)

Autotüren schlugen - öfter als gewohnt und lauter. Ich schreckte hoch von meinem Bett. Das mussten sie sein - das musste SIE sein, die Schwiegermutter. In gebückter Haltung schlich ich zur Zimmertür und prüfte noch einmal, ob ich sie auch verschlossen hatte. Danach tappte ich ebenso gebeugt zum Fenster und hob meinen Kopf langsam über die Fensterbank, gerade so weit, dass mein Blick durch die Gardine hindurch die Geschehnisse auf dem Bürgersteig zu erfassen vermochte. Obwohl es in diesem Jahr keinen großen Bahnhof geben sollte - ich hatte mich schließlich nach langen Diskussionen in der Familie verweigern können -, schaffte der Ankömmling es doch wie gewohnt, durch ein entsprechendes Palaver aufzufallen. Tochter und Enkelin hatten sie vom Bahnhof abgeholt und waren nun bemüht, der entstehenden Verklemmung, begründet durch meine Abwesenheit, Herr zu werden. Der unüberhörbaren Dominanz von Schwiegermutters grobschlächtigem Gehabe tat dies dahingegen keinen Abbruch. Es hinterließ auch gleich die übliche Schneise der Verwüstung. Mir war es immer rätselhaft, wie man auf dem kurzen Weg zwischen Gartentor und Haustür bereits soviel Unheil anrichten konnte: Der mächtige Koffer, den die gewichtige Dame im Schwall ihrer Ankunftseuphorie unkontrolliert hinter sich her zerrte, setzte unmissverständlich Zeichen. Er machte neben der Zerstörung einer kleinen Wegbeleuchtung und der Verschandelung des frisch gestrichenen Mülleimerverschlages in einem Aufwasch das bunte Windrädchen - eine schulische Bastelarbeit meiner Tochter - dem Erdboden gleich. Letzteres zog, gleichsam die Allgemeinstimmung der nächsten Zeit einläutend, eine Heularie nach sich, die wiederum den Gast veranlasste, die tröstende Umarmung der Mutter des Kindes großzügig abzuwinken. Vielleicht sah ich die Dinge etwas pingelig, aber die Aufräum- und Reparaturarbeiten nach Omas Abreise waren in jedem Fall immer signifikant aufwendiger als nach irgendeinem anderen Besuch.

Ich zog mich vom Fenster zurück und ging meine getroffenen Vorkehrungen noch einmal im Kopf durch. Für die zu überstehende Zeit mehr oder weniger selbst ins Arbeitszimmer verbannt, war mir zum Schlafen eine durchgelegene Matratze zugedacht, wohlweislich nie dem Sperrmüll preisgegeben, obwohl sie es dringend nötig gehabt hätte. Meine Tochter sollte unterdessen, nicht ohne ihren Protest kund zu tun, meinen ehemaligen Platz an der Seite meiner besseren Hälfte einnehmen, während die mächtige Großmutter sich im größten Raum des Hauses, dem Kinderzimmer samt dem oberen Bad ausbreiten durfte. Der kleine Kühlschrank in meinem Räumchen war prall gefüllt und die Mikrowelle funktionsbereit. Das Waschbecken definierte sich aufgrund der Umstände kurzfristig in eine sanitäre Universaleinrichtung um, abgesehen von der Toilette natürlich - aber dazu gleich mehr. Ich war vorbereitet, dachte ich jedenfalls, ungeachtet der Malessen, mit denen sich fortan mein Anhang für drei Tage herumschlagen müsste - dem Gewäsch und dem Waschen der schmutzigen Wäsche bezüglich der Restverwandtschaft, eingeschlossen der Eskalation vom *Herz und eine Seele* bis hin zu zwei heulenden Frauen in den äußersten Ecken des Hauses; und mittendrin das greinende Kind. Nein, diesmal nicht - nicht mit mir. Ich hatte mir vorgenommen, meiner Schwiegermutter während ihres Aufenthaltes in unserem ohnehin schon beengten Haus nicht ein einziges Mal über den Weg zu laufen - sogar begrüßen wollte ich sie nicht, nach den Erfahrungen aus vergangenen Widrigkeiten so genannter Generationskonflikte. Sicher, ein schwieriges Unterfangen, denn um das Haus verlassen zu können, gab es neben der Haustür weder einen Hinterausgang noch ein Garagentor. Zur falschen Zeit am falschen Ort säße ich im Falle eines Falles in der Falle, denn das Nadelöhr war zweifelsohne die Passage an der Toilettentür vorbei, welche sich direkt hinter der Haustür befand. Ohne weiteres hätte die alte Frau das Badezimmer mit Toilette im Obergeschoss nutzen können; wer übermütig mit Fahrversuchen auf dem nagelneuen Fahrrad meiner Tochter eben dieses demolieren konnte, dem waren durchaus ein paar Treppenstufen zuzumuten. Stattdessen war das untere Klo umso häufiger und völlig unberechenbar frequentiert, wenn Oma uns besuchte. Es war ja bequem - und damit gefährlich für mich. Unter solchen Bedingungen kann das *Sich aus dem Weg gehen* beim Durchqueren des Hauses zu einem strategischen Denksport werden, vor allem, wenn das Gegenüber nicht im Geringsten daran interessiert ist, den

Kontakt zu meiden - geschweige denn, überhaupt ein Gespür für die Ausweichmanöver des anderen zu entwickeln. Deswegen erklärte man mich diesmal im Kreise der Kleinfamilie im Vorfeld für infektiös und selbstverständlich für verantwortungsvoll genug, mich vom Besuch fernzuhalten - in der Hoffnung auf ein ebensolches Einsehen durch Letzteren. Durchfallerkrankungen sind ja bekanntlich für ältere Menschen nicht immer ohne Risiko. Meine Frau war zwar nicht besonders von der Idee angetan, stimmte aber schließlich zu, in Anbetracht meiner Griesgrämigkeit der vorangegangenen Tage und meiner wachsenden Bereitschaft, unangenehme Dinge zu ungünstigen Zeitpunkten beim Namen zu nennen.

Scheinbar hatte nun aber das Schicksal meine Planung zu ernst genommen, um mich schadlos damit durchkommen zu lassen. In der Diele war man gerade dabei, sich unnötig festzureden und begann mit ausführlichen Floskeln, diverse Mitbringsel zu beweihräuchern, da vernahm ich auch schon das vertraute Quietschen der Toilettentür. Fast gleichzeitig grummelte es in meinem Bauch. Jedoch, was ich augenblicklich als reine Nervosität betrachtete, stellte sich ziemlich schnell als ungewöhnlich dringendes Bedürfnis heraus. Was nun? In diesem Moment realisierte ich, zu welchem Popanz, um nicht zu sagen zu welcher Phobie, sich meine Antipathie mittlerweile entwickelt hatte. Bei dem Gedanken an eine unverhoffte Begegnung mitten auf dem Flur wurde mir noch dringlicher zumute. Die Toilettentür quietschte wieder, und dann kehrte Stille ein. Jetzt oder nie, überlegte ich. Erfahrungsgemäß war diese ins Wohnzimmer eingepferchte, anfängliche Ruhe lediglich von kurzer Dauer, die mir aber ein Maximum an noch nutzbarer Zeit außerhalb meiner Zuflucht bot. Gefasst drückte ich die Türklinke hinunter und schaute in den stillen Flur. Einzig eine penetrante Geruchsmischung, bestehend aus der Ausdünstung hausfremder Textilien mit eingewirktem Discounterparfüm und einem Hauch von Kaugummi-Zigaretten-Atem, zeugten von der mir unliebsamen Anwesenheit. Vorsichtig bewegte ich mich in Richtung Toilette, fast wie ein Dieb, der nicht ertappt werden wollte. Eigentlich war doch alles ganz einfach. Hätte ich mein Ziel erst einmal erreicht, könnte ich dort unter Verschluss beruhigt abwarten, bis die Oma notgedrungen das Bad im Obergeschoss aufgesucht hätte, um anschließend das nächste Zeitfenster zur Rückkehr in meinen Raum zu nutzen.

Ich war noch etwa einen Schritt von meinem Ziel entfernt und wähnte mich schon in Sicherheit, als die Tür ruckartig geöffnet wurde und mir dabei fast ins Gesicht schlug. Erschrocken trat ich einen Schritt nach hinten. Offensichtlich war mir in der Kalkulation des Türquietschens vorher etwas entgangen. Auf leisen Sohlen schritt ich rasch rückwärts, die Klotür nicht aus den Augen verlierend. Eine sich abrollende Klopapierrolle sauste quer über die Diele, gefolgt von den umständlichen Versuchen einer behäbigen Person, diese einzufangen. In meiner Aufregung verpasste ich glatt den Eingang zum Arbeitszimmer. Erst die unterste Stufe des

Treppenaufganges stoppte mich, beinahe zu Fall bringend. Um in meinen Raum zu gelangen, war es nun zu spät, und ein Entweichen vor dem unmittelbar bevorstehenden Überraschungshallo kaum noch möglich. Es blieb mir einzig die Flucht nach oben, welche ich kurz entschlossen antrat. Im Schlafzimmer sollte ich vorerst sicher sein, aber weit gefehlt: Es war abgeschlossen. Meine Frau hatte sicher ihre Gründe dafür gehabt, welche mir in diesem Moment aber nichts nutzten, schlimmer noch, hinter der Tür des gegenüberliegenden Kinderzimmers vernahm ich einen familienatypischen und doch bekannten Raucherhusten. Wie war das möglich? Ich hatte früher zwar schon immer den Eindruck gehabt, dass meine Schwiegermutter schnell zu passenden Ungelegenheiten zur Stelle war ... aber zugleich an mehreren Orten - unten und oben? - Egal. Den Weg nach unten konnte ich nicht antreten, denn schwere Schritte blockierten plötzlich die Treppe aufwärts. Also, ab durch die Mitte ins obere Bad. Schnell schloss ich hinter mir ab, drehte mich mit dem Rücken zur Tür und atmete erst einmal durch. Meine Bauchschmerzen hatten sich verstärkt und mein Blick wanderte in Richtung Toilettenschüssel. Auf halbem Weg stockte er und blieb an einem überdimensionalen Schatten hinter dem Duschvorhang haften. Auweia. Entweder ich war vollends verrückt geworden durch die schier ausweglose Anspannung der letzten Tage, oder aber die Oma hatte seit ihrer letzten Erfahrung mit meinen Ausweichstrategien erheblich dazugelernt. Ich vernahm wieder das bellende Husten im Raum nebenan, begleitet von den wuchtigen

Schritten vor der Badezimmertür, und mir war so, als ob der Schatten hinter dem Vorhang jeden Moment die Dusche verlassen würde. Entsetzten packte mich und sog mir das Blut aus dem Kopf. Mir blieb nur noch eins: eine Ohnmacht.

„Bist du da drin? Nun, mach schon auf!", erweckte mich eine ungeduldige Stimme. Ich fand mich auf meinem Bett liegend. „Hey, bist du eingeschlafen? Ich bin's." Die Bedrohlichkeit wich aus den Worten, je mehr ich zu mir kam, und ich erkannte allmählich die Stimme meiner Frau: „Mutti hat gerade angerufen; sie hat es sich schweren Herzens überlegt und ihren Besuch bei uns verschoben. Sie will in diesen Sommerferien meinen Bruder und meine Schwägerin in England besuchen, weil sie das Baby doch gerade bekommen haben. - Ich soll dich grüßen; nächstes Jahr will sie uns dann aber an unserem 10. Hochzeitstag hier Gesellschaft leisten."

Ihr Lächeln
(Von Gefühlen ohne Worte)

Die neuen Morgen grüßen nur noch knapp, lachen nicht in mein Gesicht, und ihre Sonnen schweigen sich in Wehmut aus. Hatte ich auch niemals die Erwartung strapaziert, dass dem Lächeln an der Haltestelle jemals mehr entspringen könnte, war ich mir des Sinnens unsrer Freude sehr gewahr. Wir wussten beide um die schwache Gunst des Nadelöhrs, das uns verband - zumindest ich -; und auch mein Gegenüber hatte so viel Witz im Blick zum Boden, dass die Bodenständigkeit der Wahrheit ihr wohl kaum entging. Aber in Minuten sanften Schweigens breitete die Welt sich um uns aus, als ob wir darin leben durften, nur wir zwei - in Gedanken, deren Worte keine Sprache fanden, die wir beide hätten sprechen und verstehen können. Eben diese Stille war es, der die Illusion gelang, unser beider Umfeld zu verschmelzen. Exotisch streiften Sonnenstrahlen durch ihr schwarzes Haar; berührend fern erschienen mir die Regentropfen auf der leichten Blässe ihrer Wangen; und unterm Wolkenflug des Sommers schwärmte mir der Wind vom Duft der Ferne vor, dezent vom Anflug von Parfum berauscht. Was ich meinerseits in dieses Stelldichein entließ, lag ganz alleine im Geheimnis ihres Lächelns. Auf diese Weise fand an jedem Morgen kurz die Zweisamkeit Gefallen am sonst eher tristen Warten auf die Linie in den Alltag. Dieser, meist erfüllt von allem was er will, hatte jedoch immer hier und da ein Zwinkern für den still erlebten Augenblick - und mit

der Zeit so oft, dass mich der Abend mehr und mehr er-
spinnen ließ, als dem Erwachen folgen konnte.

Heute steh ich wieder hier, in meinem Teil des
Schweigens, der den anderen vermisst. Sie hat ihn einfach mitgenommen, samt dem Lächeln, mir das meine
hinterlassend, doch vielleicht genauso die Gedanken fragend - jetzt und irgendwo, wie ich bei mir.

Verlässlichkeit der Einsamkeit
(Von der Welt der armen Wurst)

Er ist mittlerweile Kilometer weit gelaufen durch die Enge seines Inventars, sich immer mehr in Rage redend. Jedem Blick auf das so lang ersehnte Stückchen Neulust des Konsums folgt sogleich nervöses Räuspern, das den Monolog beherrscht - ihm mit Nachdruck Fassungslosigkeit und Recht erbietet. Der Schwenk zur Uhr im Wechsel mit den Runden durchs Gemüt vermag die Zeit kaum mehr zu stauchen - nein, im Gegenteil, sie scheint ihm jedes Mal noch Strafminuten aufzubürden.

Schon um fünf Uhr in der Frühe war er wach, nervös wie selten sonst - hatte er doch Zeit genug, der Welt nicht zu begegnen. Gekrönte Ausnahmen wie diese waren deshalb zu begehen, auszukosten ohne wenn und aber - insbesondere jedoch mit einem Anspruch auf Verlässlichkeit. Manchmal schwelgte er darin, wenn Zeit und Portemonnaie dies möglich machten. Selten fand sogar ein Überschuss davon den Ausweg in ein gönnerhaftes Wohlverständnis für Momente armer Menschen, die den Augenblick durchkreuzten. Vor allem aber, wenn die Freude einmal übergroß war angesichts erwarteter Konsumbefriedigung, kam es vor, dass ihr Konzept den Lauf der Dinge nicht zu bändigen vermochte. Fragil war dann die Stimmung, da aus Lust nur Kompromissgenüsse wurden - so wie auch an diesem Morgen.

Um acht war ausgemacht, da sollte der Transporter
jenes neue, teure Schmuckstück liefern, welches sich bereits verspätet um Minuten als ein schlechtes Omen präsentierte. Immerhin noch früh genug, sodass der
Schwung des stundenlangen Harrens in der Ungeduld
den Missmut überflog und sich im *Gott sei Dank* verbiss.
Das Trinkgeld noch aus gutem Grund halbiert und
schnell die Tür ins Ciao geworfen, war es dann so weit,
und die Erlösung durfte Einzug halten in die neue tote
Welt. Ein Seufzer im Kaffeegenuss, ein Streicheln des
Konsumobjekts - beinahe wäre dieser Tag geglückt. Jedoch, ein kleiner Kratzer auf dem Finish, vorher unbewusst als Reflexion im Sonnenlicht durch kahle Fenster
angenommen, blieb beim Rücken in den rechten Schatten des Verbleibs. Ein Unding, denn die parabole Para-
noia aus der Angst vor dem Entzug perfekt geglückter
Freude ließ der Hässlichkeit nun freien Lauf: Verschan-
delt und fast unbrauchbar. Dem harten Schlucken und
Beknien folgte Schmerz und dann die Wut. Der Tag war
augenblicklich zeitgerafft. Die letzte Rettung: Kunden-
dienst. Doch der vertröstete in Warteschleifen, eine
Stunde noch zu lauern bis zur Unmutsreiberei.

In der Zwischenzeit ist Argument um Argument ver-
zurrt, und jede Ausflucht seines Gegners als Verdum-
mungsakt im Vorfeld etabliert. *Neu! Und zwar sofort!* soll
dem Berater gleich ins Ohr geschossen werden - *Und
wenn nicht, ja dann, dann, dann ... !* Das ist die Sprache die
verstanden wird.

Die Uhr beschließt die letzte Runde. Endlich reißt die Spannung zwischen Schandfleck und Vermessen jetzt das Telefon entzwei. „Hallo! Mein Name ist … !" beginnt der tief Frustrierte seinen Feldzug, der im „Nein, schon klar, so war das nicht gemeint …" verendet; und im wochenlangen Warten auf Behebung seines Schadens zwischen Schätzen der Vergangenheit verspürt er, wie es ist, allein zu sein … beim stolzen Rezitieren dessen, was er sich getraut nicht hat, zu fordern – wegen eines Schrammens der Persönlichkeit.

Arme Stulpensocke
(Von der Welt einer virtuellen armen Wurst)

Arme Stulpensocke verfasste gerade ein neues Posting in einem Internetforum, welches er für sich entdeckt hatte. Oder war Arme Stulpensocke eine *Sie*? Es wusste es selbst nicht mehr genau. Zu lange war es her, seitdem der Avatar, bestehend aus einem sichtlich abgetragenen und zwecklos links gewaschenen Modestrumpf der 80er Jahre, den Einzug in das Forum gehalten hatte. Damals war es nicht gerade hipp, dermaßen ausgelutscht und kaum mehr vorzeigbar einer etablierten Plattform wie dieser beizutreten. Aber Arme Stulpensocke hatte sich nicht unterkriegen lassen, nie, auch wenn zu Anfang ein nicht unerheblicher Widerstand aus dem Kreis der wohl konstruierten User ihm die virtuelle Welt recht schwer zu machen schien. Es stellte sich nämlich bald heraus, dass Arme Stulpensocke gar nicht so arm war, wie es aussah. Nun wäre es ein Einfaches gewesen, durch einen entsprechenden und ansprechenden Wechsel des Avatars in Kombination mit der Kompetenzexplosion dieses unerwarteten Eindringlings die Fronten von vorne herein zu klären. Aber das sah Arme Stulpensocke überhaupt nicht ein: Zu einfach, zu endgültig und ohne jedes Konfliktpotential wäre die Zeit seiner Aktualität auf ein Minimum geschrumpft und er zu einer etablierten Selbstverständlichkeit verkommen - und warum? Nur damit ein paar elende No-Name-User einfach so abgreifen könnten, was doch zumindest den Preis einer gewissen Aufmerksamkeit hatte. Also blieb es beim

unappetitlichen Schweißfußfossil, als Hinweis auf einen
möglichen Stinkstiefel, welchem dies entsprungen sein
könnte.

Fertig und abgesendet! Diese Antwort saß. Arme
Stulpensocke brillierte wieder einmal mit dem Charme
seiner unausstehlichen Wortgewandtheit und stutzte die
meisten seiner Vorgänger in besagtem Diskussionsver-
lauf verbal gekonnt auf ihr Mindestmaß, in welchem sie
sich dankbar applaudierend suhlten. Um einige wenige,
die sich sträubten, musste er sich nicht kümmern; das
besorgte der Automatismus des Jubels und der adminis-
trativen Schlichtung von ganz alleine. Ein weiterer, ver-
schwindender Rest war gänzlich irrelevant, weil dieser
ohnehin je nach Vorgabe zu allem redundant zu- oder
nicht zustimmte; als Lückenfüller sozusagen, um die
Unerträglichkeit einer hier und da auftretenden Foren-
stille zu überbrücken. Alles war wieder im Lot, und
Arme Stulpensocke konnte beruhigt aus dem Feld gehen, denn einem Mindestmaß an Realität musste auch er
sich beugen. Und so blieb ihm nichts anderes übrig, als
an diesem eigentlich so verhetzten Tag sein großes Ge-
schäft auf einem Putzeimer zu verrichten. - Der Nach-
bar hatte doch tatsächlich die Dreistigkeit besessen,
nicht zu Hause zu sein, um dem von Abflussverstop-
fung geplagten Internetdauerhausscheider die ersehnte
reale Schüssel auszuborgen.

Weltuntergang

(Von Placebohysterien)

Es ist gespenstisch still vor dem Fenster. Kein Geräusch, keine Stimme, nicht einmal ein leiser Wind ist vernehmbar, der die restlichen gelben Birkenblätter etwas erzählen lassen könnte. Ich bin erwacht, so viel steht fest, wenn ich mich auch nicht so fühle. Aber die morgendliche Wintersonne macht ihren üblichen Abstecher durch die Zweige hindurch in mein Schlafzimmer - quer über mein Gesicht, als wolle sie meinem gequält müdem Blinzeln die Erinnerung an die Normalität entlocken. Ich lausche in die letzten Sekunden des Erwachens, die an diesem Morgen kaum enden wollen - mit der angebotenen Frist, gewahr zu werden, dass es eben doch keinen üblichen Start in den Tag geben wird. Sollten die Prophezeiungen gar Recht behalten?

Noch immer scheint es draußen befremdlich ruhig - und das an einem Werktag, zwar kurz vor Weihnachten, aber gerade um diese Zeit war ansonsten eher viel los: Aufbrüche in die Ferien, hektische Vorbereitungen - kommerzieller Umtrieb eben. Ja, ja, das alles ist über die Maßen eskaliert in den letzten Jahren - und jedes Weihnachtsfest war nur ein weiterer Ausdruck gebündelter Emotionsverkrustungen über die Zeit, die es zu verteidigen galt, um jeden Preis. Da war es nicht verwunderlich, dass allmählich die Rufe nach Erneuerung und Läuterung lauter wurden. Und nun? Von jetzt auf gleich so still? Soll es das gewesen sein - mit der Prophezeiung -

oder ist das nur die Ruhe vor dem Sturm, der unsere Welt erschüttern wird?

Diese Totenstille jedenfalls drückt mir nun regelrecht aufs Ohr, je mehr ich mich besinne, und sie schnürt mir fast die Kehle zu, als ich mich räuspern will. Zugleich erschließt sie mir mein innerliches Empfinden um ein Vielfaches und wie mir scheint, abgeschirmt von dem, was mich umgibt. Das Sonnenlicht liegt mittlerweile neben mir auf dem Kopfkissen, reizt ein letztes Mal meinen Augenwinkel und hält sich unmittelbar zum Absprung von der Bettkante bereit. Ich daneben, matt und regungslos auf dem Rücken, ahne, dass die erste bewusste Körperbewegung des neuen Tages meine gesamte Aufmerksamkeit in Anspruch nehmen wird - und das umso mehr, als die Reizlosigkeit außerhalb sie anstachelt, doch endlich etwas wahrzunehmen. Mit diesem Gedanken verstreicht auch schon der letzte Lichtstrahl hinter dem Fenster. Es ist gerade so, als ob die Sonne mich noch einmal geweckt hätte, um mich kurz darauf in ihren letzten Untergang mitzunehmen. Doch ich bleibe alleine zurück - alleine in mir, wie wahrscheinlich jeder an diesem Morgen mit sich selbst. Und da ist es auch schon, das Getöse des Schmerzes, als ich mich nur rege, um mich umzudrehen. Vom Kreuz in den Kopf und durch alle Glieder schießt der innerliche Lärm. Er zwingt mich zum Verharren auf halbem Weg in die Seitenlage und bremst ebenso schmerzhaft das Rollen meiner Augen zur Uhr auf dem Nachttisch aus. Gerade so entziffere ich die Zeit und was noch wichtiger scheint, das Datum. Dann erliege ich erneut der Schwerkraft meines Bettes. Das Blut pulst lautstark durch mein Gehör, heizt meinen Kopf fiebrig auf und lässt den Rest meines Körpers dauerhaft erschaudern. Es frisst mich, denke ich, das Ende frisst mich eisig auf. Es kommt von draußen, kriecht unter der Bettdecke nach oben, und erst ganz zum Schluss wird es auch den gerädeten Kopf verschlingen. Konsequent, vom prophezeiten Untergang vor dem Fenster über den kalten Zerfall der eigenen Körperlichkeit bis hin zur verheißenen Einbildung um das Aus, wird mein Kopf es sein, der das letzte Licht löscht an diesem bald schon erinnerungslosen 21. Dezember 2012.

Zeitkrieg
(Vom Glauben an die Macht der Uhr)

Ich komme gut voran an diesem neuen Morgen. Mit Sonne im Kaffee und der Aussicht, die termingebundene Arbeit doch noch fristgerecht abgeben zu können, gelingt mir meine Übersetzung mit einem Male recht flüssig. Satz für Satz nähere ich mich dem letzten Viertel und vermag optimistisch abzuschätzen, mein Werk doch morgen präsentieren zu dürfen. Ich nippe an meiner Tasse und denke kurz an die hinter mir liegenden Tage, die mir das Leben im Ringen um Worte und Sätze schwer machten.

Was war das für ein Kampf. Dabei war der neue Auftrag nicht anders als die übrigen auch, zumindest was den Schweregrad des Textes anbetraf. Nichtsdestotrotz hemmte irgendetwas mein Fortschreiten in dieser Sache. Ich war nicht krank, beherrschte meine Wortkunst wie üblich und wurde auch nicht von ablenkenden Gedanken heimgesucht. Unerklärlich also, dass meine Überlegungen an jedem zweiten Satz kleben blieben. Blieb nur noch die Zeit, die mir offensichtlich den Krieg erklärt hatte - wahrscheinlich aus Rache, weil ich ihr zuvor nur selten jene Aufmerksamkeit geschenkt hatte, in welcher sie sich doch so gerne aalt. Nun aber suchte sie mich heim und besetzte mich aus heiterem Himmel. Dabei saß sie mir nicht einfach nur im Nacken, malträtierend, um mich dann im Stich zu lassen; dann wäre ich zumindest mit der Niederlage alleine geblieben und hätte ohne Rechenschaft resignieren oder aber einen neuen

73

Anfang wagen können. Nein, vielmehr raste sie drohend vor mir her, das Ziel mir kaum näher bringend, während sie mich gleichzeitig im Schlepp der Uhrenzeiger hinter sich her schliff. Sie setzte mir zu, mit jedem Augenaufschlag auf das Ziffernblatt, indem sie meinen Blick unentwegt an den Zeiger heftete: Stundenlang entriss sie mich auf diese Weise mit den Sekunden eines Moments aus der Ruhe meiner Kraft. Selbst vor der Nacht machte sie keinen Halt, und sie wälzte mich hin und her im Takt des Glockenturms. Tage ging das so, mit der mir immer mehr gewahr werdenden Aussicht auf den Hohn am Ende dieses Kampfes.

Dann plötzlich von jetzt auf gleich Stille. Ich habe mich gerade eben erneut mit einem Seufzer an mein Tagewerk gequält, der Uhr mit schwachem Blick in den Start der nächsten - vielleicht letzten - Runde zu folgen, da ist mir so gewesen, als ob die Zeit sich Zeit lässt mich zu jagen. Um acht Uhr habe ich sie erwartet, und doch eine halbe Stunde hinter mir gelassen - auf halb acht. Schon fast mit etwas Genugtuung schaue ich auf den kleinen Vorsprung meines Geistes. Auch wenn dieser vielleicht nicht aufzuholen vermag, was ich vermeintlich versäumt habe, bleibt mir zumindest einmal die Möglichkeit, den Tag anzutreiben anstatt mich von ihm antreiben zu lassen. Ein gutes Omen? Jedenfalls komme ich in der Tat gut voran - noch immer; nach 10 Minuten, nach 30 Minuten, ja sogar nach fast einer Stunde – wie ich meine. Die Sonne scheint ungewöhnlich hell so früh und erfreut mein Herz, das so gewärmt und ganz beruhigt meiner Arbeit folgen kann. Ich kann es schaffen, wenn ich nur will, überlege ich mir, und um halb zehn befällt mich bereits ein Hunger wie sonst nur zur Mittagszeit. Sei es drum, wer viel und gut arbeitet, darf auch essen, wenn ihm danach ist. Gestärkt mache ich weiter, immer mehr ungeachtet des Voranschreitens der Zeiger, die scheinbar keine Chance an diesem Tag haben, mich einzuholen; vielleicht auch deshalb, weil ich mich nicht mehr so sehr genötigt fühle, ihnen Tick für Tick zu folgen. Auch dieses Geräusch ist schwächer als sonst und kaum mehr wahrnehmbar, jedenfalls ohne nennenswerte Kampfkraft. Ich werde es schaffen. Mehr und mehr bin ich mir dessen nun sicher, und als ich eine Stunde später den letzten Satz mit einem Punkt der Erhabenheit beende, scheint die Zeit gänzlich aufgegeben zu haben. Es ist erst kurz vor zwölf und ich bin schon weit dahinter mit meinen Gedanken. „Geht doch", sage ich zu mir selbst, mich nur ein wenig wundernd, wo die Zeit geblieben ist, als es über Mittag anfängt, zu dämmern. Ich werfe einen heute ausnahmsweise längeren Blick zur Uhr, deren kleine, rot leuchtende Batteriewarnanzeige mir im Gegenlicht des Tages nicht aufgefallen ist: Das Glück ist mit den Unwissenden. Die Zeit hinkte nur, leicht getroffen durch die Kraft des Zufalls und des Glaubens an die Macht der Gerechtigkeit. Kein Zweifel, morgen wird sie nicht mehr kämpfen, übermorgen auch nicht. - Jedoch, ich darf gewiss sein, dass die Zeit sich erholen und mich im Auge behalten wird - in jeder Hinsicht und mit der Macht der Unaufhaltsamkeit bewaffnet.

Das Zipfelmützenwettermännlein
(Von der Sehnsucht nach Zuhause - Eine Erinnerung)

Lisa konnte nicht einschlafen. Immer wieder öffneten sich ihre Augen, obwohl sie sie so gerne zugehalten hätte, um zu träumen. Ihr war warm und sie versuchte, sich mit der Hand die Hitze aus den wuscheligen Haaren zu reiben. Sie tastete nach einem Schalter neben ihrem Bett und knipste das Licht an. Dann setzte sie sich auf. Gestern, bei ihrem ersten Besuch schien ihr leeres Kinderzimmer noch viel größer und auch heller. Doch nun, da die mächtigen Umzugskisten sich darin breit gemacht hatten, sah alles viel enger und bedrohlicher aus. Die Nachttischlampe ohne Schirm, die schräg aus dem Papierkorb neben dem Bett ragte, spendete nicht viel Licht, warf aber dafür umso riesigere Schatten der Kartons an die Wände. Manche reichten bis unter die Decke, andere dazwischen sahen eher aus wie eingeklemmte, kleine Gebäude. ‚Fast so wie die Häuser draußen', dachte Lisa, ‚nur ohne Fenster ... und ohne Dach.' „Das wird schon", hatte Mama gesagt, „wirst sehen, wir machen es uns hier so richtig gemütlich." Das siebenjährige Mädchen stand auf und tappte zwischen den kleinen und großen Kartons zum Fenster. Dort stellte es sich auf die Zehenspitzen und blickte nach draußen, als ob es nach irgendetwas über den gegenüberliegenden Häusern Ausschau halten würde. Auf der breiten Straße unter ihr sah die Weihnachtsbeleuchtung komisch aus. Das Funkeln war so bunt und ohne Schnee - wie auf dem Jahrmarkt, den es doch daheim nur zum Mittsommer gab. „Dein neues Zuhause wird dir bestimmt gefallen - am anderen Ende der Welt", hieß es andauernd in den vergangenen Wochen von allen Seiten. Sogar Opa betonte das immer wieder, wenn Lisa ihn beim gemeinsamen Schlittenfahren fragte, warum er denn nicht mitkomme. Er musste sich dann immer schnäuzen, obwohl er gar nicht krank war. Opa war nie krank. Auch die Kinder in Lisas Klasse, die alle um sie herum gewohnt hatten, waren ziemlich beeindruckt, wenn Lisa davon in der Schule berichtete, dass sie bald ganz hoch oben wohnen würde, viel höher als das Baumhaus in Opas Garten sei. Die großen Augen und offenen Münder ihrer Freundinnen hatten sie da schon bestätigt, dass etwas Spannendes geschähe. Aber jetzt?

Jedenfalls war es viel zu still im Raum. In Lisas altem Zimmer drangen aus den Holzwänden nachts immer Geräusche, wenn es im Winter besonders kalt wurde. Und sie wusste, was das war oder besser gesagt, wer das war. Es war das Zipfelmützenwettermännlein, von welchem Opa ihr immer erzählte hatte in seinen Gutenachtgeschichten.

„Im Sommer lebt es draußen in den Wäldern und den Weiden und ist faul", hatte Opa erklärt. „Dann liegt es weich auf seiner großen Mütze und pfeift auf einem Strohhalm leise Lieder. Du kannst sie hören, wenn du den Kopf ins vom Wind erfrischte Gras legst. Wenn aber der Herbst kommt, und der Wind zu stürmisch wird, setzt das Wettermännlein seine Zipfelmütze auf und sucht sich für den Winter eine Bleibe - immer ein

Haus, wo es gemütlich ist. Da lebt es in den Wänden und turnt zwischen den Planken umher. Letzteres tut es aber nur, wenn es ganz plötzlich abkühlt oder kalt wird, denn das mag es nicht. Beim Klettern im Holz wärmt es sich auf. Wenn es dann knackt und ächzt, ist das ein sicheres Zeichen, dass das Männlein da ist."

Dort, wo Lisa nun war, gab es keine Wälder oder Weiden und auch kein Holz in den Wänden, wie Papa am Nachmittag fluchte, als die neu eingeschlagenen Nägel für die Bilder in ihrem Zimmer alle krumm aus der Wand ragten. Die Kleine lauschte in den Raum, doch es blieb still. Dann drückte sie ihr Ohr ganz fest an die Fensterscheibe und harrte einen Moment aus; aber alles, was sie vernahm, war nur ein leises Rauschen. ‚Das muss doch irgendwie aufgehen', überlegte Lisa und hantierte mit kritischem Blick an dem merkwürdig anmutenden Metallgriff mit dem großen Knopf und Schloss darin. Aber so sehr sie sich auch bemühte, sie konnte den Hebel nicht verdrehen. „Die gute Luft kommt jetzt da raus", hatte sie die stolzen Worte ihrer Vaters im Ohr. Sie hielt ihr Gesicht an das feucht-kühle Gitter der Klimaanlage, welches auch nicht mehr verlauten ließ, als ein leises Surren und dasselbe Rauschen in der Ferne wie am Fenster. ‚Fast schon wie der Schärenwind' lächelte Lisa vor sich hin. Sonst durfte sie das Fenster immer öffnen, wann sie wollte; im Sommer sowieso; besonders abends, wenn sich zwischen das Blinken der geheimnisvollen Lichter hinter den Tannen die Hörner der Fähren oder die lustige Musik auf den kleinen Booten mischten. Aber auch im Winter: Die Luft war dann immer so schön frisch und roch nach Wald und Weihnachtszeit. Nun roch sie eher nach Papier und frischer Farbe.

Das Mädchen blickte hoffnungslos in den mit Kisten überhäuften Raum. Viele davon waren gar nicht von ihr. Mama musste vorübergehend einige ihrer eigenen Kartons in Lisas Zimmer lagern, denn die neue Wohnung war bei weitem nicht so groß wie ihr Haus auf Vaxholm. Auch schien es keinen spannenden Dachboden zu geben, wo man so schön zwischen geheimnisvollen Kisten und Koffern hätte stöbern können. Seufzend setzte sich die Kleine zurück auf ihr Bett und ließ ihren Blick entlang des Lichtstrahls zwischen den Kartons verschwinden. Dabei fiel ihr eine kleine Metallbox glitzernd ins Auge. Lisa legte den Kopf schief und wischte sich die Haare aus dem Gesicht. „Wie kommt die denn hier her?", dachte sie laut. „Das ist doch ..." Und richtig, sie hatte Opas geheime Weihnachtsbox entdeckt. Darin bewahrte er jedes Jahr seinen neuen, selbst gebastelten Weihnachtsschmuck auf. Er fertigte ihn stets während der Adventszeit an, und die Familie bekam seine Kunstwerke erst am Weihnachtsabend zu sehen. Dann hingen sie mit all den anderen schönen Dingen am Weihnachtsbaum. Die kleine Metallkiste war für Lisa und auch die anderen Familienmitglieder ansonsten tabu. Die Möbelpacker mussten sie aus Versehen mit ins Umzugsgut gesteckt haben. Lisas Herz hüpfte höher, denn auch dieses Jahr hatte Opa schon fleißig in seiner Kellerwerkstatt herumgewerkelt. ‚Ob er die Box am Ende etwa selbst …?' Lisa stand auf, zwängte sich bis zu dem erspähten Schatz vor und zog ihn zwischen den Kartonungetümen heraus. ‚Soll ich?', dachte sie kurz, aber dann übermannte sie die Neugier, weil ja am nächsten Tag schon Weihnachtsabend war und Opa weit weg. Langsam zog sie den Deckel nach oben ab und ihre müden Augen wurden immer größer in der Erwartung, etwas Besonderes darunter zu finden. Aber die Enttäuschung löste die aufgekeimte Hoffnung schnell ab. Die Box war fast leer, bis auf etwas eher Unscheinbares, das in Samtpapier eingeschlagen war; jedenfalls glänzte es nicht. Darauf stand etwas geschrieben. Lisa nahm das weiche Päckchen vorsichtig heraus und buchstabierte leise für sich hin: „För … min … lilla … äls…kling", was soviel bedeutet wie ‚Für meinen kleinen Liebling'. Aus der Seite des Papiereinschlags ragte ein roter Faden, wie man ihn zum Aufhängen von Christbaumschmuck benötigt. Vorsichtig zog Lisa daran, und ein samtenes Püppchen mit einem knutzigen Gesicht unter einer großen, roten Mütze kam zum Vorschein. „Uiii …" Es sah aus wie ein Jultomte, ein schwedischer Weihnachtsmann - aber doch irgendwie anders. Vor allem die Mütze mit dem großen Bommel und der zierliche Strohhalm in der Hand machten Lisa mit einem Mal klar, dass das kein gewöhnlicher Jultomte war - es war das Zipfelmützenwettermännlein. Ein breites Lächeln überkam das erstaunte Gesicht des Mädchens, und es drückte die kleine Puppe an seine Wange. Dann ging sie damit erneut zum Fenster, setze ihre Errungenschaft in eine Mauernische und legte ihr Ohr mal an die Mauer, mal an die Scheibe. Aber nichts geschah. Sie nahm ihren neuen Freund wieder an sich, schaute nach draußen und flüsterte ihm leise zu: „Hier ist ja auch kein Holz in der Wand."

Langsam kullerte eine Träne über Lisas Wange … dann noch eine und noch eine. Ihre feuchten Augen ließen das Großstadtstraßenbild vor ihr verschwimmen. Die Farben verblassten, verklärten das schrille Glitzern der Lichterketten in goldgelben Glanz, und durch die dunklen Panoramafenster der gegenüberliegenden Wohnanlagen nahmen die alten Tannen vor dem Haus in Vaxholm immer deutlichere Konturen an. –

Ein zaghaftes Geräusch an der Zimmertür lässt Lisa sich schnell die Tränen aus dem Gesicht wischen. Die Tür öffnet sich langsam und ein kleiner Junge schaut verschlafen in den Raum.

„Ich kann nicht schlafen Mami, bin so aufgeregt … weil morgen doch Weihnachten ist … was hältst du da in der Hand?"

„Komm her mein Schatz, setz dich zu mir aufs Bett … das … das ist das Zipfelmützenwettermännlein … weißt du? Ich habe es in den alten Kisten dort von deinem Urgroßvater gefunden, als ich heute Abend nach unserer Weihnachtsdekoration von früher gesucht habe."

„Sieht niedlich aus …" Das Kind nimmt seiner Mutter das Püppchen aus der Hand und lässt seinen blonden Lockenkopf müde darüber staunen.

„Hmm", nickt Lisa, „manchmal kannst du es hören, jetzt im Winter, nachts, da es besonders kalt ist. Es turnt in den Wänden herum und wärmt sich dabei auf. Dann knackt und ächzt es im Holz. - Und es hat eine Zauberkraft ..."

„Oh ... Echt?"

„Ja, ganz bestimmt", Lisa drückt ihren Sohn fest an sich, „es bringt dich immer wieder dahin, wo Weihnachten am schönsten ist ... ganz egal, wo du auch bist auf der Welt."

„Aber das ist doch hier zu Hause ..."

„Eben ... und nun freue dich auf Morgen, mein Schatz ... es wird alles so sein wie immer hier bei uns auf Vaxholm."

Nebelbankideen

Die Ruhe zwischen Denken und Routinen ist die Zeit,
die sich das Leben nehmen kann.

Lorenz Filius

Lorenz Filius

Nebelbankideen und Geschichten
… noch mehr prosaische Geisterbilder des Gemüts

Impressum
Filius, Lorenz: Nebelbankideen und Geschichten
© Lorenz Filius, Erstveröffentlichung 2014
bei Books on Demand, Norderstedt

… Das Hirn scheint immer voll mit irgendetwas. Der Pflicht zu Handeln stehen Blitzgedanken gegenüber. Und zwischen dem, was unser Alltag uns als ganz normalen Wahnsinn vor die Füße schmeißt, und reinen Kopfgeburten, die uns zwischendurch banal verzweifeln lassen, liegt ein Quäntchen Auszeit zur Bereinigung des Geists. Und will ich diesen nur mit Freiheit dann erfüllen, fließt die Daseinswirklichkeit, genau wie jene Wirren aus Ideen, ins Gemüt - manchmal sich verquickend ohne Rücksicht auf den Selbstverlust. Ruhe findet nur, wer darin beidem jeweils seinen Platz zuweist, in sich gehende Momente dehnt und ihnen weder Fragen stellt noch ungefragte Antwort meint zu schulden. Dann kann die Zeit sich Leben nehmen, dies- und jenseits ihrer Stille, fern der orthodoxen Logik von Verstand und Alltag, und den Sinn des Lebens so passieren lassen, wie es ihr gefällt …

… Wer davon lesen möchte, sei an dieser Stelle eingeladen - und gewarnt, denn ich hab' es mir recht schwer gemacht …

Nebelbankideen

Inhalt

Kopfgeburten

Inhalt

Alltagswahnsinn

Kopfgeburten

Die Kopfgeburt sich gern verrennt
im rein gedanklichen Moment.

Nebelbankideen

Die reine Haut der Wirklichkeit
(Vom Verstand als Loch im Bewusstsein)

Der Verstand muss wohl ein Auswuchs des Bewusstseins sein, wenn er uns weismacht, dass wir scheinbar mehr sind und erkennen können als das Leben sonst um uns in kleinen Spiegeln des Instinkts. Wir hingegen wollen immer das verstehen, was sich selten einig ist. Der Geist der Schöpfung Krönung bleibt dabei bei aller Arroganz jedoch alleine als ein loses, ausgefranstes Loch der All-Umhüllung irgendwo. Es klafft in Dimensionen, die es noch nicht gibt, und sucht darin die eitle Zukunft als den Sinn des allgemeinen Ursprungs. Hinter seinem Rücken aber läuft *was immer alles ist* vorbei durch Tiefen, die wir nie ergründen, weil sie vom wahren Dunkel aus sich keinem eingebildeten Erleuchtungssog verfügbar machen müssen; so wie der Menschengeist es irrend tut in Anbetracht des blutenden Verstands. - Diese Wunde wird verheilen als Erfahrung, wird vergehen auf der reinen Haut der Wirklichkeit.

Wege

(Kann man dem Missgeschick entgehen?)

Angenommen, die Erfahrung unsrer Freiheit trügt uns nicht und lässt ein Mindestmaß an Möglichkeiten zu; angenommen, dass nicht alles vorbestimmt den Diskussionen trotzt: Dann stellt sich mir die Frage nach dem Missgeschick; weniger im Hinblick auf das Vorkommnis an sich als mehr bezüglich seiner Schicksalhaftigkeit.

Selbstverständlich gehen wir die Wege unsres Alltags an, als ob die Zuverlässigkeit der Richtung über jeden Zweifel ihrer Gangbarkeit erhaben wäre. Wohin wir wollen, können oder müssen, steht jedoch im Zwielicht des Geschehens, scheinbar dominiert von einer unsichtbaren Kraft, die je nachdem der unseren entgegensteht. Jene Hindernisse, die wahrscheinlich oder auch mit Sicherheit die Wege schon im Vorfeld kreuzen - ja mitunter recht erheblich ihre Länge mitbestimmen -, sind dabei bereits zu Meilensteinen der Gewohnheit avanciert: Schranken, Geld und Abfahrtszeiten. Noch so Vieles mag es davon geben, wir erkennen und verwerten es im Plan, flexibel oder unveränderlich, oft kreuz und quer durch das Bewusstsein, immer aber dessen Arroganz der Norm verpflichtet, abspenstig dem Lauf der Dinge. Letzterer gilt wem auch immer. Hier jedoch kommt die geheimnisvolle *Selt*samkeit ins Spiel - so sicher wie Gewitters Blitz im unvorhersehbaren Einschlagspunkt.

Dem lapidaren *Wunsch*, wohin zu gehen, wird derweil noch oft entsprochen; sei's durch Dusel, Pässlichkeit des Umstands oder Überzeugung davon, dass die Umleitung woanders hin das gleiche Ziel erreicht - nicht selten sich bald wieder findend an dem Ausgangspunkt bequemer Träumerei. Hier gibt es kaum etwas, das die Gehässigkeit des Schicksals motiviert. Es kommt wie's kommt; ein Wunsch lässt sich so viel gefallen, ohne Wertung als Malheur.

Dahingegen muss ein Weg des *Möglichen* beschritten werden, um sein Ziel zu finden. Das bedeutet aber nicht, dass er sich uns alleine fügt - hat er den Willen tief im Wunsche erst gepackt. Neben allen Reglements, die ja die Möglichkeit bestimmen, wartet trotzdem Unbill. Da das Mögliche nicht einzig ist - sonst wäre jene Freiheit, es zu wählen, nur gefügig vorbestimmt -, verbleibt alternativ zumindest schon sein Gegenteil als potenziell vereitelnde Instanz. Was darin liegt, um Mögliches an seiner Wahrwerdung zu hindern - abzüglich berechenbarer Widrigkeiten -, ist die Missgeschickskanaille. Sie überfällt uns auf dem Weg nach vorne, aber kann den Ausweg kaum versperren, hat sie doch die Möglichkeit als Ursache gar selbst zum Feind. Der Wille findet einen Weg, am Ziel vorbei vielleicht, jedoch sich selbst stets richtungstreu.

Anders sieht es aus auf Wegen, die wir gehen *müssen*, ob wir wollen oder nicht, vom Wunsch schon ganz zu schweigen. Auch auf solchen, die wir uns ersuchen, was ja dem Müssen gleich kommt im Zuge der Besessenheit, liegt keine Macht in der Verweigerung. Im Zweifel geht es mit uns, wenn wir es selbst nicht tun. Da sollte man doch meinen, dass dem Missgeschick, - genauso unterworfen der Notwendigkeit des Ablaufs -, keine Chance bleibt zur Übeltäterei. Doch weit gefehlt. Gerade dort, wo sich ein Spielraum um den Zeitablauf des Werdegangs zum absoluten Muss verjüngt, schlägt oft das Übel zu, wie ein Komplott mit aller Härte, scheinbar vehementer, als es dies woanders tut: Es sind die Reste von vergangenem Geschehen, die dort widerwärtig, quer sich stellend lauern wie sonst auch, jedoch mit einem Unterschied: Wir können nicht umhin, auf sie zu treffen, sind sie einmal dort. In dieser Enge ist sich alles stets im Weg. Dann ist es nicht das Missgeschick allein, das uns ereilt, wir gehen selber darauf zu, weil es woanders hin nicht geht. Wir müssen ihm in solchem Fall begegnen, wenn es ist. Die Wahrscheinlichkeit des Pechs an sich bleibt dabei gleich; wir sitzen nur dem Irrtum auf, dass es dieses ausgerechnet abgesehen hat auf uns, weil wir der Freiheit unsres Handelns unwillkürlich Spielraum lassen, den es nicht mehr gibt.

Zeitreisen

(Wo führt der Irrweg hin?)

Welchen Weg soll ich nun wählen, wenn ich die Vergangenheit ersehne? Kann man überhaupt dorthin zurück? Diese Frage impliziert zum einen eine Lösung meiner selbst aus meinem Zeit- und Raumkontinuum, möchte ich, so wie ich im Moment des Aufbruchs bin, am Ziel der Reise mich verstehen. Zum anderen bedarf es der Befähigung, das augenblickliche Erleben auf der Achse der Erinnerung beliebig zu verschieben. Doch dies sind zwei Paar Schuhe, je nachdem, wohin ich will, beziehungsweise wo ich unabdingbar wann sein möchte.

Im ersten Falle trete ich die Reise an mit allem, was mir innewohnt samt einem Stückchen drum herum, einem Teil der schwammigen Begrenzung zwischen mir und meiner Welt. Ich nehme das Bewusstsein mit, so wie es hier und jetzt mich selbst erfährt, inklusive einer Räumlichkeit des Körpers und der Sinne und gespeicherter Erfahrung: Mit Platz und Lebenszeitpunkt ausgestanzt, so passgenau wie möglich, aus der Gegenwart, verschwindet die Präsens des Seins. Jedoch, was tritt an meine Stelle dort ganz genau in solchem Augenblick? Eine absolute Leere muss es sein, die noch nicht einmal ein Vakuum ersetzen kann, denn dieses hätte keinen Platz und keine Zeit, die Stelle einzunehmen und mit Umfeld sich zu füllen. Nicht mehr definierbar ist das Nichts, das bleibt, während wo und auch wann anders gleichermaßen meine losgelöste Existenz sich im Kontinuum dazwischen drängen will - an einem Doppelpunkt aus Zeit und Raum, den Rahmen sprengend, wo schon etwas anderes ist. Und dann? Verbleibt die Zukunft einfach reduziert um mich, der sich in der Vergangenheit als Gegenwart dazugesellt? Ich glaube nicht, denn durch den Kurzschluss im Zusammenhang wird jenes Startzeit-Loch gefüllt mit anderem Geschehen, welches sich bereits zuvor im Zeitstrom neu entwickelt haben muss, und meine Existenz, die daraus flieht, wenn nicht vernichtet, doch zumindest völlig (geistig) deplaziert. Ich komme erst gar nicht an, wo ich mich noch am Ausgangspunkt bald wähne und gleich darauf von meiner eigenen Idee nichts wissen kann, weil diese dort wahrscheinlich keinen Ursprung finden wird.

Der zweite Fall liegt diesbezüglich anders, da Raum und Zeit nicht angetastet werden. Es ist alleine das Bewusstsein, das mich da hindurch sowie entlang führt - hin zu mir in die Vergangenheit - genau an jenen Ort, wo *meine* Zeit mir solchen zuwies. Der Unterschied, den es zu überwinden gilt, wird definiert aus einer Differenz, die zwischen dem was war und der Erinnerung besteht. Vom Erfahren zur Erfahrung muss ich also finden, diese wieder zu erleben und an jenes in der Zukunft mich erinnern. Doch gefangen in sich selbst, verliert auf solche Weise das Bewusstsein schon beim kleinsten Schritt zurück, die eben noch erlebte Gegenwart an eine Zukunft, die es nicht erkennen kann und allenfalls nur ahnt. Zu diesem Zeitpunkt ist es aber schon zu spät, und die Erinnerung an einen Aufbruch zur Vergangenheit in Zukunft nur ein Traum. Wie soll dann das Bewusstsein noch die alte Zukunft wieder finden, die in der zurückgewonnenen Vergangenheit so offen ist wie nie danach? Es wird nicht einmal wissen, ob es aus der Zukunft oder der Vergangenheit den Weg an seinen neu bereisten Platz gefunden hat. Wo immer ich mich auch befinde, weiß ich nicht, woran ich dahingehend bin. Es nutzt mir also meine Reise in Vergangenheiten nichts, wenn ich nicht weiß, warum und ob ich diese angetreten habe.

Zurück geht's somit kaum mehr, wie auch vorwärts nur im Gänsemarsch des täglichen Geschehens. Und ein Sprung nach vorn, von wo und wann ich einst mich auf den Weg ins Hier und Jetzt begeben könnte, unterliegt der Aussichtslosigkeit unendlich vieler Möglichkeiten, die mir die Entscheidung stets zunichte machen.

Nicht sterben können
(Gefangen im Moment zwischen Leben und Tod)

Was geschieht? Ich fühle mich gefangen - noch - in diesem winzig kleinen Augenblick dazwischen. Zu resümieren bleibt, was ein Gedankenspielraum mir belässt, so viel, und doch kaum lang genug. Mein Lebenslicht ist schon erloschen wie die Flamme auf dem Kerzendocht - an welche ich mich schemenhaft erinnere -, doch glimmt an seinem Ende ein Bewusstseinsfunke schwach dahin. Dieser leuchtet gerade noch ein Minimum der Selbsterfahrung aus; dabei vergeht sein Schein ganz nah am Diesseits der vermeintlichen Vergangenheit und kann nicht untergeh'n im Funkeln seiner Mitte.

Entfaltet sich nun darin mehr als die Empfindung, noch nicht tot zu sein? Ich schwanke zwischen Warten und Erleben, einem Zustand, dem ich nie Bedeutung schenken konnte in der fälschlichen Gewissheit über Sein und Nicht-Sein. Hier und jetzt zieht er mich in den Bann aus Schatten der Entgeisterung - mal von mir weg in diese transparente Schwärze ohne Wiederkehr, mal zu mir her ins tiefste, letzte Innere. Jedoch, ein Flackern zwischen beiden Polen schenkt mir Offenbarung, schiebt die *Zeit* auf eine lange Bank und lässt mich also nieder - neben *ihr*, den kurzen Halt wahrhaft verewigend.

Da ist dies alles, was ich war, mit mir nun eins; und jedes Drumherum gesellt sich selbstverständlich da hinzu. So muss Erkenntnis sein: Erkenntnis, dass geschah, was noch geschieht und nie ein Ende finden wird - und alles ganz auf einmal. Tiefs und Hochs des Lebens sind sich Eins im Gleichmut der Erlebbarkeit. Mit mir und meiner Welt als Teil davon wird dieses niemals untergehen - nur weitergeben, was es sich zu eigen macht. Unser Widersacher *Lebenszeit* - in Sekunden mitgezeugt und über Sturzminuten, Kindertage, Jugendjahre hin zur Reifezeit geführt - ist bis zur letzten Altersweisheit nebenher gelaufen, so unvergänglich wie ich selbst - und nun enttäuscht, dem Zweck nur Raum geschenkt zu haben.

Ich kann ihr gar nicht böse sein, der Zeit, denn ihr Narzissmus lässt mich ganz allein und zieht sich in das ihr vertraute Dunkel aus Vergangenheit und Zukunft hin. Doch ist es eben dieses Schwarz, das sich mir nähert, mir in meiner zeitlos stillgelegten Aura, wenn der Funke schwächelt? Werde ich - genau wie meine Zeit - hinweg gezogen, einfach nur die Transparenz des Nichts bereichern, oder werde ich mich wieder finden, gleich? Nein, nicht gleich, da jetzt und immer alle Möglichkeit besteht. Das bleibt der Zeit voraus; und damit raucht der Funke einen Gruß - was immer dieser treffen mag -, aber wähnt mich da, wo er erlischt: Ich war nicht nur, verloren nie und werde auch: Ich bin, was ich gewesen sein werde; ich werde, was ich gewesen bin.

Sinn des Lebens

(... liegt im Leben selbst ... verborgen)

Liegt vielleicht ein Sinn des Lebens, wenn es ihn denn gibt, in jeder Selbsterfahrung ganz allein? - Alles andere umher scheint wie ein Spiel, das sie betreibt. Denn was kann das Geboren-Werden, Leben hin zum Sterben, sonst bedeuten, außer der Mortalität durch Zeugung neuen Daseins zu entgehen? - Nichts?

Dass wir das Beste daraus machen und dem Nachwuchs eine Zukunft aufbereiten, scheint an sich so leer als Setzung eines Ziels wie die Erleuchtung eines Raumes ohne Gegenständlichkeit. Es geht voran - und immer wieder tut es dies, mal auf, mal ab - ins Nirgendwo. Dabei ist die Vehemenz des Arterhaltungstriebs so kraftvoll, dass ein Einzelschicksal kaum mehr zählt. Wo sind bloß die Milliarden hin - wozu - wie sinnlos durch die ganze Zeit?

Der Selbsterfahrung - mancher Glauben nach Erleuchtung - sind jedoch die gleichen Grenzen auferlegt wie ihrem Individuum. Was bringt es diesem also nach dem Untergang, dass sich ein Weiteres erfährt? - Moment ... denn vorher lebt ein Erstes mit dem Folgenden und umgekehrt: Die Eigenwelt des Einen wird verknüpft mit der des Andern. Eine jede Selbsterfahrung wird auf solche Weise zum Erlebenskern - angereichert von der Dichte der Erlebnisse des Umfelds, welches wiederum nach außen hin aus Sicht des Zentrums blasser wird. Und doch wird diese Dichte insgesamt unsagbar groß, da jeder noch so weit versprengte Kern Bezüge in die Wolke des Gesamterlebens strickt, und sei es nur durch Streben seines Stammbaums. Was dem einen fern erscheint, ist so dem nächsten wieder näher und so fort, zurück und ineinander.

Die Gegenwart ist dabei das Geschehen des Erlebens jetzt; sie schwillt in die Vergangenheit und Zukunft gleichermaßen. Im Randbereich der Letztgenannten liegen dahingegen nur der Tod beziehungsweise die Geburt der Individuen verloren. Und in dem Punkt, da die Materie - nicht tot, nicht lebend - allein da steht mit aller durchgedachten Energie, fällt der Verlust des individuellen, temporären Sinns der Einzelexistenz in einen zeitenlosen Sinn der Ganzheit. Diese ist die absolute Kraft, gestützt und ausgedehnt zugleich von alledem, was sie erschafft; und eben das macht auch den Sog des Überlebenswillens aus. So liegt kein Sinn im Leben selbst, doch in verborgener Notwendigkeit der Selbsterfahrungsgegenwart, im Wechselspiel von Grund und Folge zu bestehen.

Unvergängliche Genugtuung
(Von Perspektiven hinterm Ziel)

In jungen Jahren liegt die Chance der Willensstärke noch so brach, dass die Erfolgsetappen sie befruchten können, ohne ihr zu rauben, was noch nicht zu viel des Guten ist, noch nicht verspielt vom Pokerface des Stolzes. Hat der Wille erst sein ganzes Ziel erreicht, dann steht er oftmals da, verlassen von gewinnverzehrter Selbstzufriedenheit. Diese, schwelgend im Ergebnis, kaschiert mit der verbrauchten Stärke ihre Unzulänglichkeit an sich, und manchmal lässt sie auch den Meister des Gedankens gönnerhaft im Stich.

Die Welt scheint nie so rund wie nun am Eck des Zieles, während unterdessen jene Lust und Kraft gepulsten Herzbluts in den Lachen der Vergangenheit mit anderem Fluidum verklumpt. Doch gerade an der Spitze scheinbar unvergänglicher Genugtuung geht jeder Halt verloren, wenn vorneweg nichts sichtbar wird, wonach man rundherum ins Leere greifen kann. In diesen zweifelhaften Sog verflüchtigt sich die Eitelkeit, entkommt durch die Porösität der Hülle ihrer Phrasen. Letztere fällt schlaff um alle Mühe aus dem Drang, welcher viel vergoss und nichts davon für sich behalten hat. Am Zielpunkt ist der Wille nun nicht besser dran als vorher, leerer noch, denn jeder neue Vorstoß zum Erfolg füllt Mal um Mal die Diskrepanz, die zwischen Wille und Verwirklichung entsteht mit Mangel an Bedeutung. Kann es die Zufriedenheit an sich denn überhaupt allein in Resultaten geben, oder liegt das Glück des Schaffens vielmehr in der Rückverbundenheit mit dem, was es erschuf - dem Tatendrang?

Verzweiflung kommt oft spät, wenn keine Zeit mehr bleibt, dem Ende zu entgehen, welches ganz allein die Früchte frisst - im Guten, wie im Schlechten. An solchem Punkt der letzten Konsequenz greift jemand gerne dann zurück auf die Vergangenheit. Dort macht sie sich nur selbst die Ehre, bietet dem Erinnernden die kalte Schulter und gibt kaum mehr die Wesensgründe her für den Verdienst. Dann fallen Ziele und Erfolge nur zusammen auf den Schlusspunkt, der die Dunkelheit ernüchtert.

Wer jedoch Erinnerungen an sein Tun stets mit sich nimmt zu einer Zeit, die eben erst die Gegenwart entlässt, der hat ein grundverschiedenes Verständnis von der Wahrung eigener Wahrhaftigkeit. Sie endet nicht am Eck des Zieles, sondern spannt dies auf zur Transparenz vorm *Licht im Dunkeln*, das den Zweck erleuchten mag.

Freie Philosophie vs. (Natur)Wissenschaft
(Von verträumten Versuchungen)

Wir fürchten sie, die unheimliche Unbeschreiblichkeit der philosophischen Gedanken um das weite Ende aller Welt - dem Sinn aus ihrem Anbeginn. Noch schlimmer sind daraus entspringende, oft flüchtige Ideen: Diese expandieren wild mit jedem Hirn auf dieser Reise aller Wesenheit durch Zeit und (T)Raum. *Und kollabiert uns der Verstand, was sind wir dann noch mehr als bloße Denkmaschinen für den Tag?*, so plagt es uns. Dann liegt nichts näher - um solchem Wust an Ahnung Einhalt zu gebieten -, als uns auf Konstatierung unsres wissentlichen Schaftes zu verstehen.

Dabei bedient sich selbst die Logik an den Grenzen hin zu jeder Singularität der gleichen, alten, schwachen Menschlichkeit - der Theorie. Perfide wird sie Ausgangspunkt, gestützt durch folgerichtig-wahre Relativität, die so verworren scheint, als ob ihr anberaumter Ursprung kaum entkommen kann. Man braucht ihn nicht mehr zu verschweigen als die Schwäche unseres Geistes - so fest verankert ihn bisweilen das Bewusstsein in der Welt.

Doch stürzt der Urknall nebst der Macht der schwarzen Löcher einfach auf uns ein, wenn wir sie lassen wo und wann sie sind, und uns um sie Gedanken machen, ohne ihnen einen Halt im All zu geben glauben?

Die Wissbegierde ist ein Phänomen, das einerseits im Rahmen der Erfassbarkeit der Dinge nützlich ist - nicht nur im Schauen, wie sie sind, doch nutzbar machend unsre Anpassung realer Existenz. Dann lohnt es sich, zu wissen, was es kostet, wenn man etwas davon hat. Auf der andern Seite kann das Geld unendlich langweilig die Möglichkeit per se beteuern, die die Wissenslücken tief im All verzehren. Wem nutzt es, wenn dort weisgemachte, märchenhafte Phantasien sie ins Bodenlose stopfen, außer dem Gefühl verklärter Wissenschaftsromantiker? In mathematischer Beglaubigung gewisser astronomischer Bekenntnisse kennt Kleinlichkeit der Hirnphysik fast keine Grenzen dunkler Annahme. Wahrlich Sagenhaftes inszeniert sich täglich aus den Shows der Lehre konjunktivisch uns entgegen.

Noch geht es uns zu gut, wenn wir uns Füllsel leisten, wo ansonsten jedes Leck zu teuer wird. Und wenn die wohl bezahlten Formeln nicht zum Endpunkt solcher Wahrheit reichen, sitzen Träume Teleskopen auf und zwingen Aliens in menschliche Gestalt - dreist protzend mit Wahrscheinlichkeit, die jede Überlegung philosophischer Natur schon längst der Wahrheit zugesteht - nicht mit Hilfe von versteiften Wissenschaftsmethoden, sondern mehr als Chanceergreifung schwadronierender Gedanken ohne Anspruch auf dieselbe, scheue Wahrheit.

Reduziert aufs Letzte
(Von der Legitimität, sterbenskrank für sich zu bleiben)

Dem Schrecken folgte Blut. Geschmack durchzog Umgebung des Geruchs; ich atmete sehr schnell als Antwort auf die Frage *Muss das sein?*. Es musste wohl, das Schicksal hatte seine Hand im Spiel, weil ich die medizinischen Prophetenregeln übertrat. Ich spuckte aus. Nun ging es los - bergab. Die Hoffnung stirbt zuletzt, schrieb einmal jemand, der es wohl inzwischen besser weiß. Egal. Doch gab ich nichts auf Rat und Tat verzweifelter Gesundheitsvisionäre, die mit Konjunktiven, Umsicht werfend, meine Ängste nicht verstanden und noch immer nicht verstehen.

Seitdem hat mich der Schmerz des Siechtums reduziert, auf ein kleines Pillenglück am Rande der Verewigung. Wie lange noch, spielt keine Rolle mehr; nur dass es da ist, nimmt der Hölle vor und nach ihm die Gewalt, um welche sich die Medizin gehässig in Behandlungsohnmacht sorgt: Wer renitent ist, braucht kein Mitleid; und wer mitgenommen wird im Leid, fährt wie er ist, das Gepäck aus Furcht und Zweifeln dort belassend, wo es niemand an sich nimmt - in Kissen zwischen jetzt und gleich. Ein Vorwurf der Verschleppung nutzt der Wut allein, doch Gründe dafür werden dem Diktat der Lebensüberwachung kaum gerecht. Es ist nicht, dass ich diese schmählich nun verachte, weil mein Hirn der Freiheit frönt; oh nein, ich danke der Gesundheit für die Jahre der Begnadigung von Anfang an in Normen mei-

26

ner Daseinspflicht. Ich möchte nur im Ganzen der Veränderung begegnen, nicht das Brennen meiner Angst in mir vergraben, und darüber Wissenschaft alleine mich verlodern lassen. Letzteres zerteilt mein Dasein zwischen Chancenschacherei in Not auf Raten, die ich nicht begleichen kann und will - auch wenn mich dies das Leben kosten sollte: Denn der Preis ist hoch wie nie, als dass ich ohne die Beleihung meiner Eigenheit ihn zahlen könnte.

Unabsehbar - noch - auf diese Weise ist das Fazit, doch ich finde mich darin in meiner selbst bestimmten Ahnung und authentisch im Kalkül der Schicksalhaftigkeit. - Und jetzt lasst mir die kurze Zeit, an alles das zu denken, was mir wichtig war und sein darf. Also Elend, mach doch, was du willst; ich schere mich nicht mehr um dich; ich hatte, was ich haben muss, um deinen jämmerlichen Akt zu überwinden.

Vom Innersten zum Äußersten
(Vom verlorenen Gedächtnis)

Wir bedauern jene, die allmählich tief in sich verschwinden. Uns Erinnerung verschweigend und verwehrend, nehmen sie uns Macht darüber, ihre Welt ganz
ohne das Bekannte zu verstehen. Leer scheint so ein
eingekehrtes Antlitz, und doch geprägt von der Erfahrung. Ist diese nur Vergangenheit, bedeutungslos, weil
wir fortan alleine Zukunft und Erinnerung mit unsrem
Herzschlag rhythmisieren? Finden lässt sich ungeachtet
unsrer Oberflächenrutschpartie im Spiel der Mimik sicher einen Halt, Geheimnisse zu lüften, ohne die Wahrhaftigkeit dahinter zu begreifen, zu ergreifen - denn das
ist es doch, dass wir befürchten, dass etwas verloren
geht. Aber diese Menschen leben vielleicht mehr, als
jede Wissenschaft vermuten mag, das Innerste - dem
Äußersten schon zugewandt.

Welche Freiheit schlummert im vermeintlichen Ge-
fangensein des Geists? Unsere Suche führt an weit ge-
reisten Lebenszügen im Gesicht entlang durch Augen,
die wie Weichen Wege in die Seele weisen, die zu uns
zurück nicht finden können. Oder doch? Dazu sollten
wir der Starre aus dem scheinbar stillen Kopf heraus
nicht abverlangen, was sich hinter Windungen im Inneren befindet: Folgen wir dem Blick zurück hinein, anstatt ihn außen vor mit Kopfschütteln zu kreuzen. Die
Bewegung der Pupillen ist es, und sei sie noch so mini-
mal, die unser Schauen leiten wird; ein Schauen gegen-

seitiger Betrachtung. Ist das Eis gebrochen, spielt sich schon das Augenlicht in Wechselwirkung gegenseitig zu: Es winkt uns, wenn wir es nur lassen, in den Freiraum, zu empfinden - dieser eigentlichen Kunst im Streicheln fremder Seelen.

Was wir dann erfahren, lässt sich nicht in Worte fassen, aber kann bedeutsam werden in Gewissheit, dass das geistige Alleinsein nichts entbehrt. Wenn dies sich darin fühlend findet auf einem weiten Feld der Seelenemotion - welches weiter sich erstreckt als körperliche Widerstände glauben machen können -, zwingt uns keine Sehnsucht, Selbstbedauern zu erschaffen. Es ist alles gut, solange uns durch solche Augen aus verschwiegener Entfernung nichts entgegen schreit - und unser Lächeln sich im Anflug vis-a-vis bewusstseinstief entgegenspiegelt.

Durst

(Was das Leben fließen lässt)

Wenn man lebendig innerlich zu brennen droht, vom Feuer tiefen Halses aus Verlangen sich verbreitet, welches Bauch und Hirn zur Einheit des Infernos werden lässt, dann ist es nicht der Hunger auf der Suche nach verfestigendem Stoff. Vielmehr lechzt die Trockenheit, die Antithese allen Lebens, nach dem Gegenteil, der geschmeidigen Verflüssigung zur Klarheit ohnegleichen.

Die Wissenschaft begründet Leben aus dem Wasser - ganz zu Recht, denn dieses nimmt sich, was es nutzen kann in seiner lebhaften Gestalt: den festen Stoff zu formen und als Medium den Organismus seiner Lebensfreiheit zuzuführen. Und diese Freiheit lebt so stark, dass sie sogar des Hungers sich bedient, um ihrem Dürsten Nachdruck zu verleihen. Umso mehr muss Flüssigkeit den Platz einnehmen, den ein Mangel daran lodern lässt. Und ist er einmal ausgefüllt, lebendig prall und voll von sprühendem Esprit, begegnet dessen Gönner seinem ärgsten Feind - dem Streben nach Verflüchtigung. Hier kämpft das Eine mit dem Anderen, das Dasein mit dem Vakuum um einen Fluss, dem jenseits jeden Feuersturms viel mehr an Feinsinn innewohnt.

Wen wundert es, dass wir als lebende Substanz am Fehlen unsrer Fließkraft in Zerrissenheit von Brand und Löschung berstend leiden: Was uns uns entwickeln lässt, ist stets ein Zank der Elemente. Und dazu braucht es nicht Verstand, noch ein verständiges Gefühl. Es liegt beim Körper selbst, der - vormals Blut geleckt, nun angezapft die Diskrepanz erfahrend -, auch noch Sucht aus dem Verlangen zieht. Denn alles, was das Wasser gibt, wird bald ein Teil des reinen Potenzials und spürt den Drang nach Selbstverwirklichung, solange das Bewusstsein davon zehren kann. Und trinken wir aus dieser Not heraus, wird Schluck um Schluck gewahr als ein Genuss, der seinesgleichen in der spröden Sättigung kaum findet, mehr noch: Letztere treibt manchmal ihr Pendant zum Wahnsinn. Erst wenn ein Gleichgewicht dies trägt - es nicht im Überfluss ertränkt wird, noch verdorrend dem vom Wind verwehten Staub anheim fällt -, ruht die Macht des Lebens in erfrischend klarer Harmonie, da sie von dort sich in die Lebenskraft ergießt.

Zentnerschwer

(Von der Individualität der Betroffenheit)

Was drückt eine zentnerschwere Last so tief, dass
nur allein die Schwerkraft der Betroffenheit dem Zug-
zwang eines Schicksals kaum genügt? Ist es hier die
Hysterie erwartungsvoller Einbildung, die doch dazu
imstande ist, dem Schlag zu spürbar wahrem Nachdruck
zu verhelfen? Finden sich im Umfeld des Verhängnisses
vielleicht Momente der Erinnerung und Hoffnung - aus
dem Wirbel durch die Zeit, nun um den Augenblick sich
windend und ihn weiter in die Tiefe ziehend? Sind es
schließlich Worte aus Gedanken, um die Masse des Geschehens überhaupt erst fassbar zu ertragen - gleichermaßen dem gefühlten Druck gewichtig Wissen aufzubürden; oder kann die Last aus sich in Willkür unbere-
chenbarer Hast an Wucht gewinnen?

Alles das kommt in Betracht und mehr - doch gerade
dieses Mehr scheint mir die Crux; denn der einfachen
Massierung einerseits steht anderseits Erleichterung
durchs Gegenteil ins Haus: die Hoffnungseuphorie - die
Berge nicht versetzt, jedoch das Land umher begehbar
machen mag -, Vergangenheitsbewältigung mit dem
Elan und Mut zum Abfang eines neuen Treffers und
nicht zuletzt die Worte, die das Unheil nicht beschrei-
bend drängen, sondern auf die Vielfalt andrer Meinun-
gen verteilen.

So ergibt sich resultierend stets ein Schwermoment - mal hier erhärtet, dort beschwichtigt -, immer aber leichter noch als der zutiefst erlebte Augenblick.

Da scheint etwas ganz unerreichbar durch das individuelle Sein zu wirken, das die Eingangsfrage nicht von Außen zu erfassen mag und wie ein Nachtritt der Verinnerlichung quält. Denn dieses nur kann mehr sein, als ein Schlag imstande ist, das Leben zu erschüttern; es dringt dabei in jede Faser des Gefühls und saugt die Fassbarkeit aus dem Verstand: gleichsam einem schwarzen Loch im Seelenwirbelsturm - welches alles schwerer macht, als es geschieht. Und ehe sich ein Außenstehender auch nur im Ansatz solchem Tiefgrund nähern kann, hat Letzterer das Schicksal absorbiert und hinterlässt gezeichnet eine Oberfläche im entsprechenden Gesicht, dahinter sich der einzig wahre, <u>individuelle</u> Schmerz verliert.

Alles ist Natur

(… auch was uns unnatürlich scheint)

Je mehr mir nun gewahr wird, wie wir alles überleben, was wir nicht zerstören dürfen und doch reizen Tag für Tag, umso weniger erscheint mir unser Handeln als bewusst zerstörerisch, als mehr naiv veränderlichend.

Natürlich war und ist Natur nicht reduzierbar nur auf Anspruch und Bewertung ihrer Kreaturen: Sie ist nicht schön, auch wenn der leuchtend rote Lavastrom entfernten Blicken Tod und Asche aus dem Zauber nimmt; sie ist nicht hässlich, denn was käme schon auf den Gedanken, dass der Wildwuchs, welcher ganze Landstriche befällt, ein Widerborst der Schöpfung sei. So wie Vulkan und Wildwuchs ihre Zukunft aus der Gegenwart durch Reaktion verändern, gar vernichten werden, schließt sich auch ans Handeln der vermeintlich höchsten Art wahrscheinlich nur ein zusätzlicher Endeffekt auf Zeit - einer von so vielen.

Wenn es eine Weisheit aus der Bibel gibt, die unbestreitbar ist, dann die, dass Staub zu Staub wird, ganz egal was in der Zwischenzeit damit geschieht. Wir selbst sind ja ein Teil davon mit allem, was uns innewohnt und einfällt, es zu ändern - inklusive der Substanz und Energie. Sie sind es, die uns bewegen, die wir bewegen, mehr noch, die wir neu entdecken als Erfindung unsres Seins. Die Möglichkeit, zu werden - ob Stein, ob Holz, ob Fleisch, ob ausgekochte Sauerei, dies alles liegt dabei in der Natur der Sache ganz allein, vermenschlicht oder nicht. Denn die Chemie stimmt immer, auch wenn es uns nicht passt. Wenn nun noch der Verstand als bisher einzigartiges und dennoch rein natürliches Konstrukt verstanden werden kann, dann ist auch alles, was daraus entsteht Natur.

Ein Unwohlsein darin verbleibt jedoch, das gerade dem Verstand entspringt, mit Warnungen, zu unterlassen, was uns nicht gefällt, was nicht natürlich sei und was uns gleichermaßen treibt. Es prellt uns immer wieder, auf der Kippe zwischen Wachstum und Verderben - unser Wuchern. Einzig die Geschichte, der dies alles widerfährt, bleibt still und nimmt die Dinge, wie sie sind - natürlich und nicht anders.

Unbegründbarkeit des Seins
(Wie unscharf ist die Wahrheit wohl?)

Wo kommt *ihr* alle her, die ihr mir zufallt Tag für Tag? Es sind so viele, die mein Hirn für eine Flüchtigkeit des Augenblicks besetzen, schnell vorbei und dennoch da gewesen. Wo führt es *euch* dann hin, aus Augenwinkeln fortgespült? Selbst wenn mein Kopf sich nach euch umdreht, ist der Muskel, ihn zurückzudrehen, stärker als Verschwendung weiterer Gedanken an das Schicksal dieser Welt.

Wo gehe *ich* denn hin - wie ihr durch mich? - Durch euch? - Was ist Standpunkt, was ist Umfeld? Alles eins, und doch so krankhaft scharf getrennt. Wer immer ich auch bin, wer ihr auch seid, wer wir - mal du, mal ich, in einem fast unendlich schnellen Wechsel vom Bewusstsein frequentiert - auch sind, es lässt sich kaum erfassen, ob die Weite für sich selbst um nur eine Individualrealität real sein kann. Den Einzelnen mag diese Frage zur Verzweiflung bringen. Da die Menge aller aber der Entfernungen bedarf, so scheint es sie zu geben, diese Wahrheit jenseits einer Entität.

Das fällt auf mich zurück, der dies noch immer nicht so glaubt, wie Zweifel an der Vielfalt bleiben. Denn Beweise durch die Annahme des zu Beweisenden als Führer des Beweises schönen nur die Logik bis zur Wiederkehr zu mir - zu dir - zu euch - da haben wir's: Die Welt dreht sich im Kreis und scheinbar ohne jeden Ansatzpunkt. Am Ende ist Realität zu allumfassend, als dass inmitten ihres Seins sich jemand *Eigenwahres* finden könnte. Wird Realität jedoch in einem Einzelnen bewusst, der alles andre drum herum als Zugehörigkeit bedarf, wie Luft die Kerzenflamme weiter leuchten lässt, dann stellt sich mir die Frage wer dies ist: Bin das ausgerechnet ich - welcher dies hier schreibt -, oder jemand anders?

Beides hieße aber, dass zutiefst in mir, beziehungsweise wem auch immer, in jedem Fall nur etwas sitzt, dass alles oder beinah nichts bedeutet: In dieser ungelösten Frage bleibt ein ICH nur eins von vielen, auf welche jeweils alles und zugleich jeweils ihr *Nichts* unsagbar oft zusammenfallen - auf eine Unbegründbarkeit des Seins. Und was wir einzeln uns ersuchen zwischen den besagten Gegensätzen, bleibt als ungeschärfte Wahrheit uns ein Spielraum in der Ewigkeit.

Der erste letzte Punkt
(Von der Dimension im Anfang und im Ende)

Wenn der Anfang und das Ende schließlich in dem einen, selben Punkt verschwinden, stellt sich mir die Frage nach der Dimension, die dort als Minimum unendlich klein verbleibt. War die Kugel ehedem das Maß der Dinge, als es um die Richtungsweisung expandierender Vergegenwärtigungen ging - unendlich rund -, schrumpft sie nun zusammen auf das letzte erste Körnchen Wahrheit. Dieses liegt allein in sich, doch muss ja sein und kann wohl kaum verloren gehen - wohin denn auch, wenn alles Nichts sich dort im Grenzen setzen unterbietet. Da schieben sich die Energien ineinander, ragt die Zukunft in Vergangenheit hinein, und Formen einen jedwede Gestalt. Also folge ich gedanklich mit der mikroskopischen Gewalt der Vorstellung, welche jenseits der Begriffe nach den Eigenarten sucht.

Da liegt er vor mir, weiter noch entfernt, als Theorien ihn verstehen, dieser so genannte Punkt; und er lässt sich auf mich ein, je mehr ich ihn verschwimmen lasse und in ungedachter Freiheit meinerseits die Grenzen seinerseits erfahren kann. Ich kann sie nicht benennen; doch viel wichtiger erscheint mir, dass ich dieses gar nicht will - so sehr ist es an sich und auch für nichts und niemanden gefasst. Dann sehe ich mich jenseits meiner Suggestion, verliere selbst Gestalt und finde mich bald wieder tief in diesem Nichtverstehen sinnloser Notwendigkeit, ganz ohne Weg dort hin. Alle Richtung schwindet, und der Punkt, der mich nun selbst enthält entpuppt sich als die Dimension an sich - vereinend Zeit und Raum wahrscheinlich nur als Bruchteil aller Möglichkeit.

Ein Gedankenspiel bleibt dies, und doch muss ich ihm folgen, hat es einmal mich gefangen, mir den Anfang und das Ende vorenthaltend, um die letzte Orientierung aus der Wahrheit zu entfernen. Es bleibt für immer Alles oder Nichts und dies in Einem - da und nicht da - bis irgendetwas wieder danach fragt.

Theorien

(Vom logischen Glauben)

Je mehr sich Theorien an die Logik der Zusammen-
hänge klammern, umso weniger verbleibt dem Denker
eine Möglichkeit, zu fliehen. Tief verknüpft er die <u>Ge-
danken</u> zwischen *Streben der Erkenntnis*, doch umwickelt
diese nur mit <u>jenen</u>. So verstricken theoretisierte Maschen sich im Netz der starren Wahrheit. Beides macht
mir Angst; die Maschen, weil sie zu beliebig von Verknüpfung zu Verknüpfung sich versprengen; und die
strukturierte Wahrheit als ein schräges Faktgerüst, Ideen
auseinander reißend, sind sie erst einmal darin verwirkt.

Was denn nun? Ich lebe in den Zwischenräumen,
falle mehr durch sie hindurch, als ich an Streben mir
den Kopf zerbrechen oder an der Seilschaft der Versuchung hängen bleiben kann. Das Wahre und das Zwischendurch verwirren dieses Vakuum: mein Vakuum
der Ignoranz. Ich denke also nicht? - Zumindest findet
dieses Denken keinen Halt, im Sinne jeglicher Bedeutung: Immer schneller schwindet das Gewirr um mich
herum und meidet den Kontakt in Konsequenz zu meinem Vorbehalt. Er ist es, der mir den Esprit verleiht
und mich verneinen lässt, ganz ohne Arroganz - denn
ich denke scheinbar nicht. Was dann schon bald passiert, ergibt jedoch genau so wenig Sinn in meinem Hirn
wie alles andere um mich - ich hänge mich nicht auf,
sondern pralle durch die Aufhängung des ganzen Appa-
rates - nichts und niemand hält mich in Wahrhaftigkeit
gefangen. Nein, ich denke wirklich nicht - ich lasse mich
erfahren durch das Sein, weil ich den Sinn nicht fassen
kann.

Jubelblasen
(Sterne sind wie Euphorien)

Vom Urknall der Pointe schießt der Jubel durch die neue, kurze Welt und reißt den Herzensstern aus einem Unverstand der Dunkelheit. Er giert wie wild nach mehr von sich und wirft sich in die Masse, durch sein Pochen diese weiter aufzuwühlen.

Schon zerplatzt die Lust daran die traumgeblähte Hülle des Geschehens. Alles scheint nun möglich, Blasen werfend noch und noch. Ums Zentrum der Minute kreist die Stunde Null und schleudert Lichtjahralltagsschnipsel schwarz und weiß auf Euphoriespiralen durch den Schwall nach außen, die Momente in Vergangenheit zerstäubend - wo kein Raum von heute dem von gestern unkenntlich begegnen mag. ES, im Zentrum dieses Wirbels, bleibt gefangen noch von Leichtigkeit der eignen Schwerkraft tief inmitten eines Lichtermeeres unter koronarem Massenauswurf, gleichsam einer Wunderkerze, die die Zukunft kaum erhellen kann.

Denn die Gegenwart scheint nicht begrenzt; sie führt sich dies- und jenseits solcher Prominenz ganz ohne Pomp im Dunkeln von Vergangenheit zur Zukunft; und sie holt das Funkeln ständig ein. Das erleuchtete Befinden dahingegen sonnt sich noch so lange in sich selbst, wie es als Mittelpunkt die Schwerelosigkeit beherrschen und ertragen kann. Erst dann - doch ganz bestimmt - verglüht das letzte Licht darum - vom Sog der Zeit verpufft und den Giganten jenem hinterlassend, das zuvor schon alles mit sich nahm und nachher mit sich nimmt - der Allmacht.

Gärten der Verdrossenheit
(Wenn der Herbst uns liegen lässt)

So allmählich, ja wie soll ich's sagen, schwindet etwas aus dem Feld. Die Bäume und das Gras sind da - und Früchte, zwar von vorgestern und abgefallen vom Geäst. Allein der Wind weht kühler um die leeren Blicke der Ernüchterung im Herbst der Zeit. Sie seh'n sich an - und zu - und zwinkern hier und da ein Grinselicht als Sonnenimitat.

Ich beiß' in einen sauren Apfel, kaum gereift und faul mit Wurm, der den Geschmack vermissen lässt, den gestern noch die heiße Luft mir aromatisch auferlegte. Ausgespuckt vermiss' ich nichts. Wo ist sie hin, die Lust zum Weilen in den Gärten der Verdrossenheit?

Zu müde, um zu sterben
(Das letzte Ende kommt erst noch)

Und wenn ich bald auch weichen muss, und scheuen darf die Anonymität der Stadt, dann weiß ich, dass ich noch nicht fertig bin. Der Tod alleine zwingt das Ende mir nicht auf. So sei er gern mein Gast auf meiner Reise durch die Zeiten.

Ich bin mir nur gewiss: Ich gehe, doch verlasse kaum die *aller*letzte Welt - auch wenn ich weggeworfen werde aus der großen Hand der Ohnmacht. Zu viel hat sich bisher in meinem Hinterkopf vergegenwärtigt, noch nicht passend in Strukturen meiner Gegenwartsgeschichte, doch der Sehnsucht eine neue Welt ins Buch geschrieben, längst. Seiten daraus habe ich gelesen, ja, und rausgerissen, bis die Überflussnotwendigkeit ihr Mindestmaß in Nebenhandlungen verlor.

Wo ICH mich schließlich finden kann, da werde ich mich niederlassen, einst ... und schaue auf, da ich das Buch erneut zur Seite lege ... Ist es noch nicht Zeit genug? Es ist schon dunkel ... und noch einmal schlägt die Stunde mir zum Schlafengehen? Ganz vielleicht ... Erneut zu müde, um zu sterben, runde ich die Träume ab von letzten Sonnenuntergängen um den Lebensabendgarten; nur mit dir auf Schaukeln, albernd uns erinnernd, bevor wir dann zusammen schlüpfen in das Blau der Ewigkeiten hinterm späten Gold.

Der Groschen fällt

(Von der Einsicht überrumpelt)

Da fällt er nun, der Groschen, noch bevor sein Klingen auf dem Grund Erkenntnisschmerzen reizt - wie ein Geräusch Migräne quält. Ein ganz bestimmter Bruchteil der Sekunde vorm Erfahren einer bitterbösen Wahrheit ist es, der zur Spitze der Empfindung auf dem letzten Stück der Ungewissheit führt - ein Schlag, den nur die Seele fühlt, nicht fassend den versagenden Verstand.

Im Moment des Einschlags selbst ist alles schon vorbei, das Denken alarmiert und die Erinnerung verquer. Vergrößern wir den Ausschnitt zwischen letzter Konsequenz und ihrer Folgerichtigkeit, entdecken wir unfassbar kleine Wirren aus Verzweiflung, Hoffnung und Bewusstseinsstürmen, und inmitten dieses Minimalkomplexes legt ein Punkt Gewissheit fest - gewissermaßen als Ereignishorizont von einer Wahrheit hin zur nächsten. Es ist die kleinste, unabänderliche Einheit des Geschehnisses an sich, unendlich kurz und endgültig, so dass allein die Zeitlupe verinnerlichter Rückempfindung nur ein wenig fähig scheint, den Fokus zu umkreisen. Treffen wird sie ihn wohl kaum, und das ist gut so, denn ist er einmal aufgespürt, verliert sich seine Eigenheit in Logik und Verstand. Dann nimmt die Seele ihn nur hin und nicht mehr mit.

Kollektivmelancholie
(Von der Gemeinschaft in der Einsamkeit)

Nun habe ich euch doch gefunden, die ihr eure Einsamkeiten mit mir teilt. Jeder, ganz für sich alleine, hockt in meinem Kopf und fragt sich, was sich mir ergibt. In welchen Köpfen spukt *mein* Geist? Ich spüre jeden Einzelnen als Wahrheit des Gefühls. Wo seid ihr denn jetzt wirklich, außer nur im kleinen Kreis des Miteinanders im Verstehen? Ich lösche alles Licht bis auf die Kerzenflamme dort am Fenster; trägt sie doch die Angst von mir zu euch und flackert sie im Windstoß fast schon heimelig zurück ... tief hinein in Schmerzen meines Herzens. - Ja, es schlägt mit eurer Zuversicht, dass unsre Angst uns eint; ein kleines Glück vielleicht in aller Unvernunft der Hoffnungseuphorie. Dann lösche ich auch dieses. - Jedoch dem Augenlicht allein bleibt Mut: Und schimmert es in diese Welt aus Himmelstod und Schattenjauchzen, weiß es sich gefangen in der Sicherheit der Vielen, die sich einmal wieder sehen.

Überwindung

(Vom Punkt, von wo es kein Zurück mehr gibt)

Wo liegt nun diese Grenze zwischen maximaler Hemmung eines Wagnisses zum Sprung und dem minimalen Willen, noch dem freien Fall zu widerstehen? Dieser Punkt wird in Sekunden der Entscheidung geistig schwingend mehrfach ins Diffuse überschritten. Das Herz treibt diese Schwingung an, beschleunigt durch die Nähe des verlockend tiefen Abgrundes. Dabei bleibt jedoch die wahre Schwelle stets im Lot des Gleichgewichts, das konsequenter droht, als der Gedanke es hinausgezögert sicherstellen könnte. So geht es hin und her, vor und zurück - vom klaren Standpunkt aus zur Suche nach dem Überwindungsdreh des letzten Halts.

Verkopft, so scheint die kleine Ewigkeit des Zauderns; und ein Ende wird kaum abzusehen sein, solange der Verstand sich ein Gefühl vorspielt, das einzig eben jenem die Kontrolle nehmen kann. So kippt der Wille zwar nach vorne, streift Empfindung, aber trifft dort nicht den wahren Kick. Erst wenn das Schwanken tief im Kopf den mittlerweile rasend schnellen Herzschlag in den Bann gelähmten Überkommens zieht - früher oder später durch den Selbsterhaltungstrieb bedingt -, findet sich der Puls gebändigt hin zu seiner körperlichen Not und lässt der letzten Zuflucht des Geschehens ihren Lauf. Und dieser, kaum vorhersehbar, fasst sich das längst entsagte Herz zum Sprung, wenn solches nicht im Augenblick zuvor in eine Sonntagshose rutscht.

Zu miserabel

(Von abgrundtiefen Gedanken)

Ich hätte nie gedacht, einmal Gedanken dieser Art zu hegen ... nie! Nein ... Niemals nie! Doch überkamen mich die Gründe dafür viel zu angenehm, als dass ich sie noch hätte ins Verständnis führen können; ein Verständnis, das dem scheinbar letzten Ausweg Steine in den selben legt und ihn von dort auf Fährten der Moral ins Irgendwo geleitet. Die Konsequenzen schießen umso schärfer aus verdrängter Zumutung und werden nun mit Unrat des Gehirns gespickt.

Allein, der Zorn kann nichts verändern, noch zerstören, noch befrieden ... er ist da in seiner Dreckigkeit - und dies bei solchem Wohl-Charakter aus verinnerlichter Toleranz. Ich sollte mich was schämen, oder? ... oder mich woanders hin vergessen, wo ich sein darf, wie ich bin ... ein Schädling der Interessen zwischen Gut und Schlecht - zu miserabel, um Prinzipien zu bestehen.

Divergierter Fortlauf
(Von Morgen ohne Zukunft)

Zu einem Zeitpunkt, da die Zukunft sich nicht länger aufbaut auf dem Anspruch einer rechtschaffenen Gegenwart, divergiert ihr Fortlauf zeitvermessen in die Gegenstände nur zum Ziel. Oh ja: Diese werden hinterfragt wie nie zuvor im Fortschritt sauberer Gedanken - welch Errungenschaft der Freiheit -; und umschleifend deren angeeckte Kanten, flutscht moderne Streitkultur durch die Verkeilung, welche so verweichlicht in Strukturen alter, harter Wahrheit klemmt.

Darin erlebt sich kaum die Welt, noch nicht einmal so, wie sie scheint - zart gebrochen ist indes ihr Licht durch keinen Anspruch der Verhärtung -, nein letztendlich bebt sie durch den Dusel des Gefühls, lässt sich die Logik ihrer selbst nicht aus der Bahn der Richtung nehmen. Und schon spüren wir in kleinen Spitzen zwischen all dem runden Vielerlei das Eine der Erinnerung, das sich nicht um- noch überwinden lässt: Die Ehrfurcht vor dem Schicksal nun als Angst vor dem Versagen.

Ehedem bot jene Sorge Sicherheit aus der Erwartung - bei allem Streben nach den Dingen, diesen niemals zu gehören, denn sie waren, was sie waren, nicht aus warmem Fleisch und Blut. Heute aber schützt kein Morgen mehr allein; vielmehr erzwingt Beliebigkeit das Irren viel zu schnell, als dass es sich auf eine Korrektur verlassen könnte. So sind wir denn der Spielball dessen, was wir

uns erhofft und jeweils unerreicht zum Popanz maxi-
mierten, ohne Rücksicht auf Verluste. Solches auf die
Dauer auszuhalten, schafft nicht Lebenskunst noch Lust
am Dasein; es produziert Notwendigkeiten aus Verlus-
ten der zerstreuten Perspektiven - ganz zuvorderst einen
Zwang aus garstigem Zusammenhalt.

Ich lasse los und falle nicht einmal, so fest zurrt dieses alles mich in Richtungen ganz ohne Wiederkehr ver-
lässlicher Erinnerung: Was einst gewesen war, das wurde auch; das, was wurde, ist nur kaum noch und wird
morgen irgendetwas anderes gewesen sein.

Was aus Romantik wird
(Vom Träumer, der es nicht lassen kann)

Ich habe keine Ahnung jetzt, nachdem Romantik splitternd meinen Kopf verlässt, wohin mich der Gedanke daran führen soll. Ich sammle Scherben farbenfroher Grundmelancholie, erkenne kaum noch Sehnsucht in den Mustern ihrer Schwingungen. Beschleicht mich die Verlustangst des Vergessens, oder was lässt mich trotz alledem die Teile zittrig aneinander fügen wollen?

Ich will noch einmal sehen, wie es war. Stück für Stück verklebe ich Erinnerungen mit dem roten Faden meines Lebens, doch sie halten ihm kaum Stand an jener Stelle, da ich sie an einen Nagel in verschachtelten Gedankenwänden hänge, die die Wirklichkeit ummauern. So traue ich mich nicht, den Blick zu lösen von verklärten Ansichten vom Glück; jede Rührung kratzt am Scheppern solchen Horizontbehangs. Dort geht es auch nicht weiter, denn ich muss mich ja bewegen, um die Mauern zu umschiffen, will ich ehrlich wissen, was dahinter kommen mag.

Und schweift die Suche nun umher, wenn auch nicht ganz das stückchenweise Brechen einer Illusion aus Augenwinkeln fallen lassend, greife ich doch eins davon im Fall und lasse mutig seinen Rest zurück. Dieses eine aber halte ich verschworen an mein Herz. Denn, nur wenn ich es nicht lassen kann, befindet sich ganz hinter dem, was ich so nach und nach umwinde, vielleicht ja jenes lang ersehnte Ganze, welchem just das Teil in meiner Hand noch fehlt.

Frequenzen
(Vom höchsten Ton im Kopf)

Kennt ihr das? Da ist es wieder, dieses weiße Rauschen, alle Sinne bald durchflutend. Je mehr die Stille und die Dunkelheit der Nacht sich ihre Wege durch den Konsens meiner Ruhe mit dem Tagesabschluss bahnen, macht sich jenes darin breit. Es ist noch stiller und noch dunkler als das schwarze Schweigen selbst - ein wenig nur, jedoch in Aug und Ohr als negativer Unterton im positiven Sinn vernehmbar. Der Klang ist unbeschreiblich - lautlos, hell und gleichmäßig zugleich, die Punkte so unendlich klein und nicht erleuchtet weiß auf schwarz auf weiß; alles unerschütterlich gediegen, sicher eingebettet in das Dämmern des Gemüts. Der eine Sinneseindruck zieht den jeweils anderen so tief in meinen Kopf, dass selbst die Mitte der Empfindung sich zur weiteren Zentrierung löst. Ich bin darin, in dieser Ouvertüre der Unendlichkeit, im Äther, der das alles trägt - und wenn ein neuer Tag mich ihm zu nehmen meint, dann ist er ein Impuls des Daseins. Dieses sendet sich auf einer ewig langen Welle, deren ultra-ultrakurze Schwingung die Frequenzen samt und sonders mit sich nimmt.

Vor die Hunde

(Der letzte Wille bleibt gewiss)

Wenn du nur lang genug zermürbt
am Boden deines Ackers kriechst
und keine brache Erde länger fressen magst,
weil sie dich mehr und mehr zum Wurm verwirkt,
dann ist ein jeder kahler Stein dir recht,
die Hand darum zu krampfen
und die Nägel splitternd samt dem Dreck,
der lange drunter brannte,
der Verzweiflung preiszugeben.

Wenn dein Gesicht sich kaum mehr löst
aus der Verklumpung des Erbrochenen,
ja fast schon übergeht in irdisch Fleisch und Saft,
dann pulst kein Blut mehr
um den Geist in deinem Krüppelkopf;
es bleiben nur Gedankenlachen
zwischen Windungen des Hirns,
einzig mit Gewahrwerdung des lang verbohrten Endes,
einen letzten großen Schmerz
durchs durchgebrachte Rückgrat treibend.

„Stehe auf du, Schwein!“,
hörst du noch Etwas rufen,
denn kein Mensch alleine kann so reden,
da er nicht die Masse der Entmenschlichung
auf sich vereinen kann;
er würde nur versagend mit den Schultern um sich zucken.

„Stehe auf, ein letztes Mal!“
Und aufgebäumt zerrt nur dein Wille
ungebrochen an den letzten Knochen.

Von jetzt auf gleich
(Vom Verlassen dessen, was geschah)

Wie viel passt in einen winzig kleinen Augenblick der Änderung? So klein, dass sich die Zukunft in Vergangenheit verschiebt und gegenwärtig der Verwunderung die Zeit darüber fehlt. Was geschieht in solcher Zwischenzeit, und was bleibt, wo es ist? Ich schau zurück vom Land zur Stadt - noch heute Morgen dort, schon heute Abend hier. Noch nicht mehr fassen kann ich dies ... aber nun der Reihe nach:

Die Straßen, ja, da halte ich mich fest, die vielen Gassen samt der ungezählten Wege kreuz und quer mit Zweck verbunden, führten mich. Wohin? Die Antwort darauf war die größte Hürde, denn um welche Ecke ich auch bog, ich sah nur neue Straßen, Ecken - eine mit ein wenig Heimigkeit und andre drum herum als Drehwurm solchen Kleinods. Dort geschah, was nichts verändert, dort blieb alles, wie es ist - Jahr ein, Jahr aus, bis heute wohl. Und der Blick zum Himmel riss die Mauerschluchten weit hinauf zu ihm - so unerreichbar und von Ausflüchten zu Hoffnungstümpeln ohne Horizont versprengt. Wie ein endlos langer und entscheidungsloser Morgen ohne Zukunft waren Tag und Nacht: Ein Schattenspiel, in welchem Mond und Sonne selten einen Strahl verloren, stets versterbend, ehe er mich hätte sonst wohin entführen können.

Lass los, lass los! Genau - so lief es weiter - ohne eigentlichen Grund - nein, nein, den gab es schon; er ging
bloß wichtig unter im Entscheidungsaugenblick. Was
immer mich entkommen ließ, es war nur eine Frage jener Zeit. Ein Zu-Fall der Wahrscheinlichkeit entführte
eine meiner Routen aus der Quadratur der Lebensräu-
mung an die freie Stelle der Erkenntnis. Von dort aus
schien das Firmament schon rund auf mich herab - mit
Platz genug für Mond und Sonne, Änderungen Licht zu
schenken -, gleichsam einem blauen See mit vielen Zu-
und Abflüssen so vieler alter Tage. Doch ließ er mehr
erahnen da, am breiten Ablauf durch die Baum be-
pflanzte Straße. Allein das Licht des Taggestirns, das wie
ein Schiff der Zeit den Kurs von Dämmerung zu Dämmerung nur jahreszeitlich korrigiert, nahm mir die weitere Entscheidung ab. Es verließ das Blau der Mittagswei-
le, stach in See und folgte eben der Bestimmung seines
Ziels durch die Allee zum Horizont des Sonnenuntergangs - zunächst ein Punkt nur, unbekannter Weite.

Meinem Schatten lief ich nun voraus und fand mich
ungehemmt wie nie auf einem breiten Strom im Sog, im
Kielwasser des Zukunftslichts. Aber in der Ferne vor
mir, da würde es mich bald verlassen, wenn ich ihm
nicht folgen wollte. Ja, ein wenig Angst davor war kaum
zu leugnen, dennoch war ich mittlerweile viel zu weit
vom Ausgangspunkt entfernt; eine Rückkehr in den
letzten Schimmer ohne Hoffnung kaum mehr möglich.
Dann, nach Stunden des sich allgemeinen Eingestehens,
offenbarte sich der Horizont vor mir als die Entfaltung
dessen, was sich eben noch mir einzig punktuell eröff-

net hatte. Nah, so nah war dieser weite Ozean des Abendrots. Dort wollte ich hinein, am liebsten mit nur einem Satz, schlussendlich ungestraft. - Doch überspringen konnte ich ihn nicht, den Fluss, dem meinen plötzlich in den Weg gelegt. Bedrohlich lag er da, real, zu kurz vorm Ziel mit schnellem Wasser, Spiegelbilder mit sich reißend. Was sollte dies Verquere noch?

Den Untergang der Sonne jenseits schon vor Augen, fürchtete ich Einsamkeit in letzter Stagnation, sich verfinsternd mehr und mehr. Ich blickte tief in diese Schnellen vor mir, doch ich konnte ihre Spiegelbilder nicht erfassen. Dann ersuchte ich das Himmelsmeer darüber mit geballter Kraft der Sehnsucht, die verbleibenden Minuten bis zum Ende mir allein zu überlassen - denn nur ich war ja imstande, sie zu nutzen oder nicht. Und die Zeit hielt inne für den einen Augenblick. Das genügte mir; ich fand mich wieder auf dem Wasser mit dem Rest der Sonne gegenüber; und ich nutzte den Moment als Brücke in ein Licht, das weiter- und nicht untergeht; denn dieser Fluss lief nicht verquer, er wand sich brausend nur, Vergangenheit und Gegenwart zur Zukunft zu verbünden.

Jetzt bin ich freigeschwommen hier, ja noch ein wenig dort, beinahe schon verlassend, was geschah - und gerade dies macht die Veränderung zum Wunder: Jahre lassen sich zurück in ungezählten Einzelheiten; entscheidend sind die oft vergessenen Minuten, denen all das innewohnt, und die im Nachhinein von jetzt auf gleich die Zeiten ändern.

Glücksdiktat

(Von Stimmungsmacherei)

In Wochen, da es gar nicht einmal ins Gewicht der Sehnsucht fällt, da wird er plötzlich ausgerufen, dieser eine Tag des Glücks - ein Punkt auf einem schmalen Grat des Schicksalsstrangs. So nutzt ihn schnell am Unglück anderer vorbei; weicht auf die Seite, die der Stimmungsgnom euch peitscht. „Los jetzt, macht schon, lustig fix!!", und er selber tänzelt leicht voran und balanciert die Tage wissend für sich aus. Ganz in der Ferne eurer Zukunft hört ihr ihn schon anders johlen von Betroffenheit und Gram; das alte Dur in frischem Moll. Es ist jedoch dasselbe Lied - ein Lied, das euren Gang zum Taumel der Beflissenheiten macht und jenen Grat im Ziel verstauben lässt zum Pfad verscharrter Spuren mit verstümmelten Profilen. Und wenn der Staub verwirbelt und verflogen ist, dann bleiben Glück und Unglück beiderseits des Weges nur durchstreift zertreten - nicht geerntet noch bewältigt.

Alltagswahnsinn

Der Alltag treibt ein wirres Spiel,
verrennt sich geistig mit Gefühl.

Nebelbankideen

Ein Teenager, der liest
(Wo Familienausflucht enden kann)

Mittlerweile hatte sich die Entfernung der eingebrannten Fettflecken auf dem Herd und im Backofen zu
einer schweißtreibenden Angelegenheit entwickelt. Hannes schrubbte wie besessen daran herum. Diese ekelhaf-
ten, schwarzen Dinger wurden mit jeder Kochorgie seiner besseren Hälfte mehr; kein Wunder, hatte er es doch
nach Wochen guten Zuredens aufgegeben, seinen Ehr-
geiz hinsichtlich einer im Großen und Ganzen sauberen
Küche zu befrieden. Auf diese Weise näherte sich das
Aussehen der nagelneuen Einrichtung rasch dem der
vorigen, welche immerhin 15 Jahre lang, durch die Hände einiger Mieter gehend, für das Erreichen eines ähnli-
chen Endzustandes gebraucht hatte. Die neuen Gerät-
schaften und Schränke waren erst einen Monat alt. Hannes schüttelte den Kopf und blickte die mit benutztem
Geschirr hoffnungslos überladene Arbeitsplatte entlang.
„Wenn dir die Küche nicht passt, kannst du ja auszie-
hen", hatte der 50-Jährige Schriftsteller die Worte seiner
Frau Xenia im Ohr. Immerhin hatte er es bis dahin geschafft, die Scheidung nun schon eine ganze Weile in
Betracht zu ziehen, und davon würde er auch nicht
mehr so schnell abrücken - nach Jahren des Zauderns
und Hoffens auf irgendeine Änderung.

Schnell und mit mittlerweile erfahrenem Handgriff
rückte Hannes einen Tellerturm auf der Spüle in eine
annähernd stabile Lage. Dieser war gerade auf dem bes-

ten Wege, sich samt einer vorgelagerten Gläsergruppe in Richtung Boden zu verabschieden. Dabei bemerkte der aufmerksame Hausmann einen Schatten, der hektisch hinter ihm vorbei huschte. Xenia schmuggelte den nächsten Wäscheberg hinter dem Rücken ihres Mannes in Richtung Waschraum. Es war ihm trotz seiner konzentrierten Plackerei am Herd nicht entgangen - wie auch: Dieses gebückt hastende und kaum zu einem Halt bereite Huschen war schließlich allgegenwärtig, wenn Xenia zu Hause war. Und dort verbrachte sie allmählich mehr und mehr Tage über die vergangenen Monate als in ihrem Amtsbüro, welches im Gegensatz zu ihrem Schlafzimmer wie geleckt aussah. Hannes war längst ins Gästezimmer umgezogen. Dort schlief er und arbeitete an einem Telearbeitsplatz und trug so - wenn auch einen eher geringen Teil - zum Familieneinkommen bei. Im Moment jedoch streikte seine Internetverbindung, und er hatte Zeit, sich so etwas mehr als sonst dem Gröbsten im Haushalt zu widmen. Xenia war mal wieder krank geschrieben: Burnout - und das nahm sie durchaus locker hinsichtlich ihrer mittleren aber gesicherten Stellung im öffentlichen Dienst. Jedoch war sie zuhause voller Tatendrang und ließ diesen Tag erneut zu einer emotionalen Geduldsprobe für Hannes und ihren gemeinsamen Sohn Sven werden.

Es klingelte an der Haustür; Sven war von der Schule zurück. Xenia hastete wortlos an Hannes vorbei, noch ehe der sich aus seiner gekrümmten Haltung unter der Dunstabzugshaube lösen konnte, um seinen Sprössling zu begrüßen. Dies nahm ihm Xenia Sekunden später in überspannt-herzlicher Manier ab; man hätte meinen können, sie hätte ihren Sohn über Jahre hinweg nicht gesehen. Die Stimmung kippte jedoch augenblicklich, nachdem Sven seiner Mutter einen Brief überreicht hatte, den er beim Nachhausekommen vom Postkasten mitgebracht hatte: Eine der üblichen Zahlungserinnerungen - diesmal von der Telefongesellschaft, wie Hannes beiläufig aus dem Geplänkel an der Haustür vernehmen konnte. Zudem brachte Sven Xenias frei flottierendes Tageskonzept durcheinander. Gleich schon beim Empfang wollte er sie auf den gemeinsamen Shoppingnachmittag festnageln - welchen Xenia ihrem Sohn als Belohnung für irgendeine gute Zensur versprochen hatte -, anstatt die mütterliche Begrüßung mindestens genau so vehement zu erwidern wie sein Gegenüber.

„Stress mich jetzt nicht auch noch", hörte Hannes seine Frau den Jungen ankeifen, „geh erst mal nach oben, wir machen uns später einen süßen Nachmittag."

Hannes griente über dem Herd vor sich hin und pustete schwer aus. Er hörte die trotzigen Schritte seines Sohnes die Treppe nach oben stapfen; gleichzeitig rannte Xenia ihrem Mann auf dem Rückweg zum Waschraum fast in die Seite, als er sich aus seiner beengten Haltung hervorkramte. „Du bist aber auch immer überall", zischte sie nur kurz, ließ einen Briefumschlag in ihrer Morgenmanteltasche verschwinden und sich selbst im Waschraum, welchen sie demonstrativ und relativ lautstark hinter sich schloss. Sie war geladen, kein Zweifel. An diesem Morgen war ihr zusätzlich noch vor Schulbeginn die Geografiehausaufgabe von Sven in die Quere gekommen, die der Vierzehnjährige in guter Hoffnung auf das Organisationstalent seiner Mutter eben dieser überlassen hatte. Entsprechend schlecht war der Einstieg in den Vormittag, nachdem darüber mit Hannes eine sich im Kreise drehende Diskussion eine Schneise der Zermürbung durch die Gemüter gesägt hatte - nicht zum ersten Mal. Als Revanche auf Hannes' Unnachgiebigkeit in dieser Sache fuhr Xenia ihm nun während der Hausarbeit ständig in die Parade. So empfand er das jedenfalls. „Das läuft alles nicht ohne mich", zischte sie seitdem ununterbrochen Türen knallend vor sich hin.

Hannes gab auf, die porentiefe Reinheit der Herdplattenrillen anzustreben. Er machte sich lieber daran, den Spülberg der letzten 12 Stunden abzuarbeiten. Das monotone Rauschen des Wäschetrockners nebenan ging derweil nahtlos in ein jammerndes Hin und Her einer schon ziemlich ausgeleierten Waschtrommel über. Xenia kreuzte erneut mit hängenden Mundwinkeln über einem getrockneten Wäscheberg Hannes' Dunstkreis; diesmal ohne Zusammenstoß. Sie donnerte, es ihrem Sohn gleich tuend, die Treppe hinauf ins Obergeschoss und verschwand in ihrem Schlafzimmer. Ein Schlüssel drehte sich; Hannes atmete auf, denn dieses Geräusch deutete auf eine längere Abwesenheit seiner Frau hin. Sven ließ sich nicht blicken und schmollte wahrscheinlich noch immer in seinem Zimmer. Woher all diese Wäscheberge nur kamen, rätselte Hannes oft, so viel konnte man doch gar nicht auf einmal anziehen. Und wie dies und anderes auch, blieb es für Hannes ebenfalls unerklärlich, wie innerhalb eines Tages fast das gesamte sechsteilige Geschirr, drei Töpfe, jede Menge Trinkgläser und eine Pfanne den Abwasch bereichern konnten - und das nach einem gewöhnlichen, simplen Toastfrühstück am Morgen, gefolgt von einem ebenso einfachen Spaghetti-Käse-Ketchup Mahl am Mittag.

Hannes begab sich ins Wohnzimmer, nachdem die erste Spülmaschine des Tages gefüllt war; er seufzte über den sich dort ständig ansammelnden Krimskrams seines Sohnes. Vom Obergeschoss vernahm er ein ununterbrochenes Klopfen. Xenia saß offenbar an ihrem Computer und traktierte die Tastatur. „Hoffentlich macht sie endlich mal die ausstehenden Überweisungen", murmelte Hannes vor sich hin, „ich habe überhaupt keinen Überblick über unsere Finanzen. - Ach, geht ja gar nicht", winkte er dann ebenso zu sich selbst redend ab, „die Internetleitung ist ja noch gesperrt." Hannes hatte sich seit geraumer Zeit angewöhnt, laut zu denken, wann immer er für sich alleine war und sinnieren konnte; die Stille seiner Gedanken vermochte ihm nicht weiter zu helfen in all der hausgemachten Misere; und das sich selbst Zureden setzte zumindest Zeichen, nicht zu vergessen, dass etwas nicht stimmen konnte. „Alles hat sie doch an sich gerissen", resümierte Hannes weiter, aus dem Panoramawohnzimmerfenster in den verwilderten Garten schauend, „ aber das BGB wird auf meiner Seite sein - irgendwann, und dann bekommt diese blöde Kuh die Quittung für ihr narzisstisches Gehabe … die gehört doch eingeliefert." Seine Stimme wurde lauter, und er fühlte, wie sein Herzschlag sich beschleunigte. Eine Tür ging in der oberen Etage. „Wie ein Elefant", würgte der genervte Hausmann seine aufkommende Aggression ab, horchend, wohin sich die dumpfen Schritte über ihm wohl bewegten. „Aha, jetzt beginnt der ‚süße' Nachmittag."

Kopfschüttelnd suchte Hannes den Kram seines Sohnes im Wohnzimmer zusammen und verstaute das Zeug in einer Kiste, welche er gleich zum x-ten Mal in Svens Zimmer transportieren würde. Da oben wurde es still, und er hörte förmlich die Lästersprüche seiner Frau, die als Auftakt die an den Haaren herbeigezogene Gemütlichkeit zwischen Mutter und Sohn garantieren sollten. „Was soll's." Hannes pfefferte noch eine herumliegende CD in die Kiste und stieg dann langsam hinauf ins Obergeschoss. Manchmal kamen ihm seine Gänge durchs Haus so überflüssig wie redundant vor. Er war noch nicht vor dem Zimmer seines Sohnes angelangt, da flog auch schon die Tür auf und Xenia stürmte wutentbrannt heraus und an Hannes vorbei - mit einem ‚In diesem Ton sprichst du nicht mit deiner Mutter' auf den biestig verzogenen Lippen. Im Hintergrund winkte Sven betont lässig ab, irgendeinen pubertären Satz monologisierend und wahllos in einem seiner Schulbücher blätternd. Sein heran trottender Vater allerdings erschrak ob des plötzlichen Ausbruchs aus der Höhle der Löwen, wähnte er doch eine Friede-Freude-Eierkuchen-Runde darin. Dabei stolperte er über die erhöhte Schwelle zum anvisierten Zimmer und konnte seinen Sturz nur durch das Entgleitenlassen der Kiste aus seinen Händen abfangen. Diese kam scheppernd vor Svens Füßen zu liegen. Der Sohnemann schreckte seinerseits in affektierter Manier derart von seiner kaum vertieften Lektüre auf, dass sein dadurch provozierter Tränenausbruch seiner noch nicht ganz um die Ecke verschwundenen Mutter nicht entging. Blitzartig machte sie kehrt wie auch ihre Stimmung, und beide hasteten ihrem jeweils aufgelösten Pendant entgegen. Xenia positionierte sich neben ihrem Sohn, nahm den Greinenden in die Arme und hielt schützend ihre Hand vor seinen Kopf.

„Entschuldigung, aber …was … was soll das Theater?", stammelte Hannes entgeistert in die zu einer Front geschlossene Rührungshysterie, „ich wäre hier fast mit dem ganzen Kram hingeschlagen."

Xenia ließ das Wasser weiter in ihren Augen steigen - fast bis zum Überlaufen - und ihr Mund zitterte unter den wie in einer Erlösung hervorgebrachten Worten: „Aber siehst du denn nicht … das ist ein Teenager, der liest."

Panische Schritte
(Von der Angst gefesselt)

Die Strecke war nicht lang, einen halben Kilometer vielleicht. Und doch war es die eine mehr oder weniger tägliche Herausforderung der besonderen Art, welche damit gewichtig aus 500 Metern 1000 Meter oder mehr werden ließ; denn der Rückweg war mitunter umso unkalkulierbarer, je einfacher der Hinweg unerwarteter Weise gelang. Und zurück musste ich ja auf jeden Fall, da führte kein Weg daran vorbei. Was im Frühling aus der Bahn werfende Winde, im Sommer Atem raubende Hitze und im Herbst ein Gemüt unterwanderndes, nasskaltes Wetter ausmachen konnten, bürdeten meiner Bedrängnis im Winter zusätzlich eine oft lähmend hohe Schneedecke und Kälte auf. So auch an diesem Tag.

Nachdem ich bereits in der vergangenen Nacht mehrfach unruhig erwacht war, um mir durchs Schlafzimmerfenster ein Bild vom bedrohlichen Schneetreiben auf der Straße zu machen, wurde nun, gegen acht Uhr in der Früh, das ganze Ausmaß meiner Befürchtungen bestätigt. Kniehoch gleißte die frische Schneedecke ums Haus unter einem wolkenfreien Himmel im noch nicht verloschenen Licht der Straßenlaternen. Dahinter auf der Straße sah es nicht viel anders aus. Für einen Krankenwagen wäre dort im Notfall kein Durchkommen gewesen, und die Räumfahrzeuge hatten bestimmt wieder genügend Schneemassen auf den großen Stadtstraßen und Autobahnen zu bewältigen. Vor Anbruch des Nachmittags würde sich dahingehend vor meinem Haus

am Stadtrand kaum etwas tun. Kinder stapften ihren gewohnten Gang gut eingepackt in Richtung Schule, gefolgt von ihren Eltern auf dem Weg zur Arbeit. Es erschien mir so einfach von meinem kuscheligen Fensterplatz in der Küche aus, wie sie da draußen einzeln oder
in unbeschwerten Grüppchen, ohne auch nur einen Gedanken an Arges zu verschwenden, ihres Weges gingen.
Alleine die Atemwolken aus ihren Mündern machte mir
bewusst, wie sehr ihre eisige Umgebung sie vereinnahmt
hatte - eine beklemmende Vorstellung. Und doch, es
half nichts, ich musste ausgerechnet an diesem Tag los;
es hing zwar nicht meine Existenz davon ab, aber der
Kühlschrank gab nur noch ein paar karge Reste her, die
auf einen weiteren Tag zu strecken, kaum mehr möglich
war - und wer wusste schon, wie das Wetter einen Tag
später sein würde und - was noch viel wichtiger war - in
welcher Grundverfassung ich mich dann befände. Das
Stimmungsbarometer an diesem Tag zwang mich zumindest nicht von vorneherein in die Knie - die Aus-
flüchte waren ausgereizt, und es blieb mir keine andere
Wahl.

Über meine Puls steigernden Gedanken hatte ich,
wie meist, die routinemäßigen Erledigungen des Morgens kaum registriert, und so stand ich, mir dessen eher
unerwartet gewahr werdend, schließlich fix und fertig
und mit dem Notwendigsten ausgerüstet in der Haustür.
Ich hatte diese gerade geöffnet, noch die Wohnung mit
ihren versichernden vier Wänden und deren Wärme im
Rücken, da ergriff auch schon die dreiste Kälte von meiner Empfindung Besitz mit einem ersten schwächenden

Schlag ins Gesicht und ließ meinen Herzschlag erneut
ansteigen. Das war ein eher schlechter Ausgangspunkt,
der eindeutig an meinen Kontrahenten ging - die Angst.
Noch einmal tastete ich meine Manteltaschen nach allem Wichtigen ab: Geld, Schlüssel, Traubenzucker,
Kreislauffläschchen und Mobiltelefon mit voll gelade-
nem Akku. Die Tür fiel ins Schloss, noch bevor ich ein
weiteres Mal einen Rückzug in Erwägung ziehen konnte. Der Morgengruß meiner auf der Straße vorbei
schnaufenden, 70jährigen Nachbarin lenkte mich für einen Augenblick ebenso sehr ab, wie die Gewissheit, ihr
nun doch folgen zu müssen, mich meinem Schicksal
aufzwängte. Was die alte Frau schaffte, musste doch für
mich eine Kleinigkeit bedeuten. Aber schon die wenigen
Meter hin zum eingeschneiten Gartentor erwiesen sich
mit ihren vielleicht 15 Schritten als äußerst hartnäckige
Distanzbewältigung bezüglich der finalen Überwindung,
den Weg nun vollends anzutreten - 15 Schritte von ca.
750 je hin und zurück. Ich hatte sie bereits einmal
durchgezählt, zur Ablenkung auf meinem Heimweg
vom Supermarkt, als mich das Unbehagen aus heiterem
Himmel überfiel; tückisch, nachdem ich den Hinweg bei
angenehmen Temperaturen und auch den Einkauf selber, inklusive Schlange an der Kasse, meisterhaft bewältigt hatte; aber solche Vorschusslorbeeren heilen nun
mal nicht, was erst bezwungen werden muss.

Ich blickte die Straße entlang. Den Supermarkt
konnte ich gut auf die Distanz erkennen. Der Schein
seiner Lichter reichte sogar fast bis in die Biegung hinein, an welcher sich mein Haus befand - er lud mich

quasi ein, schon dort zu sein, ohne auch nur einen weiteren Schritt wagen zu müssen. Das war mir eine große Hilfe. Eigentlich hasste ich es, in der Dunkelheit oder Dämmerung loszugehen. Allerdings erschien mir mein Ziel aufgrund der Lichtverhältnisse so früh am Morgen viel eindeutiger und berechenbarer als zur normalen Tageszeit, da die Umgebung um mich herum nicht selten im orientierungslos belichteten Taumel meiner Befürchtungen verschwamm. Auch war zu solch frühem Zeitpunkt an den Kassen nie viel los und so das Risiko eines Kontrollverlustes des Verstandes im Zwang der Warteschlange zu vernachlässigen. Allerdings gab die Kälte nun ihr Bestes und erinnerte mich unbarmherzig an ihr Pendant im Kühlschrank. Auf ging's also, und bereits nach einigen Stapfern wurde mir klar, dass ich unter den erschwerten Bedingungen kaum mit 750 Schritten hinkommen konnte. Ein wenig schien die Situation sich schon gegen mich und meine Beschwichtigungsressourcen verschworen zu haben. Immerhin hielt sich das Herzklopfen in Grenzen ... noch. Ich begann trotzdem zu zählen, denn mir war, als ob da ein kurzes Flackern vor den Augen auf eine drohende Unterzuckerung hinweisen wollte. Bewusst atmete ich nur so kurz ein, dass es gerade zur Sauerstoffversorgung des bewegten Körpers ausreichte, und umso länger wieder aus, um einer aufkommenden Hyperventilation entgegenzuwirken. Das war eine echte Gratwanderung der Balancesicherung, welche die eigentliche, zurückzulegende Distanz noch einmal mental verlängerte.

Jetzt bloß nicht hineinsteigern. Es galt nun, jeden vollzogenen Schritt als Erfolg zu werten und nicht als Spiel mit einem Feuer, welches mir ein gewisses magisches Denken schon allzu oft eingeredet hatte - ein lächerliches Vorhaben und kaum zu verwirklichen. Zweihundert, noch nicht einmal die Hälfte, dachte ich, als die Kälte, wie zu erwarten war, begann, durch die Ritzen meiner Kleidung zu kriechen. Sie untermauerte von dort aus langsam aber sicher den schleichenden Energieabfall, bewegungs- und gedankenbedingt. Meine Extremitäten in dicken Handschuhen und Stiefeln schwitzten kalt vor sich hin, bereits taub und ausgesaugt vom Zentrum dessen, was meinen Willen längst in Besitz genommen und mir die Zügel des Geschehens quasi aus der Hand gerissen hatte. Auch der Puls lief mir schon wieder voraus, als wollte er den Rest meines Dahingehens gar nicht erst abwarten. Zweihundertfünfzig - ich hörte auf zu zählen; es verbrauchte nur zusätzliche Kraft. Ich hatte den Eindruck, dass sich meine Schritte ohnehin verkürzt hatten und sich permanent in die Quere kamen; auch erschien mir der Supermarkt plötzlich immer noch genau so weit weg wie zum Beginn meines Aufbruchs; schlimmer noch, er begann sich schlagartig aus diesem Gedankenblitz heraus noch weiter zu entfernen; und dabei zog er unwillkürlich die Umgebung um mich herum aus den Fugen der Realität. In diesem Moment hatte ich schon verloren, und es gab kein Halten mehr für den Körper und das Gedankenkarussell. Gewissermaßen auf der Stelle tretend, bahnten sich meine bleiernen Beine wie von selbst einen Weg irgendwohin, mit der kollabierenden Psyche im Schlepp. Wie machten sie das bloß? - Ich war irgendwo dazwischen, bei der Suche nach dem Wendepunkt Verknüpfungspunkte zu verlieren. - Wo blieb die Wende? Extremer war es doch noch nie und konnte es auch kaum werden, schoss es mir mit dem inzwischen rasenden Blutstrom durch die Adern ins Gehirn. Angesichts der drohenden Depersonalisierung musste es sich schließlich entscheiden zwischen Ohnmacht oder Mut zum Sein. Die augenblickliche Hitzewallung in meinem Gesicht verkochte gleichsam mit der Kälte auf der Haut zu einem Vernichtungsgefühl - einer sich schnell durch Mark und Bein ziehenden Kurzschlusssensation. Noch schwirrten die Geräusche und die Lichter um das Wurmloch meiner Angst, und hätte ich ihnen endlich folgen können, ich hätte es getan, um des lieben Friedens Willen; doch in dem Moment, da mich die Wut darüber nach außen riss und meine Schwäche mich liebend gerne verschlungen hätte, kam die Welt auf einmal wieder still daher - wie aus dem Nichts.

Die Kräfte waren dort, wo sie hin gehörten, mein Atem folgte mir allein, und mein Kopf war weit genug vom Herzen entfernt, um seinen Schlägen zu entgehen. Diese zogen mit dem Gewittersturm der Sinne genauso schnell ab, wie sie gekommen waren, hin zu erträglichen Nachwettern meiner Beruhigung. Lebbar, alles leb- und überwindbar, wie die Schritte, die ich wieder spürte und die mich in einem Moment der stolzen Hoffnung über diesen ganz normalen Wahnsinn meines Lebens trugen - vielleicht nur im Auge eines Sturmes oder aber in ein wechselhaftes Tageshoch.

Etwas Normales

(... scheint es nicht zu geben)

Sooo! .... Ihre Bewerbungsunterlagen sehen ja sehr gut aus. Lückenloser Lebenslauf, spitzen Erfahrungsbasis, perfekte Referenzen ... dabei das Ganze unter 40 ... Im Ausland waren Sie auch, Schweden, Norwegen ... nun ... was will man mehr ... von mir aus ...Willkommen in unserem Haus ... Hmm ... aber warum das Arbeitsamt gerade Sie als schwer vermittelbar einstuft ... Sachen gibt's.

Ich weiß ... tut mir Leid.

Es tut IHNEN Leid? Da können Sie doch nichts dafür, wenn jemand auf irgendeinem Amt sein Handwerk nicht versteht.

Doch, das hat wohl seine Richtigkeit. Die Sachbearbeiterin dort trifft keine Schuld.

Bitte ... wie soll ich das verstehen?

Dass ich Ihrem Anspruch scheinbar genüge.

Was wollen Sie damit andeuten? Sicher genügen Sie dem Anspruch ... ich würde sogar sagen, beinahe mehr, als ich erwartet habe ... aber das wird noch.

Genau darum tut es mir Leid.

Ja ... wollen Sie die Stelle nicht annehmen ... mehr kann ich Ihnen kaum bieten ... also gut, ich lege noch

500 Mäuse brutto drauf ... daran soll's nun wirklich nicht liegen ...

Eben doch ... das macht es nur noch schlimmer.

Sagen Sie ... ist Ihnen nicht gut?

Oh, danke der Nachfrage. Ich fühle mich völlig wohl. Ich bin satt, klar im Kopf und heute Abend ... mal schauen.

Ha, ha! Ganz recht, ich sehe schon, Sie müssen sich erst einmal akklimatisieren, was? - Ha, ha. Heimatland - Schweres Land. Ha!

Habe ich schon, danke nochmals. Es ist nur ...

Na, raus mit der Sprache ... ich habe immer ein offenes Ohr für meine Mitarbeiter ... Ach, Frau Dienlich, bringen Sie doch bitte mal das Sektchen.

Nein, danke, ich trinke nicht ... em ... ich wollte eigentlich nur sagen ...

Ist schon OK ... Hand drauf.

Nee ... Ich, em ... suche im Prinzip etwas ... Normales.

Normales? ... Frau Dienlich ... den Sekt noch mal in den Kühlschrank bitte ... Normales ... Normales ... Ich ... wir hier, bieten Ihnen einen Top-Job ... eigentlich das Normalste auf der Welt ... sollte es jedenfalls sein für so einen wie Sie.

*Das ist es ja: So einer wie ich sucht nicht das Normalste, sondern etwas Normales; ich habe seinerzeit eine normale Ausbildung gemacht, normal gearbeitet und suche nun wieder eine ganz normale Arbeit; eine **A**nnehmbar **R**eelle Beschäftigung **E**hrlichen, **I**ndividuellen **T**uns ... und keine **J**ähzorn **O**ptimierte **B**uckelei, keinen Job .*

Ja was denn nun? ... Und Ihre Unterlagen, die bezeichnen Sie wohl auch als normal, wie?

Da, wo ich her komme, war das durchaus normal ... ja doch, machbar.

Entschuldigen Sie ... aber so langsam kann ich das Ganze nicht mehr ernst nehmen.

Nein ... keine Ursache ... ich entschuldige mich ... ich habe Ihren Ernst zu lange in Anspruch genommen.

Konversion
(Steh' auf, wenn dir dein Leben liegt)

Noch sitze ich, gelähmt von der Vergangenheit, geführt in eine ungewisse Zukunft und nun der Gegenwart des Meeres gegenüber. Eine lange Reise war es, tief aus meinem Landesinneren heraus, nachdem ich mich schlussendlich durchgerungen hatte, letzte Geld- und Kraftreserven einzusetzen für ein kurzes Glück. Und in der Tat, obwohl ich müde bin wie selten sonst, ergreift mich dieser Augenblick, getragen von den Wellen und dem Duft der Gischt. Ich scheine mit der Antwort konfrontiert, und meine Frage will ihr kaum noch widerstehen. Dort hinter mir, da träumte ich von Wundern dieser Welt. - Und vor mir? ...

Die, die um und für mich liefen, Jahre lang, - immer kläglichen Versuchen meines Schicksals einen Schritt voraus -, taten alles, dass ich träumen durfte, dass ich bleiben konnte, bleiben musste und auch blieb. Sie hielten mich mit ihrer Sorge lieb und fest an einer ungelenken Stelle meines Lebens. Oder war es vielmehr ich, der sie bewog, zu wahren, was ich selbst nach einem Schicksalsschlag vergrub? Am Anfang waren es Geschichten, die sie mir erzählten, welche meinen Geist beweglich hielten. Doch die Euphorie darüber, wohin mich solcherlei entführen könnte, lief mir stets davon und ließ mich sitzen in vergrämter Phantasie. Wie gehässig kann ein gut gemeinter Denkanstoß wohl sein, wenn er Gedanken dann links liegen lässt, weil diese sich dem Traum allein verschreiben und bewegungslos vergehen?

75

Ein solches Rollstuhlleben auf der Stelle scheint unendlich lang. Immerhin erzwang das Dasein eine Grundmobilität, wollte ich der Konsequenz des Schlusspunktes nicht gänzlich unterliegen. Und so konnte ich die Wünsche bis zu jenem Grad erfahren, der im Kreise dennoch wiederkehrt: Ein kleiner Trost des Selbstmitleids auf einer Achse, der ich aufgesessen war, anstatt mich um die meine zu verstehen. Dennoch - so umschlungen mich die Mauern der Erwartung auch verwahrten, war es stets das Wasser in der Ferne, das an meine Geistesfesten brandete, mich hinzog, meinen Horizont zu unterwandern. Der Magie der unbeugsamen Weite dieses Elements kann selbst der Boden nicht entgehen, wenn er alle Schwerkraft an sich fesseln mag.

Und nun, ausgesessen das Symptomphantom, gerädert und bewegungslos zu sein, lockt mich eben diese Weite. Animierend schäumt das Wasser nah an mich heran und reizt den Willen, ihm zu folgen, wenn dieses kurz danach erneut in Freiheit geht. Es zieht mich förmlich hoch aus meiner Lethargie und nimmt der Hinderung die Macht. Was mich umgab, zerfällt zu Schaum und sickert in den Sand, von einem leichten Wind verweht. Derselbe streichelt mein Gesicht, befreit es von dem Fieber zwischen Ohnmacht und Verlangen, als ich plötzlich aufrecht stehe und den Schritt ins Leben wagen kann. Und diesen einen Schritt genieße ich: Ich gehe, laufe, renne ihn, gerade weil sein Ende mich nicht halten wird, die Dinge zu verstehen; dann muss ich nicht mehr zaudern, denn mich führt ja, wie es geht.

Ausgelatscht
(Spurlos immerfort)

Gestatten - Ausgelatscht.

Ausgelatscht? So heißt man doch nicht.

Ich bin aber so.

Tja, wo kämen wir denn da hin, wenn jeder seinen Namen nach Gutdünken wählt. Man heißt ja, wie man eben heißt.

Na, ich heiße eben so, wie ich bin; da kann ich auch nichts dafür.

Ach, Sie hießen immer schon so?

Ja, und so bin ich auch.

Schlimm. Da sind Sie wohl nicht weit gekommen.

Gelaufen ... oh doch, ich bin ziemlich weit gelaufen.

Wie auch immer ... Und jetzt?

Nichts weiter ... Bin einfach ausgelatscht.

Also, wenn ich ehrlich bin ... seien Sie mir nicht böse ... irgendwie kann man es auch sehen.

Ach ja? Und was sehen Sie da?

Nun, mir scheint, es fehlt Ihnen ein gewisses Profil.

Komisch, nicht wahr? Dabei bin ich doch so weit gelaufen ... so unglaublich weit. - Zuerst herum, ... auch mal weg, hier und da, ... und schließlich davon.

Hmm ... und wohin?

Selten

Das tut mir leid ... Ich wollte Sie nicht ...

Das muss Ihnen nicht Leid tun ... Noch bin ich ja nicht angekommen.

Ah, Sie laufen also weiter. - Und Ihr Profil?

Das ist auf der Strecke geblieben ... ganz einfach so.

Haben Sie schon einmal darüber nachgedacht, es wieder zu finden?

Nachgedacht? Dazu blieb eher selten Zeit. Wissen Sie, wenn man läuft ... also so richtig läuft, dann geht einem Vieles durch den Kopf ... und wieder verloren. Wie soll ich das alles wieder finden?

Aber Sie könnten es probieren?

Die ganzen Wege zurück, so ausgelatscht, wie ich bin? Nein - das ist müßig.

Ich meine nicht zurück.

Wie gesagt, ich bin ja noch nicht angekommen.

Nach vorne meine ich auch nicht. - Wie wäre es, wenn Sie einfach mal stehen bleiben, Ihr Profil schonen, ausklopfen und betrachten.

Stehen bleiben?

Ja, stehen bleiben, verharren, ausruhen, verschnaufen ... und nicht vor mir auf der Stelle laufen. Bei all dem Schwund hat sich Ihr Profil doch sicher auch geformt. - Bestimmt ist noch genug übrig, um wieder zu entdecken, was Sie verloren haben.

Also grübeln.

Eher denken ...

Liegt mir nicht ... Da laufe ich lieber noch den Rest ... Wäre doch gelacht.

Wie meinen Sie das?

Na, am Ende wird sich's sicher klären und erübrigen, vermute ich mal.

Und dann?

Nichts. Im Ziel ein glatter Abgang eben. Was will ich mehr nach all der Zeit? ... Da darf man doch wohl ein wenig ausgelatscht sein, oder?

Der kleine Gott
(Was kann das Kind für seine Macht?)

„Aus jetzt!", zeterte der Kleine Gott, sich auf seinen angeglaubten Stelzen wankend fühlend. Dabei spie er seinen Speisebrei lamentierend über den Tisch. Die Gottesanbeterin erstarrte für einen Augenblick, hin und her gerissen, einerseits ihren Götzen zu beschwichtigen und andererseits dem Feixen ihres ungläubigen Ehe-Kompagnons Einhalt zu gebieten. War es doch schließlich letzterer, der die Glaubenskrise wieder einmal provoziert hatte - durch die simple Bitte an seinen Sprössling, einfach vor dem Sprechen den Mund zu leeren: Ein Fauxpas sondergleichen. „Ich lass mich nicht erziehen", schleuderte der Emporgehobene im Nachsatz hinterher, und seinem verbiesterten Blick folgten demonstrativ weitere Krumen aus seiner ungestalten Stimmgewalt. Einer dieser Krümel landete geradewegs auf Mutters Brille. Schon fast fürsorglich entfernte sie ihn mit einem Fingerzeig, als wollte sie sich eine Träne aus dem Auge wischen. „Ist doch alles gut mein Schatz", bemühte sie sich, ihren kleinen Gott zu beruhigen oder ihn zumindest Gnade walten zu lassen - was ihr schließlich auch gelang mit dem Abbittespruch „Lass Vater reden, du weißt ja wie er sein kann." Gönnerhaft nickend, aber nicht ohne einen beleidigten Anflug im Gesicht, hielt ihr Gegenüber sie in Schach während es den Sündenbock daneben keines Blickes würdigte. Nichtsdestotrotz würde dies ein Nachspiel haben, denn die Zeiten, da man den jungen Herrscher dermaßen in seiner Unzulänglichkeit unterschätzen durfte, waren eigentlich spätestens nach seiner mühevollen, jahrelangen Installation mit Zuckerbrot und Peitsche passé. Der Tribut - ein weiterer Beweis der Affenliebe auf der verzweifelten Suche nach der eigenen Erfüllung - würde später festgesetzt in Naturalien, Geldwert oder der Erlaubnis, so zu handeln wie gestaltet.

Solche oder ähnliche Vorkommnisse hatten sich in der letzten Zeit merklich gehäuft, nach einer anfänglichen Phase kindlicher Glorifizierung durch kindische Verdrängung pubertärer Fakten. Wenig später schon entbrannten dann die ersten Konflikte, und sie spalteten die Familie allmählich in zwei ungleiche Lager. „Mütter sind ja so anders mit ihren Söhnen als die Väter" hieß es da schon oft seitens Mimi, wie der kleine Gott bald nach den ersten Bekenntnissen seiner Mutter eben diese getauft hatte. Er war fortan das Ein und Alles seiner Jüngerin. Meistens jedenfalls. Und wenn sie einmal ihre Interessen vor die Pflicht des Dienens stellte, wie auch an diesem Sonntagmorgen, war der Vater schnell als Opfer für die Sündentilgung ausgemacht. Dieser war ansonsten sicherlich noch brauchbar; im Sinne, wie ein Sohn eben seinen Vater braucht. Kleine Reibereien waren dabei zu vernachlässigen. Sie wurden ohnehin getilgt, wenn Mimi ihren großen Kleinen abends kuschelnd mit Zugeständnissen zum Einschlafen bewegte oder wenn die beiden - durchaus in Anwesenheit ihres wenig beeindruckten Anhängsels - in Zungen über dieses sprachen: Flüsternde Bekenntnisse ohne ‚Wenn' der treuen Mutter und mit ‚Aber' ihres Sohnes.

Allein, der kleine Gott war noch nicht groß genug, die Hürde seines Ursprungs ganz zu überblicken, und auf diese Weise funktionierte er. Denn dass er da war, lag in seiner eigenen Natur; doch davon, was er sein, geschweige denn einmal werden sollte, hatte er bis dahin nur eine vage Vorstellung; die Vorstellung seiner Jüngerin. Ohne sie ging schließlich nichts in seiner neuen, schönen Welt; einer Welt, die alles gerade bog, was im Leben seiner Mutter schief gelaufen schien, einer Welt voll von überstillter Sehnsucht nach einer ehedem nie erfüllten Anerkennung; einer Welt, die seiner Mutter vorenthalten war. Letztendlich herrschte sie im Reich des kleinen Gottes, besessen von der Unantastbarkeit eines Popanzes. Sie präsentierte und repräsentierte ihn und damit sich bedingungslos; und seine einstige, kindliche Zuneigung sprach dabei mehr und mehr das Machtwort ihrer Liebe. Aus der Sehnsucht wurde Sucht im polarisierten Wechselspiel: Auf der einen Seite ein halbgarer Tyrann, dessen Verwöhntheit im Spannungsfeld der Bedingungen bald zu explodieren drohte, und auf der anderen die zum Narzissmus mutierte Mutterliebe aus Rache an ihrer verlorenen Vergangenheit. Irgendwann zerreißt es, dachte unterdessen der auf diese Weise ins Abseits geratende Dritte im Bunde. Immer weniger mit seiner einstigen Vaterrolle noch vertraut, fiel ihm umso mehr die drohende Entfremdung seines Filius schwerer als die Trennung von seiner Frau. Er ließ die beiden unter sich im Glauben an die Einfalt ihrer zweierlei Bestimmung.

Die Zeit heilte derweil nicht die Wunden, setzte dafür Zeichen; schließlich aber nur im Hinblick auf die Realität, der auch die Jüngerin und ihr kleiner Gott nicht entgehen konnten. Und im letzten Herzzerreißen gab er ihr den Lohn für ihre Treue; einen verbalen Fußtritt - für Gebete, die er fortan selber sprechen musste, deren dringliche Erfüllung weder einen Götzen brauchte noch dessen Übermutter vorwärts bringen konnte.

Akademisch feist
(Wissenschaft und ihre Götter)

Schließlich ist die Reihe nun an mir, als mich die dünne, stille Dame durch die dicke Polstertür heranwinkt. Ich folge der gekünstelten Betretenheit, die mich so lautlos, gönnerhaft ins Heiligste entlässt, dass ich noch nicht einmal vernehme, wie die Tür im Schloss verschwindet. Da sitzt er also, wie ein Pharao auf seinem Thron, auf Filz des Instituts gebettet; rechts und links von ihm zwei akademisch feiste Günstlinge. Vom Ernst der Wissenschaft zur Demut leicht gebeugt, wie auch von der Verwicklung in Beziehungstraditionen der politisch-wissenschaftlichen Korrektheit - vor allem gegenüber ihrer aufgeblähten eigenen Minderheit -, hocken sie zusammen wie ein gönnerhaftes Tribunal: Was ist schon zu befürchten aus den Reihen neuer Erstsemesterjünger, außer deren Fragen um ihr kleines Zukunftsheil? Als ich endlich diese Halle grauer Macht betreten darf, fällt sogleich der Zauber von den Fachprotagonisten ab.

Solcher wurde mir durchaus im Vorfeld meiner Audienz vergegenwärtigt - jenseits des Zentralgestirns der Fakultät -, als eben dieses den zum Bersten vollen Hörsaal in den Bann gezogen hatte. Unter strengen Blicken seiner Adjutanten buhlten einige der vielen neuen Fachrekruten um den Vorrang ihrer Wissbegierigkeit. Sich mit aufmerksamen Mienen hier an ihre Lichtgestalt mitsamt den beiden Wächtern des Geschehens schmiegend und dort mit arrogantem Augenaufschlag die Gesichter unbeeindruckter Kommilitonen denunzierend, gelang es jenen Kameraden schnell, die Unantastbarkeit der Lehre zu begehen. Ich dazwischen, hatte meine Mühe, konnte kaum den Mittelweg beschreiten zwischen Anbetung und Ignoranz - den Weg zur definierten Mittelmäßigkeit. Mit meiner Frage saß ich da, entfernt von jeder Aussicht, sie im Canon harter Wissenschaftsdevisen überhaupt in Einklang mit der Fragemöglichkeit zu bringen. Einige der Eifrigsten betrachteten sich sicher schon im Geiste im Vermächtnis alter Gunst verplant, während andere erst gar nicht ihr Gesicht versteckten, außer Konkurrenz zum Hörsaalausgang schielend, bis die Zeit zerredet war.

Nun, da mir gewahr wird, wie vermenschlicht das Büro an sich gestaltet ist - mit seinem Wust an Intellektualität aus viel Papier, Kaffee- und Tabakkopfgedanken in der Luft, erscheint mir meine heiß gehegte Frage kaum noch als bewaffneter Affront zum Stören einer Wissenschaft. Vielmehr zieht mich der Gedanke in mich selbst zurück, dass das, was mich so wagemutig überfiel, schon längst gedacht und wahrhaft ohne Arroganz an meiner Einfachheit vorbei gescheitert ist. Was war so wichtig denn, dass dies mich derart stark beschäftigte und nun ganz plötzlich angesichts der Menschen vor mir an Gestalt verliert, wie diese auch? Ich kann mich kaum erinnern, löscht doch die Erwartung in den Fleischgesichtern um mich - eingeschlossen meinem - jeden Grund. Und als ich drauf und dran bin, in der

Flucht durch eine triviale Erstsemesterstudiosusfrage heuchlerisch mein Heil zu finden, spüre ich, dass ich kaum besser oder schlechter bin als meine Gegenüber, welche sich inzwischen räuspernd Zeit verlieren sehen.

Die dünne Dame schaut erneut so lautlos wie zuvor herein, mit einem Wink, der mich erlösen wird, weil Wichtiges geschieht. Ich trotte heim, die Möglichkeit, mich zu vertagen abgewunken in Erkenntnis, dass die Wissenschaft mich nicht verwenden kann, nicht eingeschworen und nicht aus mir selbst. Ob mit gefangen und gehangen oder nur als Einzelkämpfer meuternd, letzten Endes sind es die Gesichter, denen die Wahrhaftigkeit entspringt, an die sie glauben oder glauben müssen. Dort etwas zu ändern, hieße hier bei mir, genau so zu genügen - doch die Richtung ist egal.

Gott hat zu
(Von der Feigheit vor den Zweifeln)

Papa, warum hat Gott denn zu?

Gott hat nicht zu.

Aber aufmachen tut er auch nicht, nicht mal, wenn ich klopfe, schau …

Unsinn, Kind, willst du wohl aufhören, so einen Krach am Abend zu schlagen. Wenn das die Leute hören … Gott hat nie zu, und du brauchst auch nicht zu klopfen - nur zu beten.

Dann macht er auf?

Nein, dann spürst du, dass er da ist.

Da drin?

Hier, überall, um uns, ganz nah bei dir - und ja, da drin auch.

Komisch, also gut, ich bete.

Nun mach hin, lass uns endlich weiter gehen.

Ich bin noch nicht fertig.

Jetzt komm.

Er ist aber noch nicht da.

Doch, natürlich ist er das ... ich erkläre es dir zuhause ... da kannst du weiter beten.

Aber ich denke, das hier ist Gottes Haus.

Das ist ein Gotteshaus, eine Kirche.

Eins? Wie viele hat er denn?

Es gibt so viele Gotteshäuser und Kirchen auf der Welt, die kann man gar nicht zählen.

Und wer hat die alle gebaut?

Die Menschen - die Menschen, die Gott treffen wollen.

Und da reist er überall hin.

Nein ... ja, also, wenn die Menschen hingehen, dann ist er auch da ... eigentlich ist er immer überall ... und nun komm, es wird schon dunkel.

Eigentlich ... hm ... Aber er ist immer noch nicht hier, obwohl ich hier bin ... und bete und ihn treffen will.

Ich habe dir doch erklärt ...

Oh, schau mal Papa, da vorne ... die hauen sich.

Ja, besser ist, wir verschwinden jetzt wirklich von hier.

Aber die hauen sich ganz dolle.

Ich sehe es, nun komm schon, es wird Zeit.

Wäre vielleicht doch ganz gut, wenn Gott jetzt mal käme ... Einer liegt schon auf dem Boden, siehst du ... sie treten ihn ... Gott!! Gott!! Komm raus! Gott!! Gott!!" Wo bist du denn?

Bist du des Teufels ...!

Was ist denn? Ich bete noch einmal, ja? Oder klopfe noch einmal ganz feste an die Tür.

Untersteh dich, du folgst mir jetzt auf der Stelle, und keine Widerrede - Da! Jetzt haben sie uns bemerkt ... die Typen machen wir irgendwie Angst.

Aber wir wollten doch ...

Die Kerze für Oma können wir auch morgen noch anzünden - lauf, komm, schneller, ab mit dir ...

Aber Gott - er muss doch kommen und da helfen ...

Ja, ja, er sieht das da ganz bestimmt.

Und das hilft? ... Hör mal, wie der Mann da hinter uns schreit ... vielleicht hat Gott ja auch Angst und kommt deshalb nicht aus seinem Haus ... noch immer kein Licht an da drin ...

So ein Unsinn. Gott hat nie Angst ...

Jetzt hat der Mann aufgehört, zu schreien ... ob Gott nun da ist und ihm hilft?

Gut möglich ... hoffen wir es jedenfalls. Schau nicht so auffällig nach hinten ... du kannst ja zuhause für den Mann beten.

Warum? Gott hat ihm doch schon geholfen.

Na, um, um ... dich bei ihm dafür zu bedanken.

Hast du noch Angst, Papa?

Was? Em ... nein, nicht mehr. Wir sind ja jetzt gleich zu Hause.

Dann können wir doch noch mal kurz hin und schauen, wie es dem Mann jetzt geht und uns bei Gott bedanken.

Nein, um Gottes Willen - Kind, da ist jetzt niemand mehr.

Ich glaube, du hast doch Angst.

Ach wo, vor wem denn noch?

Vor Gott vielleicht.

Warum sollte ich vor Gott Angst haben?

Weil wir einfach weggegangen sind, obwohl er dann doch gekommen ist.

Das verstehe jetzt mal einer - Du bist sicher schon ziemlich müde, was?

Internetverwirklichung

(Vom temporären Online-Glück)

Der Anfang der Gemeinschaft war so viel versprechend, und die weiche, große Masse wuchs heran, erschloss sich schnell, von Nah und Fern zu einem Anlaufpunkt der Euphorie im Netz. Zwischen all den Maschen schien er wie ein Knoten des Interesses - doch Interessen kaum verbindend. Immerhin verbindlich lag er an der (V)IP-Adresse selbst gewebter Wichtigkeit, irgendwo, direkt um alle - aber weiter weg, als jedes Mitglied vorher sich in Einsamkeiten wähnte. Sich fortwährend verdichtend dann, beatmete die neue Welt die Atmosphäre durch die Frucht mentalen Dünstens. Sie drehte sich darin voran und auch hinweg; zunächst im steten Austausch über das, was sie erschuf mit wachsender Begeisterung, die fluktuierend dennoch einen steten Massekern von Gleichgesinnten hinterließ. Durch sich beschwert jedoch, vergaß er bald, der Schöpfer Vielfalt der Befindlichkeiten zu verstehen, denn diese fielen durch das Netz. So lief es rund ... zu rund bis jetzt in Selbstgefälligkeit geschönter Akzeptanz. Die Zeit der großen Worte wich fast widerstands- und klaglos den Geplänkelränkespielen - mitunter eben darum angerissen durch diverse aggressive Egodornen auf dem Holzweg.

Allein die Trägheit ohne neuen Antrieb hält den Dreh nur langsam auf. Die überreifte Atmosphäre währenddessen, längst verflüchtigt, lässt nun zum Atmen lediglich den bunten Metatalk von Ignoranz zu Ignoranz, durchflochten von den Endlosfäden durch den Diskussionsfilz alter Hüte um der Kleinlichkeiten Willen - oft durch die Befindlichkeit des Haustiers zur Vermenschlichung gescherzt. Auf diese Weise gibt es den gezählten Tagen mit Debattenresten einen Anschein von Verwirklichung und läuft der Langeweile hinterher im Kreis. Das flache Ende zieht sich hin, wenn die mentale Kraft nur für ein Lächelicon reicht ... Es lahmt wie eine Kneipe ohne Stammtisch. Der Abklatsch von Gemeinschaft liegt noch hier und da in einer Rotation von Neulingsgrüßen und oft wenig später abschiedslosen Abgängen der eben noch Bejauchzten. Sie verpflegen kurz und heftig ihre Eitelkeit mit Neulust-Offenbarung ihrer selbst und streuen ihr Palaver, kommentieren Kommentare auf nur eigenes Gedöns und rauben so den letzten Atem der verbliebenen Tendenz, ehe sie die Flüchtigkeit zu neuer Suche nach sich selbst ins Netz versprengt. Auf solchen Zug springt schließlich auf, wer ziellos weiter reisen will ... zum Ende auf das Abstellgleis der Administration. Da helfen weder Riegelregeln, noch die Anonymität, weil nicht der Mensch im Zentrum des Geschehens lebt; vielmehr zerschießen Avatare sich im Überschwang der virtuellen Eifer-Sucht zu Bits und Bytes, gelagert irgendwann im Raum 404[1] - einem aufgelösten Punkt, an welchem Maschen aus der Leere neue Hoffnung knüpfen werden.

---

[1] 404 bezeichnet im Internet eine Fehlernummer, die ausgegeben wird, wenn aufgerufene Seiten oder Homepages nicht vorhanden sind.

Wo geht es hin?

(Wer richtig fragt, weiß, wo er hin will)

Wo geht **es** nun hin?

*Ha, der war gut ... wo geht **es** nun hin ... hm, hm.*

Nein, ich meine wirklich ... wo geht **es** hin?

Was denn?

Na, wohin **es** eben geht; also mit mir und dir ... wo geht **es mit uns** hin?

Schon wieder eine neue Frage.

Mann, bist du schwierig. Ich will doch nur wissen ...

Ja, das ist es eben.

Was?

Dass du zuerst einmal wissen musst, ‚wer oder was‘ und dann erst ‚wohin‘.

Na, dass habe ich doch gefragt.

Hast du nicht.

Sicher doch.

Ach ...

So geht **es** jedenfalls nicht weiter.

Schon möglich

Aha, da stimmst du mir also zu.

Vielleicht ... oder nein ... bestimmt sogar.

Immerhin ein Anfang. Also, wo geht **es** hin?

Im Moment überhaupt nicht — so gesehen eher kein Anfang.

Wie ich diese Haarspalterei hasse. - Gut, dann eben im Moment nicht, sondern gleich, morgen, übermorgen, nächstes Jahr ... Mensch, was weiß ich.

Sag ich doch.

Wie meinst du das?

Na schön ... Du willst wissen, wohin **es** *geht? - Gut, ich sag's dir:* **Es** *ist vielleicht noch hier ... oder über unsere Unterhaltung schon längst fort. Immerhin hat* **es** *uns bis jetzt noch nicht mitgenommen. Sonst wären wir ja nicht mehr hier.*

Was redest du?

Nun, du wolltest wissen, wo **es** *mit uns hin geht, und ich habe dir eine Antwort gegeben. - Willst du etwas anderes hören, musst du etwas anderes fragen.*

Wieso muss ich? Und außerdem möchte ich gerade nichts anderes fragen.

Das musst du nicht, aber mit der Antwort leben musst du dann.

So ein Quatsch.

Ignorant.

Pff, Unterhaltung … Zeitverschwendung ist es, reine Zeitverschwendung.

Da stimme ich dir uneingeschränkt zu.

Du bist komisch.

Warum bin ich komisch, wenn ich dir eine ehrliche Antwort auf deine Frage gebe?

Ach was weiß ich.

Da … siehst du … schon wieder.

Jetzt habe ich ganz vergessen, was ich eigentlich fragen wollte.

Mir scheint, du hast es eher verloren.

Verloren?

Ja, verloren, und dafür etwas anderes gefragt … worauf du ja jetzt eine Antwort hast.

Das soll mal einer verstehen.

Ich gehe jedenfalls jetzt. DAS ist ein Anfang.

Wohin?

Hättest du diese Frage nicht gleich stellen können?

Es ist jetzt ohnehin egal. - **Ich** gehe dann auch.

So kommen wir der Sache schon näher.

Familiengesicht
(Was nutzt der Fratze des Zerwürfnisses noch ein Fest?)

Ein Stück Charakterzug hängt rausgerissen aus der weihnachtlichen Schminke im Familiengesicht. An Fasern zähen Umgangsfleischs, nekrotisierend, tropft ein kaum mehr rosaroter Klumpen seinen Tränenanteil fern der Rührungslüge in den Dreck. Winkelfetzen, je von Mund und Auge, lassen daran nicht erahnen, wie sie einst an schmerzverzerrten, nunmehr fröhlich ruinierten, angepassten Gegenstücken zogen. Was dazwischen pulst und gleißt, ist Herzblut der Beziehungen im Widerschein der Lichterketten; oder ist es doch das Sehnen-Zucken um den Aderlass der Emotionen?

Schon die Vorstellung alleine, dieses einsam rohe Stück zurückzudrücken in den seelenlosen Matsch, erzeugt ein Bild des Ekels. Wenn man einen längst erlebten Niedergang in solchem Maße an den Schwellungen der Wundkonflikte zu verkitten sucht, so wahrt man weder das Gesicht, so wie es einmal vielleicht war, noch einen Anschein von Erinnerung an bessere Tage. Die verklemmte Fratze in Vergegenwärtigung des Zwangs, im Rampenfestlicht wohl schattiert, zerbricht dann schnell im Heil des Scheins der Heiligkeit zu Grinsesplittern in die Nacht.

Am nächsten Morgen finden beide Teile sich versprengt: Mag sein, dass sie allein - ein jeder nur für sich - erwachen; das eine seelisch umso mehr verendend wie das andre fleischlich-alkoholisch konserviert. Vielleicht jedoch hat sich der eine Lippenpart zu neuem Patchworkmund vereint und zerrt in Lust an einer dicken Narbe, um den schrägen Augenblick zu schönen - um des lieben Antlitz Willen -, während anderswo das andere Überbleibsel gleichermaßen Aug an Aug, sich Rot an Rosa klebend übt, dem Flickwerk Fleisch in die Vernarbungen zu stoßen. Wer weiß - letztendlich bleibt die Zukunft beiden nicht erspart, mit welchem Trugschluss sie auch immer sich durchbluten werden.

Auf die Plätze, fertig, los
(Vom Startmoment eines Sprinters)

Langsam bohrt sich dieser Knall durch mein Gehör und meinen Kopf zum Nachhall hin von den Tribünen. Jubelschreie schnellen um die Runde, noch bevor der Staub der Starterklappe mir vor Augen sinkt. Er zieht den Vorhang auf, mein Lid zum Licht, und ehe die Kontraste mich erfassen, fahre ich gemächlich und geschmeidig in die Höhe.

Die Gedanken sind im Nu versprengt, jenseits der unendlich langen Weile, die der Spannung meines Körpers die ersehnte Freiheit schenkt. Er schwelgt darin, ja bäumt sich schließlich auf, der straffen Kraft das Fersengeld zu geben. Nichts in alledem scheint noch verbunden mit der Wahrheit des Geschehens, denn die Wirklichkeit entsteht mit jeder Muskelspannung neu. Auf diese Weise konzentriert - verinnerlicht das feine Spiel der Glieder zur bewussten Energie -, reißt es mich hinaus aus dem verzögerten Moment in einen Blitz zur Gegenwart. Was mich eben noch zentrierte, spreizt mit einem Mal den Sog des Siegeswillen, drängt die Spur der Konkurrenz in weite Winkel um mein bahnbrechendes Feld. Meine Schwäche kann sich kaum der Sicherheit erwehren; einer Sicherheit, die nicht nur mich durch meine Sinne zur Vollendung hin verführt, sondern welche ich zugleich facettenreich verschlinge: Luft zum Atmen schießt der Gegenwind im Überfluss an mir vorbei und kühlt den Schweiß des Antriebs zum Elan.

Das Johlen von den Rängen gilt nicht mir, doch meiner Sucht nach mehr davon; der Sicht nach vorne weichen Streiflichter der mich umgebenden Vergänglichkeit. Gewissheit ist mein Kompagnon, je mehr ich ihr vertrauen kann. Wir ziehen uns entgegen, wie an einem Strang, hin zu jenem Punkt, der uns verbinden wird zum Endeffekt der Ahnung meiner anfänglichen Ruhe in der Kraft.

Auf lange Sicht zu kurz

(Der Brille letzter Schliff)

Ich blicke durch, in meine alte Welt hinein, und lasse meinen Sinn sie schärfen, etwas auseinander ziehen und den Lotstab in der Punktgenauigkeit verschwinden. Dennoch schaue ich akribisch hin; zu ungewohnt kommt mir das neue, leichte Sehen vor, zu einfach fällt Ernüchterung der Augen in den Kopf zurück. Schon lasse ich der scharfen Freiheit ihren Lauf, da verspüre ich alsbald, wie diese sich herausnimmt, was das Licht ihr zugesteht. Es scheint etwas nicht ganz zu stimmen. So läuft die Optik den Geschehnissen voran, ein wenig nur, doch schnell genug, um mir davon alleine Ahnungen zu übermitteln. Die Bilder sind im Schlepp der Sicht, die Stolpersteine ihrer Vorvergangenheit in meine nächsten Schritte legend. Sie machen mehr aus dem, was mir an Nutzen widerfährt. Was suche ich, was ich nicht sehe? - Den Halt im Kopf. Zwischen Sphären und Zylindern bricht sich mein Empfinden taumelnd durch die Dioptrien einen Weg in die Vergegenwärtigung, beinahe trunken vom Versehen. Da hilft kein *Augen zu und durch* und auch nicht die Gewöhnung auf Verlangen, wenn der Magen nicht mehr bodenständig vor sich hin verdaut, und Hunger ruft, wo ihm nach Übergeben ist. Der flaue Widerspruch erzwingt die Konsequenz: Auf der einen Seite bleibt mir so, zurückzukehren in das Zentrum einer lang verinnerlichten Unschärfe, auf der die Sicht durchs Leben schwimmt - dann schaut die Seele nur durchs Ich. Auf der andern Seite bleibt mir die Zentrierung neuer, knackig scharfer Bilder auf die Künstlichkeit des Anspruchs kaum erspart. Denn in den Fehlern seiner eigenen Natur bleibt man im Zweifelsfall bestehen, jedoch auf Kunstfehlern meist sitzen.

Fenster an der Wand
(Von Bildschirmstubenhockern)

Die Welt da drin, im Fenster an der Wand erschien ihm öde und verkracht; wie immer eigentlich, jedoch an jenem Sonntag einer großen Katastrophe zusätzlich noch endzeitlich verstört: Ein Stromausfall. - Das Licht im Fenster hing derweil so seltsam wahr im Baum darin, bewegte sich gar weiter und warf Schatten längst betagter Äste über Fensterbank und Rahmen weit hinaus in diesen stillen Raum. 'Krank', so dachte sich ein Hirn inmitten der Bedrängnis, Sensoren nach der Wahrheit flehen lassend, wie sie sonst doch allzeit flimmernd war. Der Untergang der technisierten Welt eröffnete der anderen da draußen ein fast schon triumphales Tor, zu irreal lebendig und doch tot vor lauter Einfalt eines Blickes. Der wanderte von Eck zu Eck, verschloss sich immer wieder kurz, um dann erneut die Komponenten der Erkenntnis hochzufahren. Nichts umher war da - nur die Enttäuschung an der Wand, weiterhin umrahmend die Bestrebungen, dem Alten Neues einzuflößen. Den Vorhang schließen und dem Spuk ein Ende setzen hätte wohl geheißen, gleich auf alles zu verzichten, oder nicht?

Doch wäre der Befangene auf diese Weise nur ein wenig von der starren Haltung seiner unwucht-starken Mitte abgerückt, so hätte er erfahren können, dass nur solche Fenster ehrlich sind, die nicht das Licht bestimmen wollen. Ehe er jedoch aus seiner Lähmung der Besinnung den Gedanken in die Tat umsetzen konnte, war das Unglück schon vorbei - der Netzstrom wieder da. Die kleinen Schrammen im Verstand verheilten schnell, als er aus seinem Fernseher hinaus die alte Welt betrachten können musste, allen Blickwinkeln des Fensters an der Wand zum Trotz.

Es war ein Zwinkern der Natur der Sache, die ihn neckte; sie machte diesmal auf sich aufmerksam ... doch einmal kommt sie, um die Blicke nicht zu locken, sondern diese durch das Kreuz verbliebener Fenster in die Panorama-Wirklichkeit zu zerren.

Aus Kindertragen
(Erinnerungen bleiben ... dort, von wo sie herkommen)

Warum muss ich denn so lachen, als ich diese kleine Rarität aus Kindertagen vor mir habe? Eben noch dem Zwang erlegen, alte Zeiten ausrangierend, Platz für was auch immer zu erhaschen, halte ich nun inne. Schnell verstummt mein vom Erwachsensein verrohtes *Ach Herrje*, und ich fühle wie die Züge mein Gesicht sodann verlassen. Leere tritt an ihre Stelle, sanft und nicht bedrohlich in Erwartung, was da wiederkehren will. Sie lässt für den Moment die Gegenwart der Fülle meines Lebens außen vor. So darf ich der Erinnerung alleine meine Achtung schenken, meine heile Welt von damals da herum sortieren - bis ein Lächeln die vergangene Glückseligkeit erhellt.

Dahinter wartet dies und das, den Augenblick vielleicht bedrückend, aber nur im Hintergrund, der mir mein *Hier und Jetzt* fürs *Schön war's doch* nicht rauben kann. Dann betaste ich das Spielzeug: Ob es denn ein solches sei, stellt es sich profan infrage, da es in den großen Händen sich der Würde kaum gewahr wird. Aber sicher ist es das ... war es das; und scheinbar wertvoll wie noch nie zuvor. Fast möchte ich noch einmal damit spielen und es so erfahren wie dereinst, nun aber mit dem Wissen ums Detail. Doch die Finessen, die ich jetzt erkenne, lagen früher mittels kindlicher Begeisterung alleine einfach in der Vielfalt eines Glücks - Perfektionismus unbekannt. So ist es nicht dasselbe nun. Es fehlt in

dieser Schärfe der erfahrenen Betrachtung eine Unbekümmertheit. Diese kann mich kaum mehr schützen vor
den Schatten abgenutzter Zeit. Dem lächle ich entgegen
zwar, in Verzagtheit des Bewusstseins, aber jenes Glück
scheint aufgebraucht, und die Versuchung skelettiert nur
mehr und mehr die Weichheit des Erinnerten zur Nutz-
barkeit des restlichen Verbleibs.

Die Welt um mich herum kehrt schnell zurück. Sie
nutzt die Lücke der Enttäuschung schamlos aus und
folgt dem Schwinden meines Lächelns in den Seufzer,
der das eingangs laute Lachen zu entschuldigen vermag.
Dann lege ich das Ding aus meinem *Blick voran* - nicht
gänzlich ohne Eigennutz der Sehnsucht, es im Krimskrams nutzlos aber sinnvoll zu verewigen.

Sinnesirrenhaus

(... sinnlos, dort zu hausen)

Er schwankte kurz, nahm dann die Nase aus dem
Duft der redseligen Illusion, die immer gleich ihn hinge-
halten hatte. Oder blieb vielleicht noch Zeit, ein neues
Wort in Chancen umzuwandeln? Nein, denn andere
Münder gab es zwar genug, die sich mit ihm zerrissen -
meistens aber nicht um aller Sätze Willen wieder zueinander fanden. Offenheit war allenfalls den Ohren zuzutrauen: allerseits an starren Köpfen winkten diese aber
all das Hin und Her der Gleich-Gesinnten durch, verin-
nerlichend lediglich die schwadronierte Selbstgesin-
nungsmelodie. Schließlich schien die Einsicht selber
aussichtslos, wenn er sein Antlitz nicht verlieren wollte.
Und so nahm er seinen Hut und schützte seinen
Kopf ... nicht vor den windigen Gestalten ohne jeden
Gegenwind, vielmehr vor der wahren Kälte, die der
Sturm da draußen ihm erst angewöhnen musste.

Zeitstolpern
(Von verloren Momenten)

Wenn ein Vier-Minuten-Ei, herausgerissen aus der Subjektivität, schon nach der Hälfte der Erwartung aus dem Wasserkocher uns zur Ordnung ruft, bricht der Verstand im Zeitpunkt ein. Wenn uns die objektive Ansicht, die die Uhr uns weist, zudem noch einen Narren nennt, dann suchen wir die Eselsbrücke über einen Fluss, der unserem Zeitweg offensichtlich in die Quere kam. Es scheint, als habe er ein Stück aus dem Verlauf gerissen und Verknüpfungspunkte einfach ineinander fallen lassen. Im Übergang sind wir perplex, gestolpert über dieses Stückchen unscheinbares, temporäres Nichts. Wir versuchen krampfhaft die Erinnerung daran, doch kein Geschehnis vorher oder nachher findet sich, das sich an jene Stelle rücken ließe, denn die Logik hält es wieder fest. Was immer sich nun dort befand, muss wohl woanders hin vergangen sein - wenn überhaupt je dort gewesen. Für uns verschließt sich dieser Punkt zu schnell mit Zeitzwangignoranz, als dass wir auf Gedankenstützen eine Brücke bauen könnten, um über Quer- und Fortlauf des Vergessenen vom Zeitgeländer aus zu staunen. Vergeblich fragt man Zeugen des Geschehens nach der Mitempfindung. Jene, vielleicht unabhängig davon selbst schon hier und da zum Opfer ihrer Kopfgewalt geworden, weisen nur noch weiter darauf hin, dass unser Universum jeweils uns betört und nur der Raumzeit vorgeburtlich wie auch nach dem Tod gehört.

Metatalk

(Vom Gerede übers Reden)

Ich suche in dem ganzen Metatalk den Sinn der Sache selbst. Sie scheint mir schließlich wie ein harter, ausgelutschter Kern, um den sich Zungen, schleckend nach Geschmacksverstärkung, winden. Der Frucht, verdaut und ausgeschieden, hängt ein fahler Hunger nach: Reflexe des Verlangens. Ziellos selbstverzehrend ist er die Verdauung satt und zankt sich mit dem Überbleibsel Mund für Mund um den Verstand. Dieser hat Geschmack gefunden an sich selbst, frisst Hülsen leerer Phrasen mit und würgt schlussendlich auch den Kern zum Ausgang, wo die überblähte, heiße Luft ihn als den kaum mehr springend letzten Punkt auf die Keramik klicken lässt.

Bilder vergangener Jahre
(Was sich nicht nachbearbeiten lässt)

Jene Tage, kaum mehr nachbearbeitet wie Photos ihrer Zeit, fordern nunmehr aus dem morgendlichen Spiegel Toleranz, der Wahrheit gegenüber.

Es könne nur noch besser werden, hieß es damals angesichts der Schönheit auf der Suche nach Erfolg. Das Gesicht vergangener Jahre ist so lange her inzwischen, weit gewandert - über Blicke oft hinweg. Mitgenommen hat es viel in jeder Lesart; wie gewonnen so zerronnen - und noch mehr: Den ehemals so gierig aufgesaugten und verheulten Glücksmomenten hängt die Sucht danach in Tränensäcken ausgehungert hinterher. Die Augen haben schwer gelernt, das Weinen zu verstehen. Ja, sie konnten strahlen einst, spielen mit Gefühlen jeder Art in einem fort, und selbst im zeitgedehnten Wimpernschlag log Kamera für Kamera verklärte Ewigkeit. Das Antlitz hielt den Augenblicken anfänglich noch stand, im Weiteren gestützt durch Farb- und Puderornamente, schließlich die Verwerfungen des Lebens porenlos verpuppend. Ungeachtet dessen höhlten Letztere die Wangen langsam aus; mit ihnen floh das Kinn vorm Lippenstift und drüber zogen falsche Brauen einerseits die Stirn in Falten, andererseits die Nase um so seltener noch hoch.

In Gedanken über dies verstirbt ein Nein zum Schweigen seines unbarmherzig wahren Gegenteils im Selbstbild, und mit ihm zersplittert ein noch halb gefülltes Glas in einer jäh vom Zorn geballten Faust. - Wo ist jetzt eine Hand, die die Verkrampfung öffnet und mit ihr das Blut ausbadet?

Hinterhofsehnsucht

(Vom Hausen, dem nichts innewohnt)

Unterm frühen Niedergang der gierig, grellen Sonne
hinter Obdachhorizonten reißen Hinterhöfe Mäuler auf,
verrenken sich die Sehnsucht nach dem bisschen Himmel in der Pfütze kalten Blaus.

Der Tag darin sucht hungrig nach erlebter Zeit, ver-
bringt die Wesen um und um, von Menschlichkeit zum
Fluchtinstinkt, vom Urverstand zum Wahnsinnsschrei;
dazwischen lobt das Zanken greiser Kinder noch den
Mut, zu altern.

Die klare Nacht, zu hoch, gießt trübe Dunkelheit
entlang der Fensterriegen vor dem Flimmertrost, den
Pöbelruf in einer Ecke drunten speisend mit ver-
schmutzter Stille aus der Stadt.

Ich strecke meinen Kopf in diesen Sog; er zieht an
meiner Sperrigkeit im Pferchgemäuer hinter mir, zerreißt fast die Geduld des Herzens, das da fragend kaum
mehr sucht:

Wo ist die Strömung, die Gedanken mitreißt, aus der
Bauten Tiefe durch die Tümpel in ein Meer des Tages,
hin zu kühlen Morgenufern und zu lauen Abendsträn-
den, noch für Träume sich erwärmen können?

Die letzte Welle
(Was uns stets zusammen hält)

Hier stehen wir alleine und umschlugen ganz zum Schluss. Einzeln, Hand in Hand und später angeschmiegt sind wir bis jetzt geflohen vor dem letzten Zeichen unsrer Zeit. Wir haben uns empfunden bis hier her und tief darin, ein jeder für den anderen und für sich selbst. Nun scheint der Punkt gekommen, da das letzte Quäntchen Wahrheit uns verschmelzen lassen will, wie keine Liebe es vermag.

Ein Ende liegt darin, und Angst ums Wissen, dass die Katastrophe unausweichlich uns zentriert zu einem Punkt von vielen irgendwo auf dieser Welt in ihrem großen Untergang. - Doch fühle ich Geborgenheit im Bogenschatten dieser Welle. Da rollt sie auf uns zu, gleichsam Gottes Hand, die nach uns langt und uns mit Leichtigkeit von dannen nehmen wird. Du schenkst mir mein Gefühl mit dir zurück, zu wissen, wie wir ganz zusammen diesem Wonneungetüm begegnen.

Ja, es wird geschehen, muss geschehen. Unaufhaltsam ziehen wir uns weiter an, in uns hinein, nunmehr vom Zwang des Krampfes frei. Die Schlusssekunden schenken uns die ganze Zeit der Welt, unser beider Schauer aus der Einsamkeit des Schauderns zu erfahren. - So wird der Schlag zum Ruck der Zeit. Er reißt die Körper schnell in Stücke, von uns; und ich weiß - wir wissen -, was es heißt, zu sein.

... Warum ich dieses alles schrieb, auch im Hinblick auf ein Unverständnis, das ihm hier und da begegnen mag? - Zum einen, weil die werte Leserschaft bis hierhin durchgehalten hat - wenn dem so ist, dann danke sehr -, zum andern, weil es mich befasste und im Spiegel des Geschriebenen dem Leser gerne Fragen stellt auf eine Weise, die nicht Antwort doch Interesse sucht - im Meer der Intellektualität ...